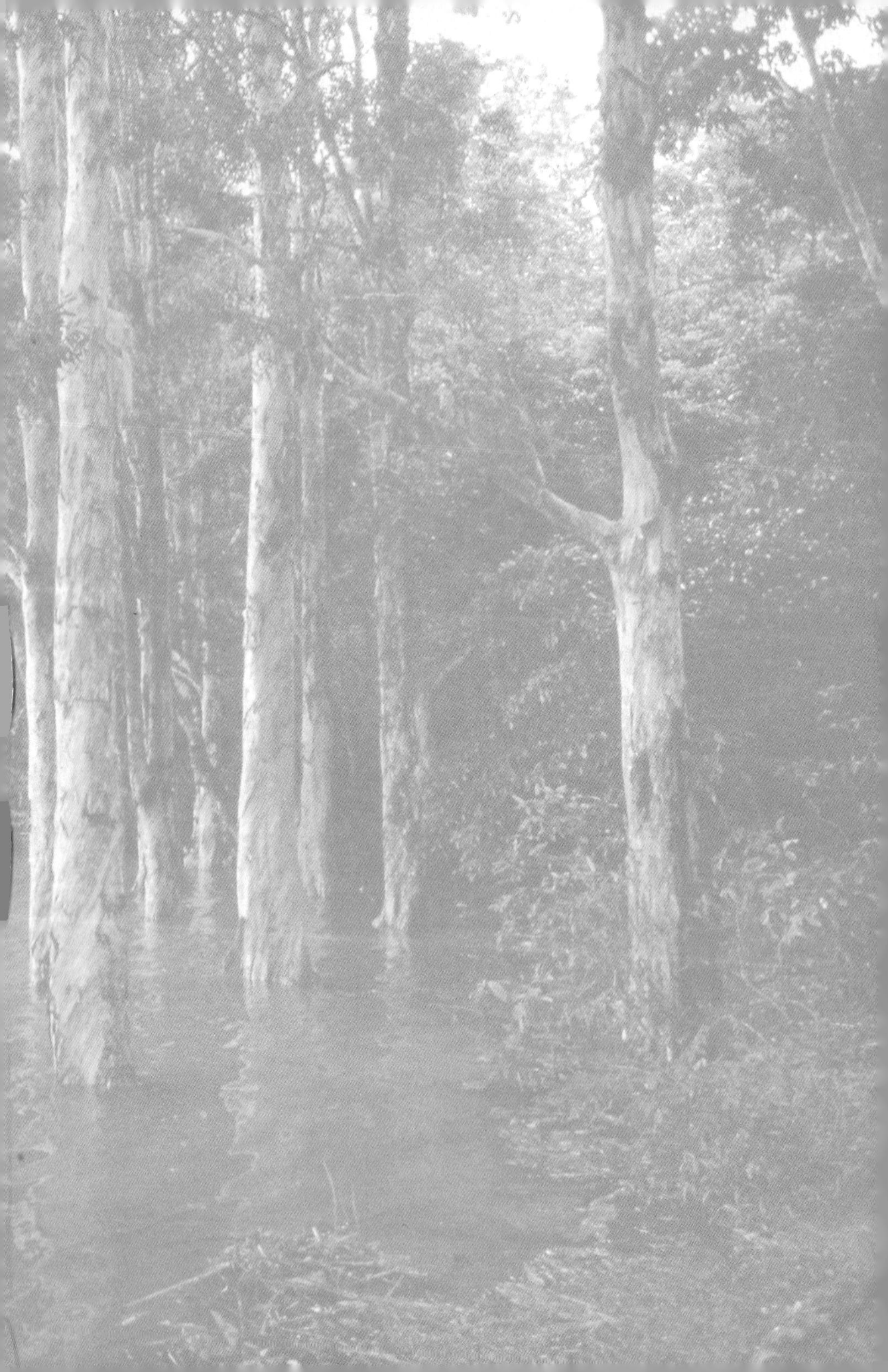

住在城裡的野人
孫啟元 著

作者簡介

孫啟元 (William SUEN Kai Yuen)

出境遊、遊世界、自由行 總編輯

野生動物、海底生態 攝影家

野生動物保護基金會 創辦人

郭良蕙文學創作基金會 創辦人

二〇〇四年獲任中國動物學會獸類學分會理事 任期四年。

二〇〇四年獲任東北林業大學野生動物資源學院兼職教授 任期三年。

二〇〇四年獲任廣州大學生物與化學工程學院客座教授 任期三年。

郭良蕙長子，臺灣嘉義出生，屏東眷村長人，乳名小熊。自幼聰穎，個性靜中帶動，喜獨處，交遊廣濶。興趣多樣性，常思考，常閱讀，常探討人生，常思維哲學。好搖滾、爵士、古典音樂，好鑽研考古，好攝影寫作。熱愛大自然，屢屢觀察動物行為。熱愛旅遊，足跡遍布全世界。

一九七一年，奉母之命，旅居香港，放眼世界，培養獨立精神，發揮大無畏遺傳基因，海濶天空，放蕩不羈。

一九七九年起，任職多份雜誌主編。

一九八〇年起，周遊列國。

一九九一年起，專注哺乳類野生動物行為觀察，進出非洲六十餘次。

一九九三年起，醉心潛水，探索海洋生態。

一九九四年起，投入原始部落演化過程，前進新畿內亞五次。

一九九六年起，先後在香港舉辦十三次個人生態攝影展；同時期於臺灣舉辦十次生態攝影個展；接受包括CNN電視臺、SCMP南華早報、RTHK香港電視臺、BBC中國廣播公司、TTV臺灣電視公司等訪問。

二〇〇〇年起，和裴家騏教授、賴玉菁教授組織研究團隊，開始進行香港哺乳類野生動物調查。

二〇一四年起，校對並出版母親生前六十四部著作全集，捐贈各大圖書館。

至今，已成為當今野生動物、海底生態攝影家，兼野生動物、海底生態研究愛好者，也是中國古文物業餘研究鑑定學者。

歷年著作包括：

「蠻荒非洲」

「誰在乎攝影」

「飛來的異鄉客」

「非常攝影」

「野性的堅持」

「永遠的禁錮」
「荒野狂奔」
「靜止中的流動」
「狗臉歲月」
「謎樣的裸露」
「模糊的腳印」
「走樣的臉孔」
「住在城裡的野人」
「蝙蝠的危機上冊」
「蝙蝠的危機下冊」
「遊子心 我的母親——作家 郭良蕙」
「醜陋的傳教士」
「眷村小子 外省掛」

序

○○○

真不知孫啟元來自何處的靈動活力，一部接連一部有關野生動物的報導文學系列推出之後，竟又孜孜不倦完成了「住在城裡的野人」。

○○○

野人，指的自然是他自己。人家平時忙裡偷閒，都做些有益或有害的好事或壞事。啟元則忙上加忙，做他的環保大計。不但做：實行，並且作：立說。是個職業作家倒也罷了，而他每天從早到晚為本身業務馬不停蹄，卻還有執筆的時間和心境，委實不易。

「住在城裡的野人」章節分劃，進度步驟，必須有所依據，証明他平日都在細作記錄，反覆思考，否則不會這樣詳盡緊密。

人生的大小成就，最重要的條件莫過於努力不懈和貫徹始終。以往，可走的路徑很少，不得不恆定不移。而現代，到處是機會，倘若對原來一切日久厭倦，或者另有理想標竿，不免試圖更換跑道。啟元由新興趣演進為新志向，創辦「野生動物保護基金會ＷＣＦ」，艱辛奮戰，獨力支撐，數年之間已卓然有成。由大世界而小香港，由小香港而大世界，在繁華中探討原始，奔走山林，斬荊披棘，追尋深藏不露的動物，爭取理所當然的生存權。

「香港麂屬動物野外調查」正是兩年來致力的高難度策動。

○　○　○

麂，羌，鹿科，一般人印象不深，所知的頂多是麂皮用品而已。原以為這種製作美好皮件的動物，盛產於麂皮馳名的西班牙、意大利等地，未料已被徹底開發的東方之珠，所殘餘的小小郊野竟也隱隱存衍不息。啟元着手該項計劃，編列為晝夜課題，運兵遣將，前仆後繼，不惜工本，窮追不捨。原本是一項枯燥乏味的捉放工作，卻被他用筆塗染得生色離奇，絲絲入扣，步步緊張。不時切入輕鬆場景，野趣橫生。書中人物個個突顯，角色鮮明，呼之欲出。

「住在城裡的野人」與其說是一部寫實記錄，倒不如說是探險小說，更為洽當。城市文明人，如野人一般朝夕穿越荒僻山間，種種苦樂躍於紙上。生態事工，需要付出多少堅忍、堅持以及固執。擇善固執。

○○○

「流淚撒種的，必歡呼收割。」

為作者感恩。

為作品慶賀。

郭良蕙

前言

○○○

「不簡單喲，你要有心理準備。」

裴家騏意在言外，彈出了這麼一句話。

我當然知道他在臺灣進行過好幾次山羌野外調查。

我還知道他對「香港麂屬動物野外調查計劃」格外有興趣，非但興致勃勃，還信心滿滿，當仁不讓。

我也知道，我是在一股腦地夢想，搖旗吶喊，卻毫無繫放野生動物實戰經驗。

我只是一味晝思夜夢，認為這是黃種人夢寐以求的生態調查參與行動，認為這就是為什麼當初成立「野生動物保護基金會」的原因。

黃種人必須參與生態調查，甚至還可以主導生態調查吧。

毅然決然，當仁不讓，我從黃始樂手裡接下計劃，接下這個知易行難，後來又狀況百出，但是終於達成任務的「香港麂屬動物野外調查計劃」。

○○○

「香港麂屬動物野外調查計劃」足足進行十二個月。

十二個月，沒有一天不在絞盡腦汁，不在當機立斷，不在處理層出不窮的突發狀況。

荒山野嶺，沒有實戰守則，沒有教條，沒有理據，反應全憑反射，全賴經驗。結結實實的「香港麂屬動物野外調查計劃」，讓我確確切切經歷真槍真刀，短兵相接，赤身肉搏，煎皮熬骨。

最前線的野生動物追踪工作，讓我無時無刻不在觸目驚心，不在觸景生情。最後，我徹底崩潰，蹭在山野，豁在叢林，終日捫心自問，究竟是在為何而戰？是在為誰而戰？是為生態？社會？赤麂？還是為自己？

○○○

香港的山野叢林，彷彿非洲熱帶雨林，枝密藤布，蛇蟲鼠蟻。

在這樣如同蠻荒的環境裡摸索前進，繫放赤麂，攀高走低，利用無線電追踪被繫放的赤麂，那非得要憑真本領不可了。

真材實料的本領，即需要魄力、毅力、耐力、精力、體力、臂力、腳力、眼力、聽力、腦力，裝嵌組合。即使有本領，那並不足夠。人，還得具備接近野生動物一般的直截反射動作。

在蠻荒，人必須當機立斷。人在思考的同時，可能已經錯失良機，可能已經後悔莫及了。

○○○

一切都像一場夢。

事隔多月，煙消雲散，雲消霧散，恍如大夢初醒，往事只能回味。

沉思良久，內心起伏不平，矛盾、衝突、掙扎、爭鬥，我決定還是要寫完這本書。決定要用參與野生動物調查研究的四年經驗，來敘述這段足足進行十二個月，絞盡腦汁，當機立斷，天天應付層出不窮突發狀況的「香港麂屬動物野外調查」點點滴滴。

一方面，藉以憑弔意外死亡的赤麂和少數不幸傷及的無辜動物。

一方面，欲將香港麂屬動物野外調查的實際情形，裸露呈現，坦蕩蕩。

○○○

野生動物調查與研究，不得不進行。

我們並不清楚牠的存在與否？牠的族群數量？牠的行為模式？牠的棲地條件？

牠的生態廊道？牠的保育方向？

我們並沒有保育野生哺乳動物的任何配套措施，即使是非得進行發展建設的環境評估數據，包括施工方法，以及生態工法，甚至是相關的經營與管理方法。

但是，一旦進行野生動物調查與研究，免不了可能有傷亡，就必然有折損。

即使是白皮膚人種的外國生態研究野外調查，亦然。

即使是白皮膚人種的外國生態製片過程，亦然。

即使是調查報告裡支字不提可能的傷亡折損，又或者是並不順利的調查過程，亦然。

即使是生態頻道片集裡面呈現的盡是祥瑞溫馨，動物彷彿平易近人，統統都亦然。

事實還是存在。

事實就是事實。

野生動物調查與研究，不可能平淡無奇。

野生動物調查與研究，肯定狀況連連，驚險萬狀，過程充滿傳奇性。

○○○

足足在荒山野嶺蹭了十二個月。

認為一直幹着根本就不是人幹的事情，歷歷在目。

認為一直幹着根本就不是人幹的事情，卻感覺恍如隔世。

我慶幸這本書能夠脫稿。

我慶幸自己走出沮喪。

我要為傷亡的動物默哀。

我肯定折損的動物死得有價值。

我在書裡介紹一個令人刮目相待的原住民許俊勇。

我在這裡由衷感謝不屈不撓的裴家騏。

我想，這本書索性就叫做『住在城裡的野人』。

我想，這本書理所當然，就獻給所有不同膚色從事生態研究野外調查的工作學者吧。

我想，這本書的內容，不如就交給大家，以不同的角度，來參與，來判斷，來思索，來看看究竟下一步應該怎麼辦。

孫啓元

導讀

○○○

電視的生態頻道，看得津津有味，但是分不清楚究竟是 National Geography？Discovery？或者又是ＢＢＣ拍攝的影集？

電視的生態頻道，看得興會淋漓，但是分不清楚拍攝背景究竟是非洲？歐洲？澳洲？或者又是北美洲？還是南美洲？

電視的生態頻道，看得嘖嘖稱奇，即使知道是非洲，看着蹦蹦跳跳的靈長類動物，也分不清楚究竟是大猩猩 Gorilla？黑猩猩 Chimpanzee？狒狒 Baboon？還是一般的猴子 Monkey？

哪怕是明星動物，電視的生態頻道也僅能帶來感官享受。美麗的構圖，也只能表現蠻荒和文明會有天淵之別。

人，眼睛看在生態頻道，腦筋卻慶幸自己豐衣足食，並不受野生動物所威脅。

人，眼睛看在生態頻道，腦筋卻並不關心野生動物的生活品質，甚至是牠們的生存權。

可愛的野生動物，揪出來欣賞。

不可愛的野生動物，即使生存山野，也會像是過街老鼠，人人都喊打。

今天，研究野生動物的方向迷失了。

今天，拍攝野生動物的目的模糊了。

○ ○ ○

環顧周圍，曾幾何時，生態環境悄然改觀，生態環境裡面動物的物種悄然在改變。

很快，臺灣東部山區裡面的白頭翁取代烏頭翁。

很快，臺灣由南至北的田野充斥外來紅火蟻。

很快，香港原來關在鳥籠裡面的家八哥取替山野的林八哥。

很快，香港快速繁殖的獼猴個個酷似恆河獼猴而同化了原來的馬來猴。

然而，香港的赤麂，卻長久以來一直被誤判為黃麂。黃麂，成為長久以來受到香港法律約束的被保護野生哺乳動物。赤麂，只好「逍遙」法外，自生自滅，徘徊山野，在自求多福。

〇〇〇

什麼叫做麂？麂，鹿科動物，長相似鹿。

什麼叫做赤麂？赤麂，鹿科、麂亞科、麂屬物種，印度頗多，故又名印度赤麂 Indian Muntjac。

什麼叫做黃麂？黃麂，也是鹿科、麂亞科、麂屬物種，中國大陸、以及臺灣很多，故又名中國黃麂 Chinese Muntjac，也就是臺灣一般膩稱的山羌。

怎麼樣由外型區別赤麂和黃麂？

赤麂，耳緣白毛，全身背毛棕紅。體型如山羊。

黃麂，耳緣無白毛，全身背毛棕褐。體型似小狗。

這本書，敘述的香港麂屬動物野外調查過程，應劇情需要，在對話裡面所賦稱的山羌，其實指的也就是香港的赤麂了。

〇〇〇

「香港麂屬動物野外調查計劃」的來龍去脈包括——

一、二〇〇〇年八月起，由香港山野架設紅外線熱感應自動相機的底片，裴家騏一眼就認定拍攝的麂，並非香港文獻記載的黃麂。他一口咬定，這就是赤麂。以往所說黃麂，應該是誤判。

二、二〇〇〇年八月起，由香港山野架設紅外線熱感應自動相機的底片，發現所有的麂都是赤麂，我不斷在記者招待會發言更正香港的麂是赤麂，而絕非一向以為的黃麂。

三、黃始樂為了求証麂的物種確實性，特別採集在新界地區的幾隻因受傷而被帶回醫護的麂的血液樣本，委托中文大學生物系萃取基因比對，發現新界地區的麂確實是赤麂。

四、黃始樂告訴我，他決定要比對香港本島、大嶼山離島的麂的基因，順便進行其活動範圍和行為模式的野外調查。

為期六個月「香港麂屬動物野外調查計劃」，知易行難，從此展開。

○○○

「香港麂屬動物野外調查計劃」的調查方法，並不複雜，而且還有些像是老生常談——

一、確定香港本島、大嶼山離島，作為野外調查範圍。

二、選擇樣區，架設陷阱，捉麂。

三、先行保定，進行測量值記錄，收集體毛，安裝發報頸圈，原地釋回。

四、進行無電線追踪定位。

五、在樣區，架設紅外線熱感應自動相機，輔助追踪。
六、在樣區，撿拾麂的新鮮排遺糞便，檢測食物質量。
七、進行收集體毛基因比對。
八、撰寫野外調查報告。
九、野外調查結束。

「香港麂屬動物野外調查計劃」的方法，看起來確實不複雜。

○ ○ ○

這本書，所敘述的「香港麂屬動物野外調查計劃」，僅僅進行六個月。調查時間顯然不足。但是出於和黃始樂之間彼此的默契，認為六個月時間，只是香港麂屬動物第一階段探討。在所難免，必須進行香港麂屬動物野外調查第二階段，也就是下半年度的六個月追踪行動計劃。彼此都知道下半年度的六個月追踪計劃才是香港麂屬動物野外調查的壓軸。

孰不知，忽然公布的香港財政預算出現龐大赤字。減薪、裁員、刪除費用，政府應變措施排山倒海，瞬間接二連三。

孰不知，突然迅速蔓延的「嚴重急性呼吸系統綜合症」SARS，勢如破竹，香港工商企業驀地運作停頓，市場瞬間癱瘓。

非但理應進行的第二階段「香港麂屬動物追蹤計劃」，石沉大海。就連第一階段的「香港麂屬動物野外調查計劃」，幾乎被迫停擺，有驚無險，差點有始無終。

○○○

「香港麂屬動物野外調查計劃」調查過程，驚濤駭浪，驚心動魄。

我驚慌失措，驚魂未定。然而，「香港麂屬動物野外調查計劃」幸虧有些收穫——

經過基因比對，印証香港麂屬動物就是赤麂。（圖表一）

經過排遺含氮量平均數檢定，証實赤麂進食物質量可能還不錯。（圖表二）

經過覓食追蹤與分析，驗証赤麂食源種類有可能多元化。（圖表三）

經過無線電追踪定位觀察，証明赤麂活動範圍尚稱理想。（圖表四）

○　○　○

香港，生態環境在轉變，無時無刻。

香港，生態環境裡面的野生哺乳動物的物種與族群量，正隨着改變的環境在改變，沒完沒了。

五十年代，山坡地依然梯田比鄰，種植茶樹與果樹。

六十年代，政府積極植樹，茶農和果農相繼廢耕。

七十年代，引水道、截水道、水塘，逐一完工，恢復寧靜。

八十年代，深圳河北岸的深圳市區大開發，徹底切斷深圳與新界原本連結的大小生態廊道。

九十年代，香港各地的引水道、水塘，完全恢復自然生態景象。

二〇〇〇年，香港大興土木，築路、建設，一切都在迫使香港境內野生哺乳動物，不得不依生態環境不同的變遷程度，在移動，未曾間斷。

香港，赤麂的移動很明顯。東藏西躲，南奔北逃，難以捉摸。

香港，赤麂躲藏奔逃的範圍逐步縮小。越來越寬、越來越複雜的快速道路，已經切斷其原本得以來往不同棲地的生態廊道。

香港，赤麂只好徘徊在各自有限的空間，各安天命。

赤麂，居然無處可去，走上街頭，遭逮捕，被勒斃。

赤麂，居然在山野，會受豪豬攻擊，身受重傷。

赤麂，居然於叢林，成為野狗圍攻獵食的對象，慘被吞噬。

赤麂，居然在狹窄的棲地，變成白變種。

「香港麂屬動物野外調查計劃」幸虧有些發現，也還有些收穫。

過程，驚濤駭浪，驚心動魄。

我，驚慌失措，驚魂未定。

○ ○ ○

哈泰利 Hatari，非洲 Swahili 土語意指——危險。

一九六一年，一部轟動世界、好評如潮的電影「哈泰利」Hatari！卻完全看不出蠻荒非洲的丁點危險。

這部電影，當年不知道究竟風靡着多少人。

這部電影，就看見美國長青影帝——約翰韋恩 John Wayne 站在越野車裡，威風凜凜，手執長竿繩套，出沒東非大草原，呼嘯來回，捉野水牛、捉黑犀牛、捉非洲象、捉長頸鹿，捉這、捉那，買賣動物，不亦樂乎，他和世界各地動物園交易再交易。沒有任何人指責約翰韋恩，也沒有任何人杯葛「哈泰利」這部電影。

時至今日，「哈泰利」Hatari！DVD 仍然暢銷，已經過世的影帝依舊為人讚揚歌頌。

猶記得自己小時候，「哈泰利」Hatari！帶給我強烈的震憾，也帶給我很大的啟示。

電影的真實感讓我動容，印象深刻，至今依然。

考慮良久，我決定要像當年約翰韋恩主演「哈泰利」那般，要把「香港麂屬動物野外調查計劃」的過程，完整叙述；要讓大家有機會參與，能以不同的角度來切入，來探討，來判斷，來思維，來想一想——下一步究竟應該怎麼做。

赤麂與黃麂的演化分枝

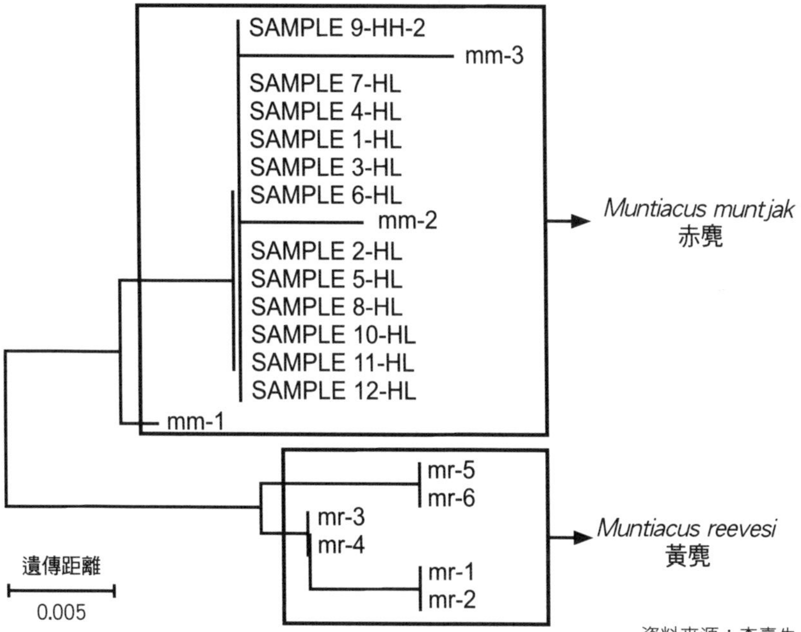

資料來源：李壽先

（圖表一）

Monthly changes in Fecal-Nitrogen content(% of dry matter) for the Indian muntj ac in Hong Kong.
糞便含氮量平均數

Month 月份	Sample Size 樣本數	Average 糞氮量平均數	SD 標準偏差
Octorber 2002	10	3.06	0.85
November 2002	5	2.65	0.45
December 2002	-	-	-
January 2003	8	2.85	0.72
February 2003	2	2.65	0.88

資料來源：裴家騏

（圖表二）

香港赤麂的食物

取樣	鑒定的食物
香港島 1	夜花藤(葉脈):Hypserpa nitida Miers. 異葉雙唇蕨(葉):Lindsaea heterophylla
香港島 2	山橙(果):Melodinus suaveolens Champ. 夜花藤(葉):Hypserpa nitida Miers. 疏花衛矛(葉):Euonymus laxiflorus Champ. ex Benth. 光葉羊蹄甲(種子):Bauhinia glauca (Wall. ex Benth).
香港島 3	廣東山龍眼(果):Helicia kwangtungensis W.T.Wang 大果冬青(果):Ilex macrocarpa Oliv. 大嶼山 1 真菌 哺乳類小動物的胃 亮葉冬青(葉):Hex viridis Champ. ex Benth. 寄生藤(葉):Dendrotrophe frutescens (Champ. Ex Benth.) Danser
大嶼山 1	雙唇蕨(葉):Lindsaea ensifolia 余甘子(果):Phyllanthus emblia L. 茶科柃屬(葉):Enrya sp.
大嶼山 2	寄生藤(葉):Dendrotrophe frutescens (Champ. Ex Benth.) Danser 菝(葉):Smilax china L.
大嶼山 3	華衛矛(葉):Euonymus nitidus Benth. 寄生藤(葉):Dendrotrophe frutescens (Champ. Ex Benth.) Danser 廣東山龍眼(葉):Helicia kwangtungensis W.T.Wang 梅葉冬青(葉):Ilex asprella (Hook. et Arn.) Champ.
香港島 4	廣東山龍眼(果和葉):Helicia kwangtungensis W.T.Wang 芒(稈):Miscanthus sinensis Anderss.

資料來源:邢福武

(圖表三)

香港島石澳81號赤麂無線電追蹤定位圖

資料來源：賴玉菁

（圖表四）

目錄

孫啟元（左）、裴家騏（右）、繫放赤麂（前）

耐人尋味

○○○

這裡，總是散發一陣又一陣枯枝爛葉的腐朽霉味，也老是飄起一波又一波分不清是從何處吹來的腐臭屍味。

一天又一天，我只能踩踏泥地，走山徑，爬陡坡，頭也不擡，漫遊在林叢。瞭如指掌的地形，讓自己微微感覺到厭惡。半年的時間，就這樣，汗流浹背，無聲無息，消失在來回走動的定律裡。我謙卑地許願，盼望能再捉一隻赤麂。

是的，每逢捉到一隻赤麂，俊勇和我就會一心一意，七手八腳，保定，測量，記錄，採集體毛，繫戴發報頸圈，修正頻率，拍照存証，必須十分鐘之內原地釋放。

儘管藏不住的興奮表情歷久不褪，我已經又悄悄地謙卑着許起願來，盼望能再多捉一隻赤麂。像貪婪的孩童，吃罷再吃，拿了想再拿。赤麂，怎麼捉，我都嫌不夠。赤麂，就像山谷叢林裡的精靈，感覺得到，卻觸摸不到。

赤麂啊，赤麂，你究竟在哪裡。

○○○

美汀哭得傷心，呆坐似枯木，淚如雨下，即使肩膀偶爾在抽動，卻像絲毫不關她事。

她已經痛下決心，準備明天一早搭車就去赤鱲角機場，就要回臺灣。誰也沒法勸阻美汀回心轉意了。

無能為力，再也顧不得什麼形象了，原本就像是會説話的眸子變成烏漆黑洞。從黑洞，誰也看不出美汀究竟受了什麼天大的委屈。從黑洞，只能看見美汀是徹底崩潰了。那是無底的黑洞，是探不到底的莫測深淵啊。

本來應該是字體端正的香港野外調查記錄，現在變成潦草字跡，顯然就像是僥倖存活卻知道又得難免一死的那種絕望的日誌了。

×月×日
在不同獸徑的樹幹下方設置二十個安放誘餌的頭套式陷阱。

×月×日
羊飼料無效。

×月×日
蘋果和橘子作誘餌，看來也無效。

×月×日
決定試用青菜、番茄、胡蘿蔔不同蔬果當誘餌。

×月×日

加裝紅外線熱感應自動相機，觀察赤麂究竟吃什麼。

×月×日

依然不見赤麂蹤影。

×月×日

裴老師來電話，要求順便設籠捉老鼠，好像對我們的表現不滿意。

×月×日

整天下雨，全身濕透。

×月×日

可恨的颱風天。

×月×日

不知道吃什麼，晚餐沒有着落。

×月×日

奪命追魂的電話又來了。

×月×日

裴老師又來電話，再捉不到赤麂，就叫獵人來。

×月×日

獵人有什麼用，赤麂又不是山羌，你以為那麼容易捉。

×月×日

裝在陷阱上的發報器失靈。

×月×日

發報器不防水，大部分失靈。

×月×日

……。

○○○

阿志和美汀，一前一後，撐不住，都回臺灣了。

美汀，毅然決然，回到裴老師身旁，一邊繼續寫她一寫就是好幾年的碩士論文，一邊繼續她倒也稱職的研究助理，一天又一天。

○○○

阿志，是一個獸醫師。

獸醫，在臺灣比比皆是。

臺灣，只要念完獸醫科系，就有機會考取獸醫執照。懸壺濟世。醫豬醫牛，醫寵物，醫醫野鳥野獸，隨心所欲，倒也自得其樂。

阿志就是這樣，待在屏東，久而久之，身兼數職，既是屏東科技大學野生動物保育所裴老師的得力助理，又是屏東科技大學野生動物收容中心坐鎮獸醫師。

裴老師是野生動物收容中心主任，直接向臺灣農委會負責。

在裴老師的眼睛裡，阿志和美汀都是好幫手，用功又用心，野外調查，說做就做，義不容辭，任勞任怨，很努力。

在裴老師的腦海裡，這個為期半年的『香港麂屬動物野外調查』跨海生態研究項目，理所當然，就指着阿志美汀打先鋒。

香港漁護署批准計劃的那一天，阿志和美汀已經迅雷不及掩耳地人在香港，而且還在山谷叢林裡，鑽進鑽出，默默工作，討論、行動，行動、討論，再討論、再行動，再行動、再討論，一天又一天。

第十二天，阿志搖搖頭，先走了。

第十六天，美汀淚灑香江，也回臺灣了。

○○○

『香港麂屬動物野外調查計劃』，這是教人心動的題目。

『香港麂屬動物野外調查計劃』，即使是倒貼也得要爭取的項目。

『香港麂科動物野外調查計劃』，令我有不惜一戰的衝動。

要不是兩年以前，我去找裴家麒，千里迢迢，兩個人從屏東來到香港，開始野生哺乳動物調查。

要不是兩年以前，裴家騏一口答應，背包塞滿紅外線熱感應自動相機，立馬飛到香港。

要不是兩年以前，美汀、阿志、怡如、鼎芬、阿酷，揹起鍋子、鐵鏟、帳蓬、鼠籠、蝙蝠網、開山刀，前仆後繼，一窩蜂都衝進香港。

要不是兩年以前，我盲目熱心，出錢出力，創辦『野生動物保護基金會』。

要不是兩年以前，裴家騏莫名其妙地來回屏東、香港，折騰又折騰。

要不是我孜孜不倦。

要不是裴家騏從旁指導。

要不是我早出晚歸，進山入林，安裝相機更換底片。

要不是裴家騏從洗放的相片，一眼就看出香港的麂子全是赤麂。

要不是我在記者招待會裡，一再聲明香港的麂子全都是赤麂。

要不是裴家騏再三強調香港的麂子根本就是赤麂。

黃始樂也不會絞盡腦汁地從漁護署擠出來三十萬元港幣，我也不會緊跟着倒貼三十萬元港幣。

這一切，就是為了証實香港的麂子全都是赤麂。

這一切，就是為了証明香港的麂子根本就是赤麂。

所以，『香港麂屬動物野外調查計劃』，令我覺得不惜一戰。

所以，『香港麂屬動物野外調查計劃』，讓我陷入不得不戰的思想鬥爭裡。

○○○

麂子，究竟是個什麼東西。

麂子，是鹿科動物，故相貌類似鹿。

黃麂，體型如小狗。

赤麂，體型同山羊。

臺灣老饕眼裡認為是山珍的山羌，臺灣幾乎人人以為能夠補體強身的山羌，就是稱之為黃麂的麂子。

香港的英國人，六十年代，就不斷重複，說香港的麂子根本就是一般的黃麂。

去年，野生動物保護基金會舉辦第一次『香港野生動植物現況與保育研討會』，嘉道理的陳輩樂起身發言，他說，他在香港看見過黃麂。

○○○

「我只申請到三十萬元港幣。」

黃始樂誠懇地凝視我的臉，靜觀其變。

我感覺得到，他是一個有為的官員。

「你要想清楚，錢肯定不夠。」

裴家騏告誡着我，吐出這麼一句話。

我體會到裴家騏講的是肺腑之言。

「半年。只需要進行六個月。大嶼山只捉五隻，香港島也只捉五隻。」

黃始樂故作輕鬆，遊說我。

「不簡單喲，你要有絕對的心理準備。」

裴家麒意在言外，又彈出這麼一句話。

我知道，黃始樂完全同意香港的麂子根本就是赤麂，所以他以為必須進行科學印証，發表學術報告，才能確立可信度。

我知道，裴家騏在臺灣從事多次山羌調查，肯定會對香港麂屬動物野外調查很有興趣。非但興致勃勃，而且信心滿滿，調查當仁不讓。

我也知道，自己可真是一股腦地搖旗吶喊，卻全無實戰經驗。

我晝思夜夢，這是黃種人夢寐以求的生態調查參與行動啊。

最後，我鐵下心腸，決定倒貼三十萬元港幣。

○○○

六十萬元開銷，六個月時間。

『香港麂屬動物埓外調查計劃』究竟要証明什麼？

裴家騏寫了一套簡單的計劃。起碼，從字眼看，這是一套極其簡明且又平平無奇的草食動物調查計劃。怎麼看，這都是一套毫無困難度，而且又不具備挑戰性的野外調查計劃。

簡單的調查計劃預期是這樣進行——

一、分別在大嶼山離島和香港本島，選定一塊至兩塊樣區。

二、在樣區設置安放誘餌的頭套式陷阱，欲捕捉五至十隻性別不一的赤麂。

三、保定，記錄其測量值。

四、繫戴可供無線電追蹤的發報頸圈。

五、收集含毛囊的體毛進行ＤＮＡ比對。

六、撿拾新鮮糞便作食性分析。

七、安裝紅外線熱感應自動相機監測，嘗試做族群估算。

輕描淡寫。寥寥數語。橫豎就是一項毫無挑戰性的野外調查計劃。

誰知道，美汀會哭成淚人。

誰知道，捕捉赤麂又真的是一籌莫展。

○○○

認為簡易的例行操作陷於停頓，一廂情願以為簡單的野外調查產生變數。恍如晴天霹靂，我坐着呆若木雞，左思右想，就是不得其門而入。

「再捉不到赤麂，就叫獵人來。」

裴家騏斬釘截鐵指點，再三強調。

危機意識一再催促。我急忙搭乘飛機，疾奔臺北木柵動物園。我彷彿記得臺北木柵動物園有成群山羌，山羌就一群群站在圍欄裡面，有事沒事，引頸張望。在那裡，山羌像衛兵。有時候，山羌彼此竊竊私語，像是正在想些壞點子、出着餿主意的無所事事的無業遊民。我快步移向半山腰裡的獸醫室，那裡有可以指點迷津的金仕謙（註：現任臺北木柵動物園園長）。

獸醫室，骨骼處處，冷風颼颼。

走進獸醫室，我胡思亂想起電影情節裡的古代行刑室。我總以為動物面對獸醫毫無表達能力。生病的動物只得面對獸醫，毫無怨言地任憑宰割。獸醫不比人醫，獸醫得面對病獸查顏觀色，獸醫要單方面判斷面對的動物到底是生什麼病。獸醫還不能詢問病獸哪裡不舒服，獸醫只得憑經驗診斷動物究竟是患什麼滔天大病了。

我想起以前，我有想作獸醫的念頭。我就差這麼一點，也成為掌握動物生死大權的審判官。直覺讓我總以為人類對動物的了解實在太膚淺，自以為是，但卻又微不足道。

光線不足，顯然是昏暗的環境。我在獸醫室裡舉目張望，渴望發現我急欲會見的那個最有經驗的審判官——獸醫主任金仕謙。我就希望久負盛名的金判官能夠滔滔不絕，告訴我有關山羌的一切又一切。哪怕山羌只是體型如小狗的黃麂。哪怕山羌不是體型如山羊的赤麂。

美汀後來哭成淚人，讓我張皇失措。我瞬間覺得，自己不再認識赤麂了。

麂子，變得陌生。

麂子，遙不可及。

麂子，究竟是個什麼東西。

麂子，耐人尋味。

○○○

「耐人尋味，真的是耐人尋味。」金仕謙果然滔滔不休：「即使是動物園裡的山羌，也會非常敏感。每年在園裡捉山羌作體驗都得小心翼翼。起初，搞得人仰馬翻，大家灰頭土臉，團團轉。後來，有經驗了，才知道不得有任何差錯。過程當中，要不停量體溫，要不斷聽心跳，要隨時用冷水降溫，要隨時得提防休克。一不小心，腦袋就會高燒死亡。一不小心，心臟就會爆裂致死。想要活捉，就得有竅門。不簡單，不簡單。」

高頭大馬，後腦勺下留着一撮長髮的金仕謙，眼圓音亮。我想，動物園的大小動物都會怕他三分吧。

「山羌，見人就躲，就算設再多陷阱，捉到的機會也不大。不過，用竹筒裝鹽，插在地面，可能會吸引山羌來舔食。試試看吧，這是一位臺灣北部老獵人講的，不知道效果如何了。」

「噢——！」

我聽得津津有味，漫不經心附和。抽絲剝繭，陷於苦思，我聚精會神，只想要找到活捉赤麂的正確答案究竟在哪裡？

金仕謙教我吹箭麻醉。教我自製吹箭。教我藥量控制。教我利用解藥。短短幾個鐘頭，我強迫自己進階，成為一個沒有執照的無牌麻醉師。

Zoletile 麻醉劑／體重 10kg ／藥量 1.5ml。

Atropin 麻醉劑／體重 10kg ／藥量 0.2ml。

Imalgene 1000 麻醉劑／體重 10kg ／藥量 1ml。

Ampicillinum 抗生素／體重 10kg ／藥量 2ml。

Doxapram 呼吸促進劑／體重 10kg ／藥量 1ml。

Dexamedium 類固醇／抗休克急救用／體重 10kg ／藥量 1ml。

保定過程——

以左手握右角。以右手絆左腳往外拉。以右手按左下肚皮令其平躺。以左腿壓肩，右腿壓大腿令其左手彎曲，左腿伸直。進行靜脈抽血。針頭進入皮下，速速要快，方可掌握血管位置。

注意事項——

墊高頸部。防止吃進胃裡的食物倒流出來。

頭部向前拉，伸直下頦，側臥，嘴不可朝天，防止口水倒流入氣管。

…………

…………

…………

…………。

○　○　○

阿志搖搖頭走了。裴家騏指定的新獸醫鄭筑云因為碩士班考試，來不及到香港報到。

我決定放手一搏，習成武藝，以防萬一。要以萬變應不變。

草生地混雜着灌叢

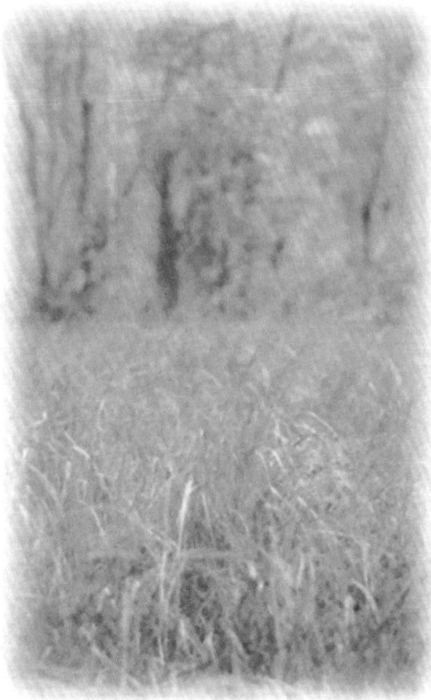

典型的草生地與次生林臨界邊緣

整天在山谷叢林裡鑽進鑽出

野黃牛善於利用作為憩息的山徑

這算是比較容易走的山徑

香港花崗岩地質巨岩磊磊

山羌其實就是稱之黃麂的麂子

典型的次生林

典型的山徑

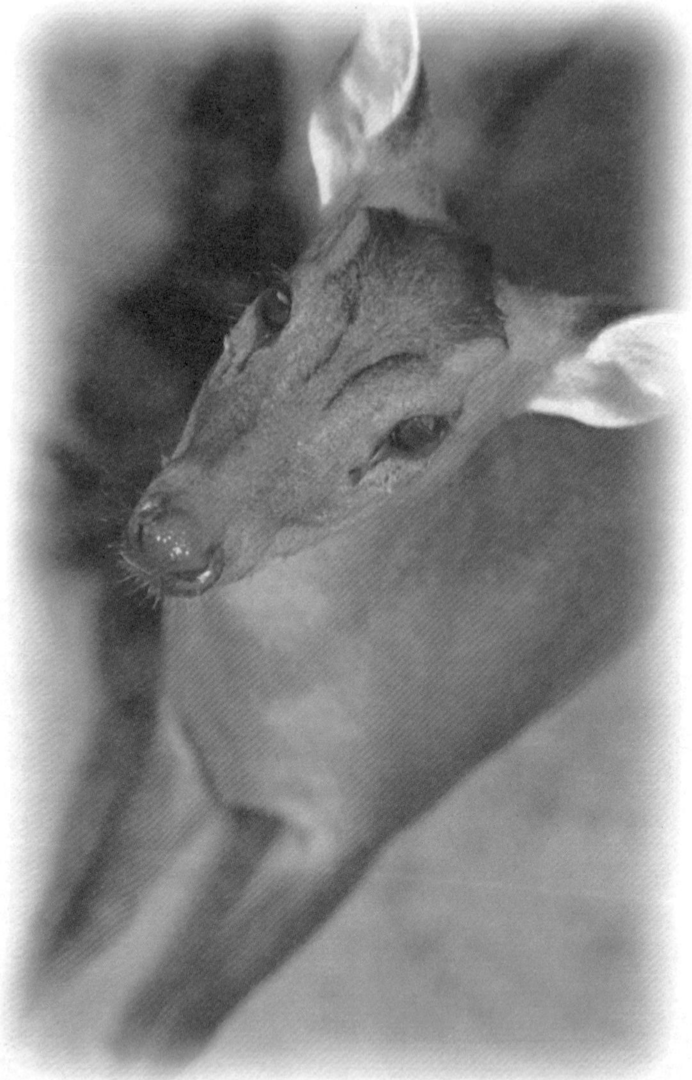

臺灣老饕向來就認為是山珍的山羌

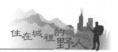

被誤稱黃麖其實是赤麂的廬山真面目

赤麂的體型如同山羊

美汀（右）、阿志（左）用心安裝頭套式陷阱

劈荊斬棘的野人

一股原動力

○○○

竹蹭竹，在風裡咿呀咿呀地嘯吟，恍似通風報信，要提防心懷不軌的不速之客。

我像物色妓女的嫖客，喪心病狂，揮刀疾斬。竹應聲跪地，裸露出雪白的肌膚。我低頭不語，一股腦兒的抓起四公分至六公分直徑的竹竿，狠狠削成四十公分至五十公分高度不等，一端有節、一端開口的一根根竹筒。心滿意足，滿載而歸。

竹被浸在鹽水，竹又被陰乾，一根根塞滿鹽巴。這樣的鹽清竹筒，插在泥地，可能會吸引赤麂來舔食。金仕謙説，這是臺灣北部一位老獵人所講的經驗哩。

我滿懷希望，努力泡製鹽清竹筒，決定繼續美汀和阿志已經暫停的調查計劃，要把竹筒插在頭套式陷阱旁邊的泥地上。我心急如焚，如同熱鍋裡的螞蟻。

○○○

頭套式陷阱，埋伏在刻意掩蓋的枯枝腐葉，蓄勢待發，如臨大敵。緊緊扳扣彈簧的彈射鋼索正像不眠不休的叢林狙擊手，無時無刻不在等待赤麂出現。只待赤麂探頭啣起圈套裡垂涎已久的蘋果，觸動機關，鋼索即會疾速拋彈，毫不猶豫套牢赤麂的脖子，狠狠拽住赤麂，像拽住拴着鐵鍊的狗，無可奈何，赤麂就會這般手到擒來。

鹽漬的竹筒，就插在埋伏枯葉底下的頭套式陷阱旁邊的泥地上，竹筒只是用來吸引赤麂盡量靠近誘餌，作為裝飾用。

美國人的設計！這個已經申請專利的頭套式陷阱，其實就是一付觸動誘餌就會即時彈射的機械——一端可以被牢牢固定地面的鋼線索套。申請專利的彈射鋼索，名字叫做 CollarumTM，它是方才面市的新產品。

裴家騏和我不約而同在 Forestry Suppliers Inc. 新鮮出爐的產品目錄裡找到 CollarumTM。我們異口同聲認為 CollarumTM 值得一試，CollarumTM 應該就是我們居然得來毫不費功夫的赤麂捕捉新工具。

上網洽購，信用卡付賬，陷阱空運送到。

這付美國人強調的人道捕獸裝置，說明可以逮捕狐、狗、狼等這些肉食動物的彈射機關，瞬間就在眼前了。

我們興高采烈拿着就走，開車就去那魚蝦蹦跳、候鳥聒噪、野狗潑賴的米埔自然保護區。

左拼右湊，頭套式陷阱組裝終於大告功成。一付，被用力鎖定在一棵樹幹上。一付，被使勁固定在另一棵的樹腳下。分別掛上了香腸與燒肉，也接上假設捉到獵物就會因鋼索彈射而自動斷訊的追蹤發報器。

我們決定隔天清晨即驅車巡視，檢閱陷阱，看看究竟能夠俘獲些什麼樣子的戰利品。

○　○　○

第一天，香腸和燒肉扒滿螞蟻。我們趕緊驅逐螞蟻。沒有逮着理應被拽着的野狗。

第二天，香腸和燒肉又再沾滿螞蟻。我們立刻消滅已經令人生厭的螞蟻。並沒有逮着理應被拽着，而且可能會是垂頭喪氣的野狗。

第三天，香腸和燒肉相繼風化，形同乾屍，堅硬如石。螞蟻銷聲匿跡。野狗杳然無踪。

沒有收穫，並不影響鬥志。

毫不氣餒，一路士氣高昂。

我們氣壯山河。

我們主觀地堅信，美國人發展的產品就是好產品。

我們不得不主觀相信，美國人生產的工具就一定會是好工具。雖然目前毫無收穫。但是組裝起來的頭套式陷阱，幾經人手試驗，證實威力強大，勢不可擋。

裴家騏和我，都以為 CollarumTM 算是已經通過我們的嚴格測試了。

我們也都認為，頭套式陷阱理應可以捕捉赤麂，毫無問題。

第四天，急急忙忙，決定拆下米埔正在實地試驗的頭套式陷阱，一邊丟棄黏在鈎扣上的硬如石塊的香腸和燒肉，彷彿就要趁勝追擊似地轉移陣地，一付接一副，統統安裝在準備捕捉赤麂的樣區裡。理所當然，我們鈎上了蘋果與柳橙，如法泡製，一廂情願，僅僅更換誘餌。

美汀和阿志，就像是接力賽似的，從此繼續全力投入實戰狀況，夜以繼日接收發報訊號，瘋狂採購替換使用不同的蔬菜與水果，最後還得風雨無阻捉老鼠。討論、行動。行動、討論。再討論、再行動。再行動、再討論。

×月×日

我們依然不知道使用的餌料有沒有問題。

×月×日

早晨和晚上例行接收無電線訊號，表現良好，沒有絲毫罷工現象。

×月×日

今天是在香港第一個星期天，有點無聊。

×月×日

今天我們準備了各式各樣蔬果放在陷阱附近，依序為一、梨子，二、玉蜀黍，三、青瓜，四、椰菜花，五、胡蘿蔔。這是我們所能做的最大改進，就像是自助餐一樣，隨牠們選擇自己喜愛的食物。

×月×日

又換了幾種餌料，希望赤麂會來進餐，依次排列：一、羊飼料，二、西洋梨，三、玉蜀黍，四、紅柿子，五、小黃瓜，六、楊桃，七、柳橙，八、胡蘿蔔。

×月×日

真是天公不作美，一開始工作就下起雨，真是傾盆大雨，和阿志兩人全身濕淋淋檢查鼠籠，大概只有籠裡的老鼠比我們慘吧！捉到一隻刺毛鼠。

×月×日。

多事的一晚，好累，弄得烏煙瘴氣，為什麼作研究還要去想一些雜事，這一切真的很難適應。

×月×日

將近晚上十一點才回 Office，連晚餐都沒力吃，What a day！！

第十二天，阿志搖搖頭，決定先走了。

第十六天，美汀淚洒香江，也回臺灣了。

○　○　○

捉赤麂的樣區，不是亂點的。

捉赤麂的樣區，是有根據的。

漫山徧野，架在樹幹而面向獸徑的紅外線熱感應自動相機，一次又一次拍攝的相片就是決定樣區的根據。

香港島石澳郊野公園，就是所選定準備捕捉赤麂的第一個樣區。

對，石澳郊野公園，我有印象。

兩年前，樹林裡第一張果子狸相片，就是在石澳拍攝；第一張豹貓照片，也來自石澳。後來，一張接一張的赤麂相片，都來自石澳。香港島惟一有野豬的地方，也就在石澳。

石澳郊野公園，教人覺得很興奮。

就連十年前遭石礦場分割，隔着馬路，自成一區的鶴嘴，在那片小小的樹林裡，也拍過不少赤麂、豹貓、野豬、豪豬、松鼠、鼬獾、果子狸、麝香貓、野貓和野狗。令人費解，次生林不成熟，蔓藤處處，巨石徧地的石澳郊野公園，居然獸影幢幢，甚至眼鏡蛇橫行攀爬，其樂融融，簡直不可思議。

石澳，成為第一個樣區。

美汀、阿志，十幾天的時間裡面，就是在石澳摸進摸出。

〇〇〇

「走！」

我帶着從小吃素不食葷，經常參加田徑比賽，說自己立志要作生態研究，念完香港中文大學生物系，即刻前來上班的陳濤，就在石澳，揹着竹筒，摸進摸出。「天雨地滑，注意平衡，手抓樹枝，腳掌着地，不要破壞現場，不要踩壞獸徑，……。」

雨水涔涔，全身濕漉，兩腳泥濘，我邊走邊叮嚀。

湮雨濛濛，雲霧瀰漫，漬鹽的竹筒矗立泥地，恍如地標。我刻意裝飾的幾枝尖毛蕨更襯托出幾分詭秘氣氛。我望望陳濤，陳濤看看認為已經像是天衣無縫的陷阱，我們都莫名其妙的笑了。

○○○

陳濤和我，天天在山裡攀岩越溪，摸進摸出。

終於，有一天，他再也不笑了。搖搖頭，就在還沒有通過試用期之前，陳濤走了，辭職不幹了。

天，還是細雨綿綿。稀泥巴醬的一旁，水湍湍而流。

「孫啟元，你不要再作了。」「沒有長期助理，你作不下去的。」……

裴家麒一再善意勸戒，一次又一次的勸阻卻激起我內心大無畏的火花。我激勵自己，哪怕賸下自己一個人，也得好好幹下去。

幹！野外生態調查根本就不是人在幹的事情。

○○○

這是一項多麼崇高，多有意義，多令人欽佩的神聖工作啊！

人，只要有機會沾到邊，無不躍躍欲試。

人，只消聽見野外生態調查這幾個字，無不肅然起敬。

野外生態調查。人，趨之若鶩。人，哪怕是僅僅參與而已。

是呀！你看！

早年裴家騏在臺灣研究野生哺乳動物，紅外線相機都是由美國訂購。學校負責採購的騰民強對電子通訊很有興趣。

「為什麼不自己生產？」

知道是野外生態調查，他毛遂自薦問。

這句話聽在裴家騏的耳朵就大大不同了，心癢癢。畢竟，大量使用紅外線相機研究野生哺乳動物，就能提高調查精緻度，分析數據就更具說服力。

「為什麼要讓老外賺那麼多錢？」

「紅外線相機必需國產化！」

「維修不就更加方便？」

「貨源起碼不成問題了！」

你一言，我一語。像唱雙簧，如說相聲。一來一往，你推我就。野外生態調查，這六個字，就變成一股強勁有力的原動力。

模仿和創造並重。

騰民強的產品，就在裴家騏幫他找到的經費之下，問世了。但是，騰民強卻有一個直到最後也都無法改善的死穴，那就是——慢工粗活。一個月只能生產幾部紅外線相機。產品維修從缺。產品紅外線感應部分和相機起動部分，都會用硬膠死死牢封，欲一探虛實、又或是存心仿冒，一旦敲開硬膠，組件即會四分五裂，體無完膚。甚至產品的零件編號，也都統統被磨掉。他就是那麼費盡心思，所以他的紅外線相機也就那麼令人感覺高深莫測了。

據説，只有裴家騏可以得到貨源供應。這種產品，誰也別想買得到。

裴家騏就把這部紅外線相機，定名為——紅外線熱感應自動相機。

一九九九年，一口答應，塞滿背包。裴家騏從屏東帶來香港嘗試找找看看沒有野生哺乳動物的相機，就是騰民強生產的紅外線熱感應自動相機。

騰民強，從此成為裴家騏和我談話內容，必須經常提到的名字了。

無名氏畫筆下的無名氏

在山野安裝紅外線熱感應自動相機

竹成為山野另類風水林

聚精會神接收訊號的陳濤

竹筒裡也會有住客——扁顱蝠

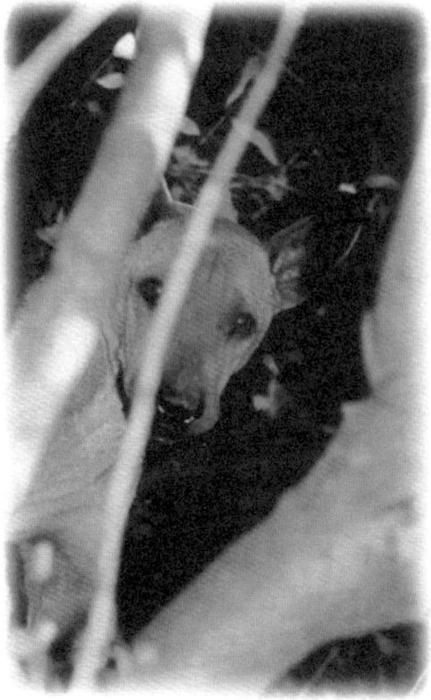

野狗乙

野狗甲

風光明媚的米埔基圍

米埔是豐衣足食的動物棲息環境

米埔彷似世外桃源野生動物至愛棲息地

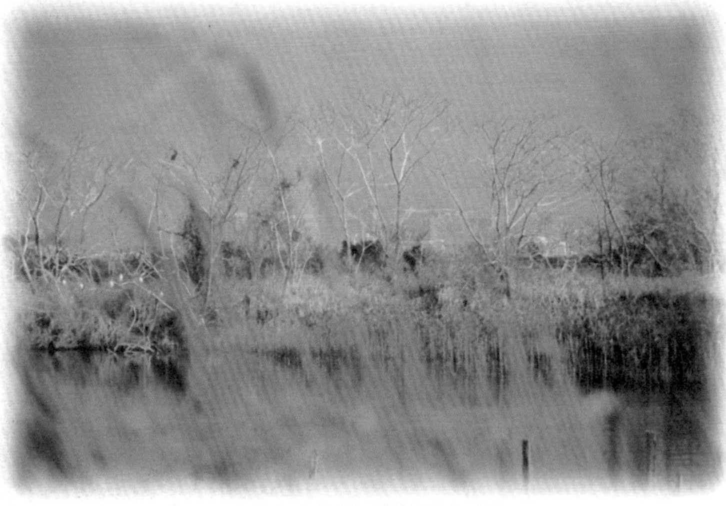

米埔濕地位於香港新界西北

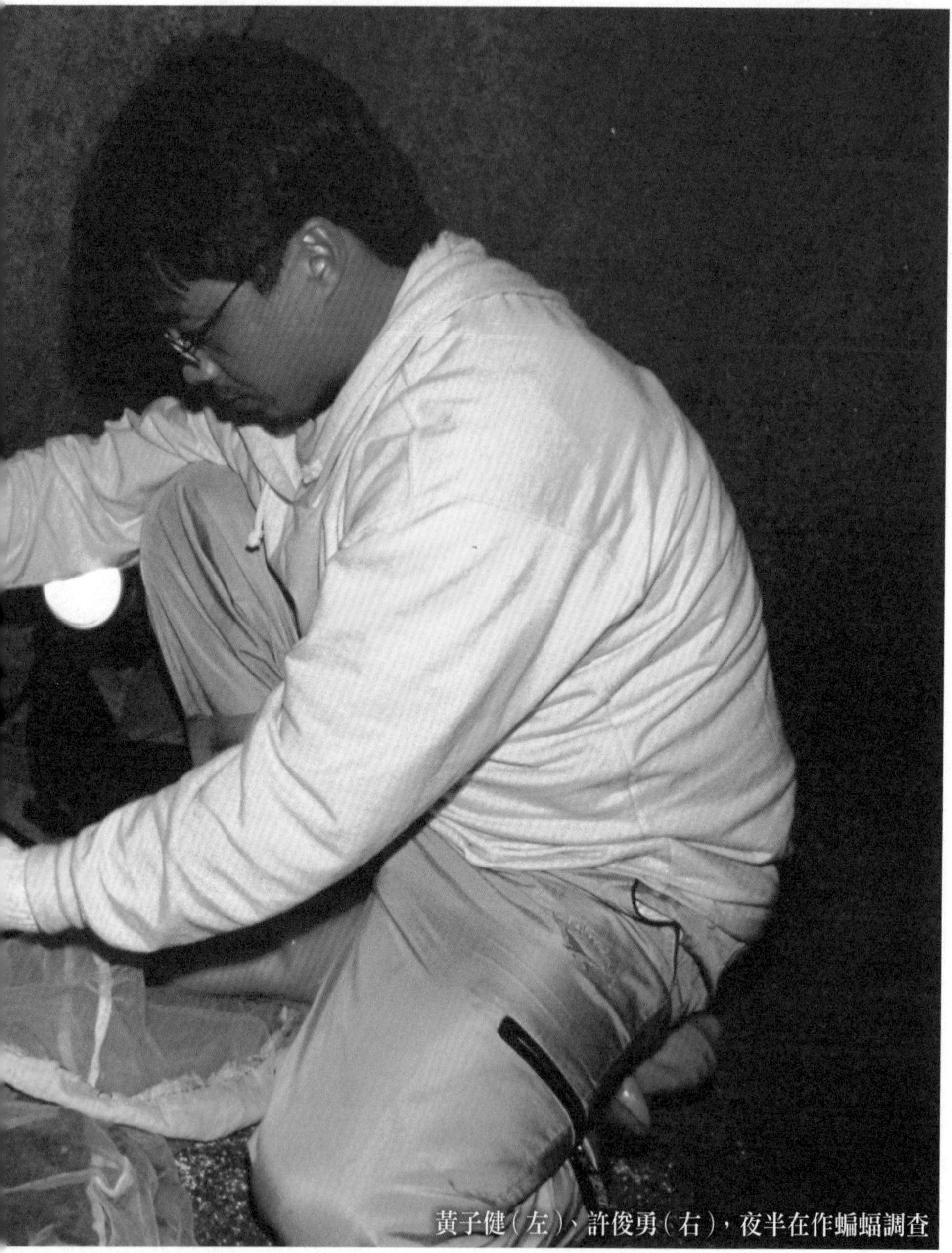

黃子健（左）、許俊勇（右），夜半在作蝙蝠調查

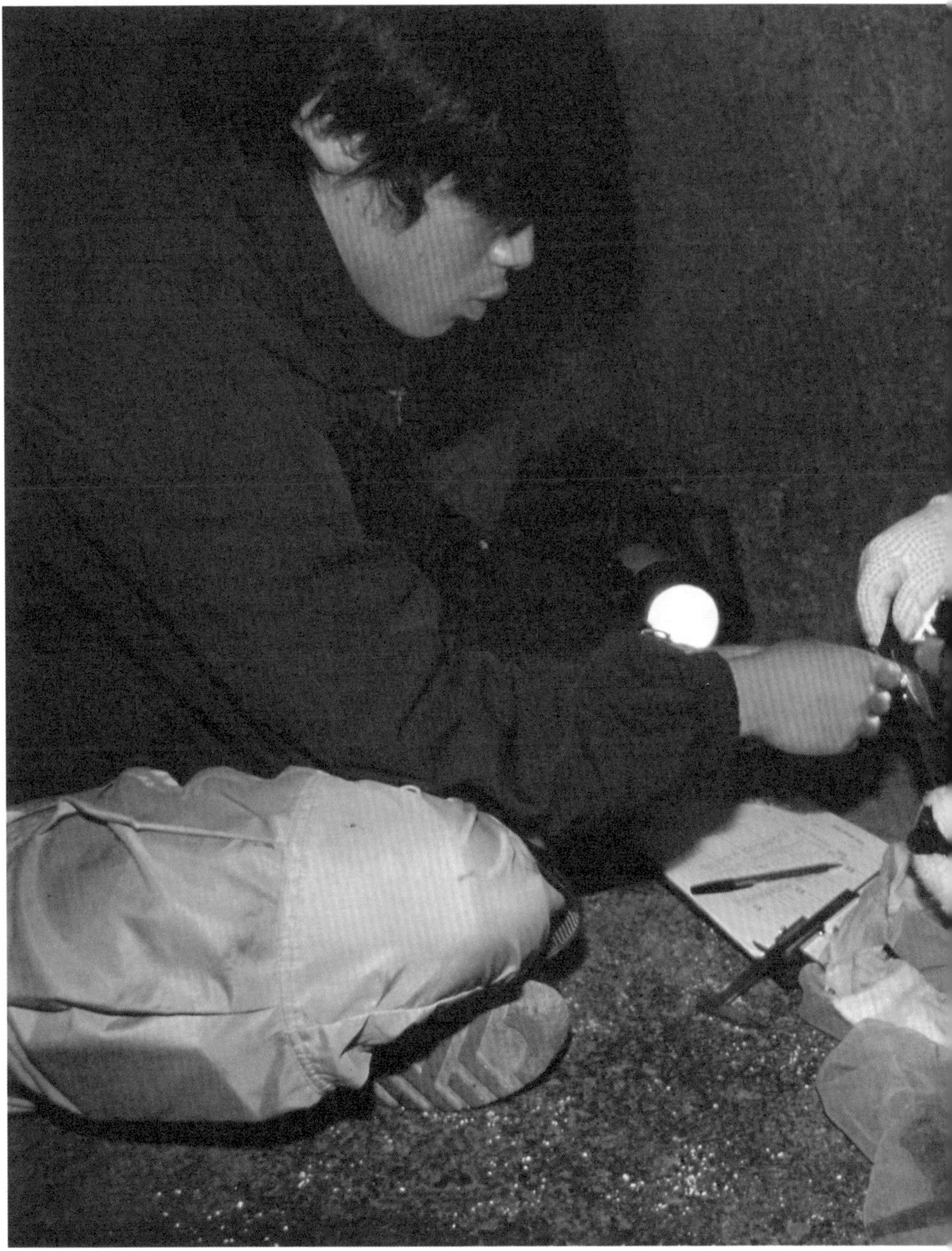

我來試試看

○○○

紅外線熱感應自動相機，果然非同凡響。

果子狸、豹貓、麝香貓、豪豬，毫無警覺，紛紛露臉亮相。

香港人以為較大型哺乳類野生動物不可能存在的香港郊野公園，動物頻頻曝光，嘖嘖稱奇。香港生態保育思維，想必有需要重新調整了。原先膺選為香港生態保育的目標物種，看來也需要重新篩選了。較大型野生哺乳動物，接二連三現身，象徵現在正是香港野外生態研究的重要里程碑。

動物從哪裡來？

動物棲地條件？

動植物間關係？

動物彼此互動？

香港長久以來的生態空白，從此得以真相大白了。

○○○

裴家騏和我，決定在香港郊野公園，架設一百五十部紅外線熱感應自動相機，希望快速探知本土哺乳類野生動物，得以揣摩一二。

一百五十部紅外線熱感應自動相機，訂單已經讓騰民強招架不住，忙於解釋，忙於製做，忙於焦頭爛額。欲大量使用紅外線熱感應自動相機，從此令騰民強感覺自己日益重要了。

往後三個月時間，絞盡腦汁，也只能提供了五十部相機。

紅外線熱感應自動相機，在香港不敷調配。

紅外線熱感應自動相機，因為加速生產，以致故障率大幅度提升。

風吹日晒雨淋，香港郊野公園的五十部紅外線熱感應自動相機，幾乎潰不成軍。超過半數的相機不能如常運作。不是連接觸針斷折，就是紅外線熱感應器失靈。既不能維修，又供應不足，調查陷於停頓。我急得跳腳。裴家騏忙於找對策。

○　○　○

「有了。」裴家騏聲浪又高起來：「想辦法！相機量產！」

臨時召開三邊會談。

碰巧騰民強外調香港，就在中文大學支援生物科技冷凍系統作業程序操作。

三邊，雷同兩岸三地。

三邊會談，就是裴家騏主動遊說騰民強公開紅外線相機線路，技術轉移，再由我負責尋找深圳工程師參與，利用深圳生產線進行上線量產的會議。

我找着八竿子打不着，卻是紅光滿面、熱血沸騰，只因為我搖旗吶喊——這是中華民族應該進行屬於中華民族的野外生態調查，立刻在深圳起義而前來共商大計的吳斌。只消聽見野外生態調查，這六個字，吳斌已經肅然起敬，準備即時參與了。

○○○

裴家騏以為，他事先遊說過他，已經擺平騰民強。

三邊會談，決定正式進行。會談，特別選址半島酒店，表示隆重其事。

計算成本，調降售價。談到配給利潤三分天下。我說明所有資本由我個人負責。且求順利過渡，快速量產，得以繼續香港野外生態調查。

半島酒店的氣派。

裴家騏的氣勢。

與會各人，均點頭表示贊成。

吳斌的臉，猶如東方紅。

支吾其詞的騰民強，最後也不得不開懷暢談，認為這是一項不可多得的三贏局面的合作新方案。

之後，大家拍板定案。

○○○

拍板定案。

吳斌立即飛往上海，三托四請，依樣畫葫蘆，先打造防水箱殼的公模。公模並不便宜，再好的交情也得港幣陸萬元。

刻不容緩，吳斌又找到防盜系統設計工程師——容立文，神色莊嚴地說：「這是野外生態調查。」旗幟鮮明。曉以大義。容立文凝神諦聽，慷慨激昂，放下桌面鋪得滿滿的防盜系統設計草圖專精務本工作，急急透過我和裴家騏，立馬要找騰民強，商量紅外線相機技術轉移等等的細節問題。密鑼緊鼓，齊心合力，令人特別感動。

裴家騏很滿意自己安排的傑作，平常完全沒有表情的臉，難得擠出來那麼一點像是微笑的嘴紋。我，則雀躍不已。一切就等上線量產，驗收成果了，希望早日能夠恢復香港野生哺乳動物研究，令香港生態調查的巨輪得以從此轉動。

○○○

「我決定還是不合作。」

就在騰民強老是推三阻四，找些藉口，拖延交接他攪攬已久的紅外線熱感應自動相機線路資料的同時，他捎出這麼一句話。話，既不合情又不合理。話，卻極有力道。我和裴家騏不由得一愣，面面相覷。

裴家騏好不容易擠出來的微笑嘴紋消失了。在那幅毫無表情的臉，誰也看不出他是在狠狠憤怒，還是正在裝作自己毫不介意。反正，老臉是掛不住了。隔天，他語重心長僵硬地吐出幾個單字：

「只好靠自己另起爐灶了。」

其後幾年，我們誰也沒有再提及那個捎出過這麼一句話的人。大家都忙得不得了。忙，令本來以為是天大的事情，又變成雞毛蒜皮的小事了。

騰民強的長相？我已經覺得模糊。

吳斌也傻了。

倒是容立文，氣呼呼，打抱不平站出來。

工程師就是工程師。野外生態調查，這六個字，就是原動力。

吳斌要求——紅外線熱感應器的感應距離得要達至七公尺。

短短三四天，容立文跑遍深圳電子市場。左接右焊，把感應器做出來了，感應距離——七公尺。

相機也是一個大問題。

怎麼樣才能把自動相機拍攝按鈕，改裝成可以接連從紅外線熱感應器裡拉出來那條電線的觸針？傷腦筋。

吳斌找到 Olympus 深圳維修公司，說是野外生態調查要求幫忙。

吳斌又往北京找到 Olympus 北京總公司，說是野外生態調查進行協商。

總之，很快就改裝幾部 Olympus μ-II 自動相機。

上海的公模寄到了。防水箱應運鑄出來。

噴漆。組裝。紅外線熱感應自動相機原型誕生了。

吳斌急忙送來兩部。兩部紅外線熱感應自動相機又急急忙忙被送進山區，即刻架設樹林裡面，立馬進行實地測試，很興奮。

聽說，東海大學要訂購四十部。

聽說，臺灣大學要訂購十五部。

聽說，屏東科技大學要訂購二十部。

聽說，香港嘉道理農場要訂購二十部。

聽說，上海華東師範大學也要訂購二十部。

我們滿懷希望，期待測試結果。……

我們替吳斌和容立文大力支持之下，所生產的紅外線相機，取了一個名字，就叫做——Wildlife Two 紅外線熱感應自動相機。

○○○

野外生態調查。

這是一項多麼崇高，多有意義，多令人佩服的神聖工作啊。

人，只要有機會沾到邊，無不躍躍欲試。

人，只消聽見野外生態調查，這六個字，無不肅然起敬。

野外生態調查。人，趨之若鶩。人，哪怕是僅僅參與而已。

是呀！你看！

香港野生哺乳動物研究調查，使用的紅外線熱感應自動相機，就是當初三邊會談之後所生產的本土化 Wildlife Two 紅外線熱感應自動相機。

我們投入兩百部 Wildlife Two 紅外線熱感應自動相機，在香港從事野外生態調查。

○○○

就當黃始樂試探『香港麂屬動物野外調查計劃』可行性的時候，我和裴家騏已經匆匆通過羅湖，來到深圳了。

「對！就是要吃麻辣鍋！嘿——！嘿——！」

提起火鍋，裴家騏再次掀起難得一見的嘴紋，他開始笑了。

吳斌殷懃招待。

容立文當然坐陪。

話題從天南扯到地北，從地理扯到人文，再從文明扯到蠻荒，又從迷信扯到科學。最後，免不了要從男人扯到女人。

酒落歡腸。酒氣噴噴。酒酣耳熱。酒後吐真言。四方人馬好不容易又把話題轉回到正題：

「嘿——！容工，以後全靠你的了！」

「哪裡，哪裡。這是應該，應該的。」

野外生態調查，這六個字，就藉着酒過數巡，開始發酵再發酵。有的跟沒有的客套説詞，全部搬上桌面了。

説着，説着。裴家騏的手就伸進放在一邊的背包，神秘兮兮地掏呀掏的。

「欸！你看看——！這可是美國人做的無線電發報頸圈……這是無線電接收器。這個——，把它組合起來，也就是在叢林鑽進鑽出，追踪動物用的手持定向八木天線了。啊——！還有耳機呢。」

他如數家珍。

容立文緊盯着從來就沒有見過的器材，眼睛在發亮。

「這是我在臺灣研究獼猴戴的頸圈。」

他補充説明。

「喔——！我知道，我知道。」容立文咕噥回應，忍不住又答腔：「頻率是 164MHz。咦？為什麼不試試 246MHz ？」

就像是逮着兔子了：

「對！246MHz 訊號更強，接收更清晰。420MHz 可能就不行，死角多，收不到。」

裴家騏搶着應對，順水推舟，附和着。

一唱一答。一搭一對。最後都成一個鼻孔出氣了。

「好，我來試試看。」

義不容辭，又挺身而出了。容立文就在火鍋店當着大家的面，接下神聖的任務。

酒醉飯飽。

酒闌人散。

野外生態調查，這六個字，果然管用。無論在什麼場合聽見，都能令人肅然起敬。

我們滿懷希望，期待又期盼。……

最後，我們替吳斌和容立文支持之下，總算是順利生產的無線電追踪系列，取了一個名字，就叫做——Mission One 無線電追踪系列。

○　○　○

Mission One 無線電追踪系列，含 RR-1001 無線電訊號接收器 (246MHz 或

164MHz）、RT-1001FQ 無線電發報器（246MHz 或 164MHz）。無線電發報器還可以適應不同環境及動物種類的研究需求，量身訂做。譬如——

赤麂無線電發報器：

發報器重量，30－50公克。

發報器壽命，18－24個月。

發報距離，3－5公里。

當初，進行『香港麂屬動物野外調查計劃』，那些一個個被套在頭套式陷阱，一端固定樹幹，假設捉到獵物就會因鋼索彈射而自動斷訊的無線電追踪發報器，就是這種 Mission One RT-1001FQ 赤麂無線電發報器了。

典型的草生地山頭

香港山景之一

香港山景之二

香港山景之三

接收無線電訊號

草生地一景

果子狸

麝香貓

豹貓

豪豬

義不容辭的工程師
容立文

水——沖向河谷

水——流往水塘

遍地皆是野薑花

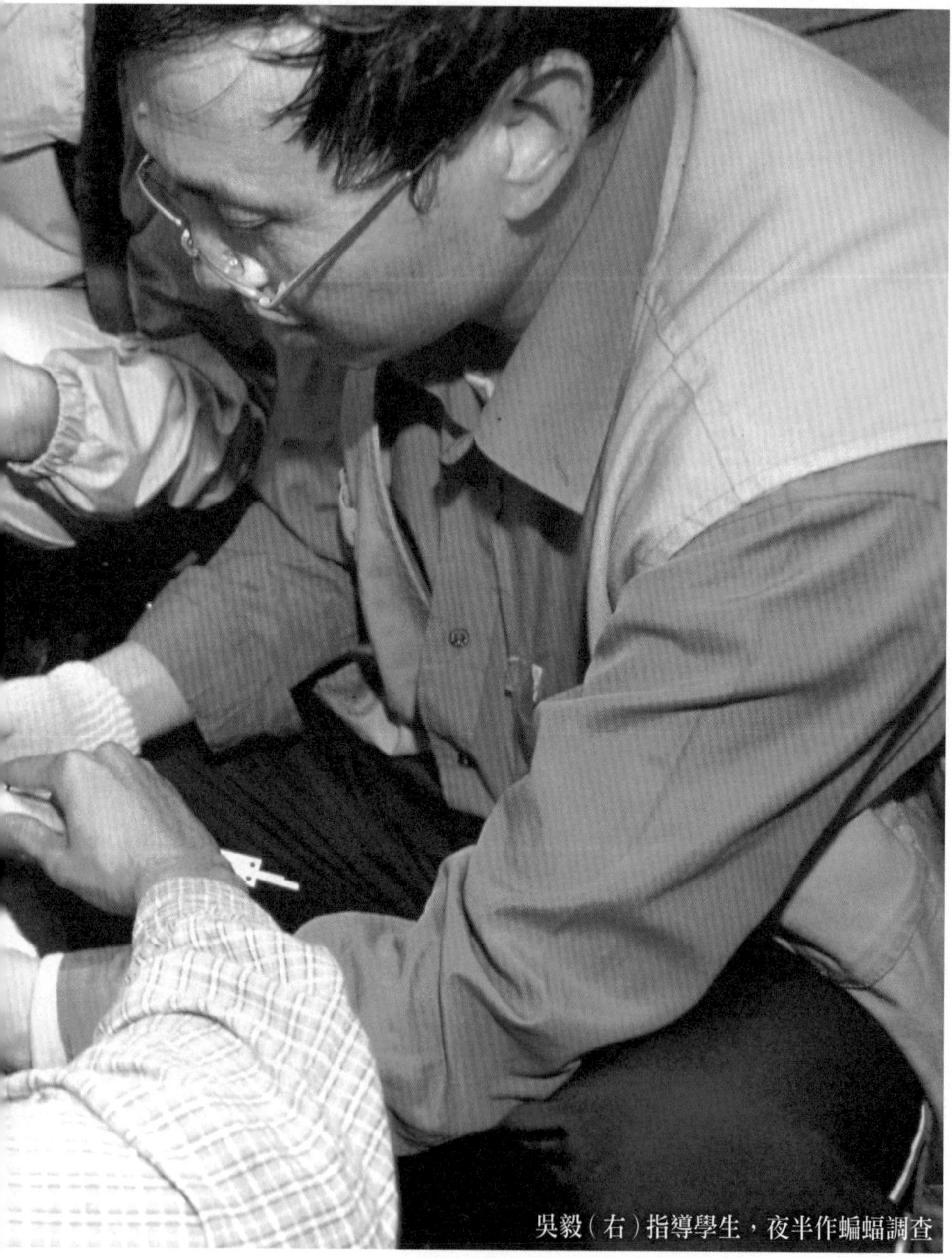

吳毅（右）指導學生，夜半作蝙蝠調查

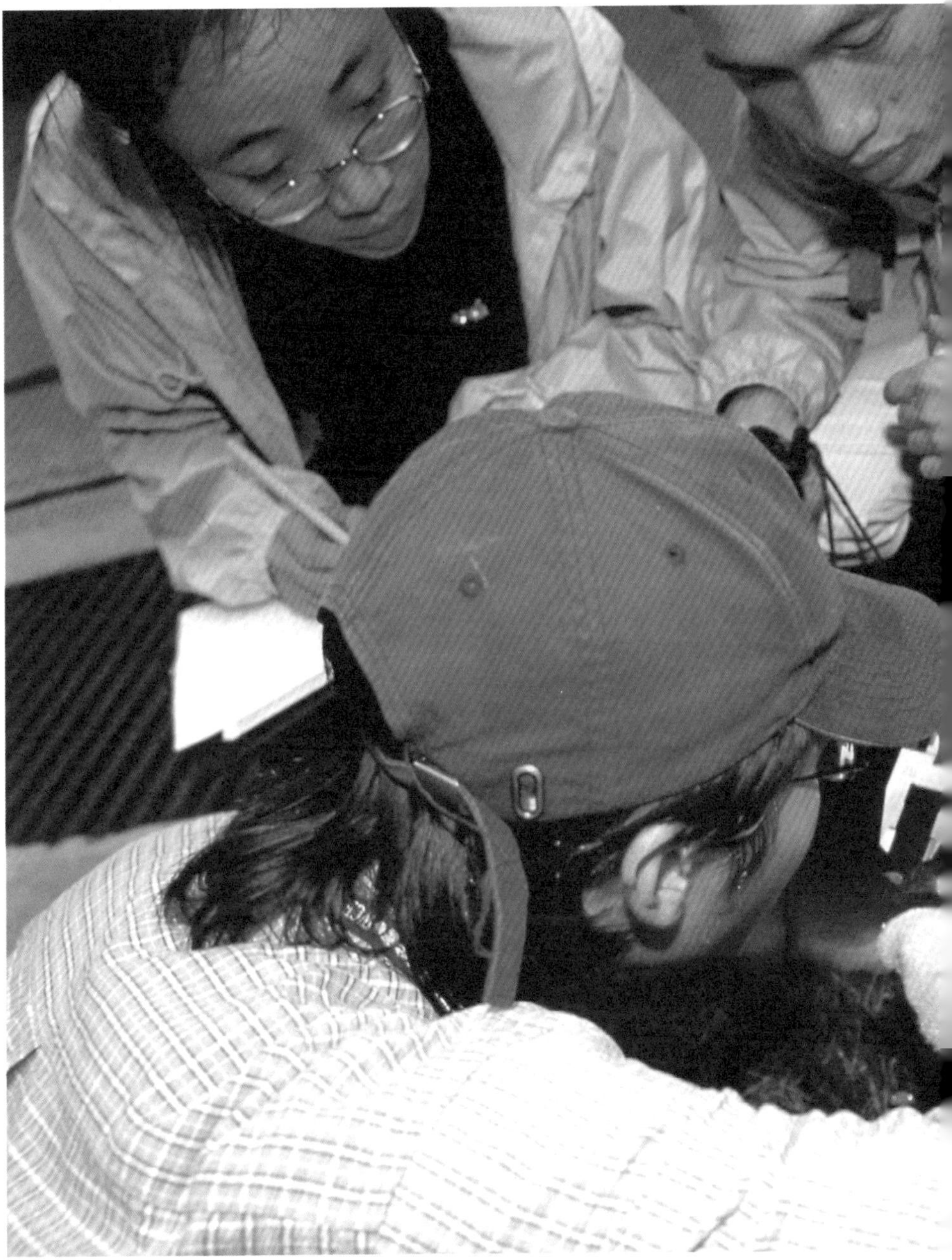

實在是太累了

疾疾行，我搭乘飛機直赴臺北，處理業務，逗留一夜，再轉奔高雄，接人回香港。

○○○

「獵人沒有出過國。孫啟元，你一定要到高雄來接人。」「噢——，獵人的名字是羅達成，還有——許俊勇。對——，他們是父子。」「羅達成是我的好朋友。他一直就是我在霧臺作研究的山區助理。我和 Mc Cullough 的山羌計劃，當年就由羅達成負責捉山羌。」「孫啟元——，對了，讓他們待在山裡，他們會搭獵寮。你放心，原住民的獵寮布置得很講究，對獵寮的要求各自有一套。」「孫啟元，你只要負責隔幾天把補給品帶上山，交給他們就行了。」「工具？孫啟元，羅達成會帶。記得要繼續在陷阱安裝發報器。從樣區外面接收訊號就行了。對，有訊號繼續發報的陷阱，表示沒有獵物。沒有訊號而不再發報的陷阱，表示可能捉到獵物。有獵物，再進去搜索。」「不必天天進去巡視，當心破壞現場。孫啟元——，記得一定要到高雄接人，別忘記。」

……

我在飛行途中吃食飛機餐，一方面消化着裴家騏不厭其煩、一再重複的叮嚀再叮嚀。這可是他在兩年時間裡，第一次那麼的嘮叨。裴家騏喋喋不休，那表示真的非同小可了。

○ ○ ○

「華航。羅達成和許俊勇到香港搭乘華航班機。你不必來高雄。裴老師決定自己要送他們到小港機場搭飛機。」

林育如在電話另一端大聲交待。

「華航？」

不敢相信自己的耳朵。我就是怕搭華航的班機。只要提及華航兩個字，我就會想起什麼有的跟沒有的。洛杉磯的氣流事件、啟德舊機場的下海事件、名古屋的墜機、桃園大園的空難、赤鱲角機場的失事、澎湖馬公上空的飛機解體，歷歷在目。

現在，我就是怕搭乘華航的班機。

「華航！對，就是華航。旅行社幫羅達成和許俊勇買的是華航經濟艙機票。」

林育如加重語氣，肯定地重複。

○ ○ ○

華航——。我飄搖在五里霧中，想起若干年前的往事。

十五年前的父親，還是華航聯管中心一級主管。

二十年前的父親，還是華航七四七總機師。

四十年前的父親，已經是華航機長，也一直都幹着總機師。

那個時候，只要我來回香港臺北，只要我外出公幹，只要我四處旅行，只要是有華航的航線，我會毫不遲疑地選擇搭乘華航班機。好幾次，我搭乘的就是父親駕駛的華航班航。

父親今年八十歲了。

我想起往事。往事只能回味。往事彷彿曾幾何時。

〇〇〇

真的是徹夜難眠。

我決定不去高雄接人，改搭國泰班機直飛香港。只要是和獵人搭乘的華航班機落地時間差不多，大可以在香港機場華航班機空橋門口接人，豈不兩全其美。

雖然和羅達成、許俊勇素未謀面，但是原住民應該很好認。原住民的長相，我知道。

我為自己妙不可言的主意忽地眉飛色舞。

我急忙撥電話告訴林育如。

林育如轉告裴家騏。

「羅達成和許俊勇搭乘華航ＣＩ六二七班機，十七點五十五分起飛，十九點三十分到香港。」

林育如大聲嚷嚷，不厭其煩，再度提醒我。

裴家騏開着新買的銀色越野車，風馳電掣，就把獵人送進機場。而且，目送獵人離開高雄往香港。

○　○　○

我搭乘國泰航空班機，飛行在臺北至香港途中，在三萬呎高空喝着葡萄酒，吃着飛機餐。

我目不轉睛，盯着一個接一個望着我 Eye-contact，招呼無微不至的空中小姐，像柔情蜜意，又似甜言蜜語。目不暇給。我想起林育如——

「哈——！我們的老虎從鐵籠移到開放園區了。快來拍照。」
「哈哈——！我們的黑熊放出來了。快來拍。」
「哈哈哈——！我們那隻公的紅毛猩猩也放出來了。快來照。」
「嘻——！我們把長鬃山羊和獼猴放在一塊了。」
「嘻嘻——！我們造了一個開放園區給食蟹獴和麝香貓共用。」
「嘻嘻嘻——！我們的大蜥蜴有地方晒太陽了。來看。」
「嘿——！我們的烏龜有活動區了。來拍。」
「嘿嘿——！我們蓋了一個大鳥籠給鸚鵡和環頸雉。來照。」
「嘿嘿嘿——！我們又多了一位新朋友。……」

我就是在這樣歡樂的氣氛裡，認識林育如。

○　○　○

四年以前，我和裴家騏一拍即合，在屏東科技大學舉辦第一次『野生動物研究及調查方法』的時候，我認識林育如。

「你研究動物？」「你對動物有興趣？」「你喜歡拍動物？」……林育如在四年以前，已經對我扛來扛去的大鏡頭產生好奇，興高采烈地左揣右摩。

經年累月，林育如已經是裴家騏依賴的伙伴，是照顧動物那群年輕小伙子所依附的對象。林育如，說穿了，她就是裴家騏的助理，就是屏東科技大學獨處一隅的野生動物收容中心的代班園長。

林育如從來沒有盯着我 Eye-contact 含情脈脈，也未曾親切招呼我噓寒問暖。但是，只要我有難題，面露難色，或者難以啟齒，她就會詳細詢問，主動幫忙。所以，以下的言談也就經常掛在嘴邊了——

「育如，幫我買一百枝角鐵。」「育如，替我寄四十條狗頸圈。」「育如，為我找五十個捕鼠夾。」……

林育如彷彿就是我的採辦。

「育如，請幫我訂高雄漢來飯店的房間。」「育如，請替我劃高雄到臺北的機位。」

「育如，請為我把裴老師要維修的紅外線相機帶到屏東市勝利路那家照相館。」……

林育如猶如就是我的秘書。

「育如，老虎一天的伙食費多少？」「育如，臺灣南部在哪裡能看得見歐亞水獺？」「育如，能不能找些麝香貓的資料寄給我？」……

林育如搖身一變，又成為我的顧問了。

林育如，有條不紊，有求必應，有問必答，代班園長作得有聲有色。她日夜待在收容中心全天候，她處理野生動物各式各樣突發性問題無時無刻，就是這樣一天又一天。直到有一天，她忍不住嗚嗚痛哭。一把眼淚、一把鼻涕的育如哭的好傷心。原來，那麼教人依賴的育如就沒有一個得以依托的支柱。壓力令她幾近崩潰。她真的遇到難以取捨的瓶頸。她實在是太累了。這下子，她真的是累垮了。

育如淚如雨下，嚎啕痛哭，她實在是太累了。

○　○　○

實在是太累了。

「華航ＣＩ六二七班機，十九點三十分到香港。」

育如的叮嚀讓人窩心，彷彿餘音繞梁。

下意識擡起手腕，看看錶面的指針正指着十九點三十分。我已經身置機場，就等在華航班機一會兒準備靠近的停機坪空橋旁邊，隔着窗戶引頸張望，看着停機坪的班機緩緩貼近。我慶幸自己計算的時間分秒不差，沾沾自喜。

○ ○ ○

「嘎吱，嘎吱。」

空橋這端的玻璃門被推開了。

地勤服務小姐，面如Poker Face(撲克臉)，手執指示牌，迎向空橋，形同蠟人。空橋那端，人頭湧湧，像散場的戲院，如散會的酒筵，箭步如飛，爭先恐後。人，就從空橋這端的通道，奪門而出。高矮均等。體型相若。膚色黝黑。人，又魚貫而去。

我滿懷信心，留意每一個奔離閘門的人。我上下打量，眼睛游離在摩肩接踵的每一個挨緊像是排隊前進的人。直至人群消失了。

最後，連坐在輪椅被推着走的駝背老頭也都離開了。

玻璃門關起來。空橋這端，似萬籟俱寂一般，恢復寧靜。

我簡直就不相信自己的眼睛，我感覺高雄來的每一個旅客都像原住民，特別是領先出閘的那個頭戴夏威夷草帽的中年男人和後面還緊跟着一個與其相貌酷似的青年。

我目瞪口呆，愣頭愣腦，只有努力嘗試回憶方才的一幕又一幕。

「不可能。戴夏威夷草帽的男子明明是領先出閘。領先出閘的旅客肯定是商務艙的乘客。」

我在喃喃自語。

「旅行社幫羅達成和許俊勇買的是華航經濟艙機票。」

林育如故意提高音調的語氣，又在耳際響起。

我半信半疑，毫無頭緒。

四下無人。我只得假定那個夏威夷草帽底下的男人和跟班似的青年，就是我接機的對象。

對，就是他。

我拔腳直追，朝入境大廳快步疾走，引頸張望，一再期盼能看見那頂夏威夷草帽。

○　○　○

夏威夷草帽，正在左擺右搖。

草帽底下，兩顆黑白分明的眼珠襯托在黝黑的四方形臉龐，炯炯有神。

又看，搖着頭。

炯炯有神的目光，正在搜索運送行李的行李運輸帶。顯而易見的鼻孔，習慣性地抽呀抽的，活像搖起尾巴、嗅起行李、檢查有無暗藏違禁藥品的警犬，一心一意。跟班似的青年，忽前忽後，不時翻挪移動中的行李，用一貫懷疑的眼神，看了又看，搖着頭。

這可就是裴家騏一再重複的那兩個説是從未出過國的獵人父子？

「羅達成。羅先生？」

我向身材不高，卻覺得挺魁悟而頭上戴着那頂夏威夷草帽，支支吾吾，吐出幾個字。

頂着夏威夷草帽的四方形臉龐調過頭來，對我上下打量，黑白分明的眼珠像在掃描，像在檢視已經到手的獵物。

唔。這應該就是獵人，準沒錯。我朝對方的反應暗忖着。

獵人微笑，露出白齒，卻不答腔。

「是裴老師要我來接你們，我是孫啟元。」

「噢——。孫先生，我是羅達成。」

然後，朝一旁聚精會神、翻箱倒篋、正在找行李的跟班青年：

「那——是我的小孩，——許俊勇。」

獵人這才謹慎表明身分。

或者，他萬萬想不到，接機的人是出現這裡，而不是在禁區外。

簡單的寒暄，僵硬地客套，提取行李。在入境大廳，我把羅達成和許俊勇交給事先以國際電話安排負責接機的呂國樑，那可是一個已經跟我半年、天天風塵僕僕的得力助手呢。

握握手。揮揮手。拖着疲憊的身軀，打道回府，蒙頭就睡。

明天清晨，起床之後，又得是一條硬漢才行了。

屏科大野生動物收容中心管理員李天賜和整車動物大餐

屏科大野生動物收容中心獼猴臨時收容所

屏科大野生動物收容中心的猴園

屏科大野生動物收容中心的鳥園

屏科大野生動物收容中心管理員黃裕量和紅毛猩猩

屏科大野生動物收容中心管理員黃裕量和懶猴

裴家騏

屏科大野生動物收容中心的花栗鼠

林育如

屏科大野生動物收容中心的馬來猴

屏科大野生動物收容中心的長鬃山羊

許俊勇（左）、羅達成（右）、繫放赤麂（前）

旗鼓相當

○○○

清晨起床，又是一條硬漢。

從事野外生態調查，就得是一條硬漢。

腿要硬，能上刀山。

臂要實，能斬荊棘。

腰幹要直，能負千斤。

胸膛要挺，能排萬難。

耳朵要靈，能辨飛禽。

眼睛要利，能識走獸。

頭殼要硬，能不辭辛勞。

腦袋要牢，能不輕言放棄。

嘴巴要靈，能替自己不期而然的所作所為辯出大道理。

總之，從事野外生態調查，就得是條硬漢。

〇〇〇

呂國樑，跟我半年，他成為一條硬漢。

這回，早晨八點鐘，呂國樑已經開車載着獵人父子，由香港島北角建華街中國國際航空招待所，急急忙忙，奔赴大嶼山離島大東山腳下的黃龍坑，準備迎接父子二人香港獵程的第一天。

八點鐘，我和陳濤也朝不同方向飛車疾駛，像兩條硬漢，一臉嚴肅，直赴石澳，準備入山例行檢查，看看那些旁邊還插着盛鹽竹筒的一個個美國人設計的頭套式陷阱 CollarumTM，希望可以在獵人於大東山進行捕捉赤麂的同時，也能夠手到擒來。即使不是旗開得勝，起碼也得要旗鼓相當。畢竟，裴家騏和我，對這個新鮮而又設計複雜的美國玩意，仍然充滿寄望。

故此，就在獵人父子成行香港之前，我們達成共識，一方面，支使父子二人走進大東山；一方面，繼續保留石澳頭套式陷阱區。

我們主觀地堅信，美國人研究的產品就是好產品。

我們也主觀地相信，美國人生產的工具就一定會是好工具。

○　○　○

鹽漬的竹筒，由翠綠轉換枯黃，再從枯黃漸變槁褐。

黑而無光的竹筒，滲出一層層潔白剔透的鹽結晶。

空氣飄散一陣陣鹽的芬芳和竹的清香。紅橙黃綠，這些偎在泥地的蔬果，就在樹影底下賣弄着五彩繽紛，引人垂涎。

美國人設計的頭套式陷阱 CollarumTM，就是這樣，悄悄遮蓋在樹根枯葉底下，偷偷窺覷，伺機而動。

這裡，看起來是安祥和平，只有拴在角落裡的發報器，每隔一秒，釋放出穩定的訊號，像是招徠遠近遊走的赤麑：

「歡迎光臨——。」

○○○

陳濤步步為營，跟在後頭。

「阿濤。這是幾號陷阱？」

「八號。」

「發報頻率多少？」

「246.84。」

「八十四。」

我重覆唸誦，手指熟練地在接收器的數字按鈕上面調撥起來。

正當84的數字甫一出現，耳機這邊「嗶——！嗶——！嗶——！……」一下子就每隔一秒叫個不停。聲音清脆明亮。啊！這正是野外生態調查象徵專業的聲音呀！即使這並不是赤麂繫戴的發報訊號，我還是莫名其妙感覺到無比興奮。

「發報正常。」

我說。

「是。收到了。八十四。發報正常。」

耳朵也同時塞着耳機，正在追踪訊源的陳濤，像是細心聆聽陷阱正在對他訴說的簡報，心事重重地回答，若有所思。

上坡下坡，下坡又上坡。

走走停停，停停又走走。

穿梭樹叢，汗涔涔。

穿越荊棘，傷累累。

我試圖振作，吸了一口氣，語調堅定：

「阿濤。這是幾號陷阱了？」

「二十號。」

「發報頻率多少？」

「246.12。」

陳濤翻翻手裡的資料。

「十二。」

我順口重複，確認頻率數字，一邊修正手裡的接收器。

「嗶——！嗶——！嗶——！……」

耳機裡的聲音清脆悅耳。

又是一個不見赤麂踪影的日子。

我吸一口氣，用力吐納。再吸一口氣，再用力吐納。

我長吁短嘆起來。不由自主，我想起一路搖頭回臺灣的阿志；我想起哭成淚人吵着非走不可的美汀。

是啊！這確實是一份苦無對策的差事。

我，毫無頭緒。

「只有三十萬元港幣。這個計劃只需要作六個月。」

唉——！現在才知道，當初黃始樂為什麼會誠懇地盯着我看了。

我突然覺得會是一線生機，因為今天是獵人父子由屏東趕來支援的第一天。

耳際繚繞着裴家騏語重心長的那席話——

「捉不到赤麂，就只有請獵人來了。」

可是，我怎麼也想不通，昨天晚上的華航班機，羅達成和許俊勇究竟是怎麼搶先出閘的呢？

○　○　○

大東山，海拔八百六十九公尺，香港第三大山。

大東山，不怎麼高，卻兀然聳立。峭壁連連，峽谷處處。青山翠谷，氣象萬千。鳥語蟬鳴，蝶舞蜂飛。山頂，雲霧瀰漫，蒼翠薈萃，蔚為奇觀，恍若仙境。

欲由黃龍坑登上大東山頂，那可是行山客公認難度較高的路線，兩千多個階梯，形如天梯。

「我們上到山頂，去到幾間石屋那——裡。」

羅達成拖長尾音，加強語氣，滔滔不絕，開心得眼睛眯成兩條細縫，藏起那雙專門為審視獵物用——黑白分明烏溜溜的大眼珠。誰也無法相信，這就是一個無時無刻不在暗算動物的獵人。

不錯，山頂是有石屋。香港方物誌是提過這些比肩鄰立的石屋，還提及那個作為泳池的石池。我記憶猶新。若干年前，大東山頂被公認是英國人避暑勝地，石屋就是他們的度假屋。九七回歸，英國人回去，石屋也就荒廢了。

「在樹林看見好多石牆，我們一直走去瀑布那——邊。」

羅達成又拖長尾音，加強語氣，口沫橫飛，描述着石牆。

幾杯啤酒下肚，看來今天晚上是不會再看見他那兩隻專門為審視獵物用的黑白分明烏溜溜的大眼珠了。

「石牆是一兩百年以前，農民種茶栽果堆積開墾出來的梯田。後來梯田荒廢了，一塊塊石牆就此被次生林吞食。現在，山坡上的梯田早已為人淡忘。你看，東埔寨的吳哥窟，也是後來才被探險家發現的。」

我像導遊一般，在認真解釋。

羅達成滿意我的答案，頻頻點頭，他笑了。我看見他以為自己也被我冠上『探險家』稱呼之後，顯現出滿足的表情了。

○○○

今天是獵人父子來香港支援的第一天。

這頓晚飯，當然非吃不可。斬白切雞，剁鹵水鵝，餐館就在北角建華街的轉角處。

我想，這麼近，哪怕喝多兩杯，也可以迎送父子二人早點回房休息。明天出發的時間，還是早晨八點鐘。我後來才知道，這晚父子二人進門並沒有即刻回房休息，前腳進、後腳出，一前一後，蹦蹦跳跳，走上大街，先買兩瓶廣東米酒，再買兩盤道地小菜，這才心滿意足，一路遊蕩，回建華街，進門搭電梯，回房繼續打牙祭。

唉——！這是隔天呂國樑說給我聽的。

一邊是峭壁乃香港一般山脈典型外觀

人工次生林雜夾本土次生闊葉林

四十年植樹種出來的成績

山野與城市經常只是一線之隔

接連不斷的山與水形成尚好棲息環境

典型的村落座落在典型的山腳下

呂國樑（左）、謝鋒（右）

檢查陷阱更換蔬果

準備套上發報器頸圈之前的繫放赤麂

獵麂行動

〇〇〇

果然，早晨八點鐘，獵人父子就等在建華街那棟極不顯眼的大廈門前。衣冠楚楚。精神抖擻。神采飛揚。腳邊，各自擺着一個鼓漲成球形的彩色背包，鮮明奪目。

年輕的獵人，掛着興奮的表情，捺不住喜悅，東張西望，留意着一輛輛駛來又駛去的汽車。年長的獵人只顧微笑着望向晴朗的天際。父子二人像極準備出門度假的遊客，而不是欲上工去開山闢林的獵戶。

我決定自己開車，要把父子二人送去大東山。

我急欲求証，眼前衣着光鮮，面帶笑意，這身遊客打扮的父子，究竟是不是能夠輕易捕捉緊放赤麂的精明獵戶。

我一邊開車，一邊懷疑地客套搭腔。我完全看不出他們拿些什麼鎮山法寶，也渾然不知父子二人究竟有些什麼錦囊妙計。

○○○

「裝備帶齊了嗎？」

「有啦——。在背包裡面。」

「那——，陷阱呢？」

「有啦——。都——在背包裡面。」

我想起裴家騏一再囑咐，說每一個陷阱都必須掛上發報器：

「發報器呢？」

「有——啦。也都——在背包裡面。」

「唔。」

我揣度兩個人尺寸有限的背包，半信半疑地回應。

「今天我們會開始設陷阱。先裝在平臺上面的林。就在路的左——面。」

羅達成望着車窗，凝視像是在往後倒退的青馬大橋，唸唸有詞。

「噢——。」

我用力回憶，試圖重組那條天梯，自己曾經在大東山頂裝相機、拆底片、每個月都得來回一兩次的漫長天梯；一面重組那塊羅達成輕描淡寫敘述的那塊平臺。不錯，在海拔四百公尺的平臺後面，的確是有一片林。林不成熟，卻枝葉茂盛，樹林向上綿延，一直通向彷如雨林的山頂那片密林。從平臺還可以俯視山谷斷崖，也能夠眺望上面的霏霏雨林，以及瀑布頂端那塊大缺口。

「記得發報器的頻率要拉開一點，不然訊號會重疊。」

「我知道。」

年輕獵人坐在車後，豎直耳朵，目不轉睛，見縫插針，專心搶答。好像是在表現這種科技他很清楚的樣子。

既然是都知道，也既然是都有啦。我就不再囉嗦，開始隨便說些什麼有的跟沒有的風花雪月。

車，一路順風，很快就來到大東山腳的黃龍坑。

相互約定，下午五時三十分，就在大東山腳黃龍坑這裡再見面。父子二人揹起各自那鼓漲得發亮的鮮艷背包，腰懸番刀，手執鐵鋤，輕鬆上路，拾階而去。

我，調轉車頭，風弛電掣，疾疾回駛，一邊盤算手邊那堆做也做不完的事情，孰先孰後的排列順序。

就是這樣，在這些天，呂國樑和我輪番上陣，負責每天早晨八點鐘要把羅達成和許俊勇送去大東山腳的黃龍坑。

○○○

裴家騏來了。

一如往常，揹着一個比五六歲孩童還高出一截的大背包，擰着拜新科技所賜而不得不貼身隨行的手提電腦。

下飛機，出機場，走到停車場，一屁股坐進汽車，喋喋不休，已經來到大東山腳的黃龍坑。

「羅達成呢？」

「一早就上大東山了。」

「裝了多少陷阱？」

「不少。還在繼續增加。」

「有掛上發報器？」

「是。」

「誰負責監聽？」

「呂國樑。」

「訊號清楚嗎？」

「清楚。」

「陷阱才裝兩三天，應該還沒有動靜。」

「對。人在林子裡的氣味還沒散，動物可能還不會回來。」

「陷阱掛發報器，方便追蹤，可以避免林子裡的人為干擾了。」

「不錯，高招。」

嗯——，理論上應該是行得通。

幾近嚴肅的對答。其實這次登山，就是為了求証這個理論究竟行不行得通。

○○○

十月香港，卻完全體會不到秋高氣爽。

站在山腰的平臺，既望不見山頭，也看不清山谷，雲煙茫茫。

裴家騏一馬當先，迫不及待，踢着幾乎高可及腰的蔓藤芒草，咬牙切齒，寸步挪去，逼向平臺邊緣。他頭戴耳機，手舉天線，屏息凝神聆聽每一個陷阱掛着的發報器所傳來的悅耳音符。

「嗶──！嗶──！嗶──！……」「嗶──！嗶──！嗶──！……」

他重新展露難得一見的笑容。看得出來，那會是意味欣慰的一張臉，笑裡還帶有幾分滿足。

畢竟這次獵麂行動，都是由他一手策劃的。

「好。」

他滿意眼前的一切。

○○○

高山縱谷，綠蔭飛瀑，像隔層紗，又像隔張帳，神秘得教人想入非非，恨不得馬上得伸手撕扯那面紗帳，春心蕩漾。站在平臺，放眼瞭望，這可是一塊禪定淨土，是香港僅有的世外桃源。

裴家騏很得意，心花怒放。顧不得旁邊一早就待命平臺，唯唯諾諾，無時無刻不在聽從指揮的呂國樑。也理不得我跟在後面，手舞足蹈，正抓握相機，貪得無厭，獵影美好風光。

他大聲吆喝，用手掌合成喇叭狀：

「喔——喔——喔——！羅達成，你在哪裡？喔——喔——喔——！」

「你在哪裡。你在哪裡？你在哪裡？……」

聲音在山谷迴盪。我豎起耳朵。

我在想，樹林裡的動物也無不在豎直耳朵，屏息以待。

「我們在瀑布這——裡。」

許俊勇在一公里以外的樹林那頭，理所當然，正在替他老爸嚷嚷答話。

很興奮，幾近歇斯底里。裴家騏又發出指令：

「太遠了，我看不見。你試着搖一搖身邊的樹幹。」

父子二人於是乎合力搖樹。

「我還是看不見，想辦法，搖大一點的樹！」

「大一點的樹！大一點的樹！大一點的樹！……」

聲浪響徹雲霄。我瞪着眼睛。

我想，樹林裡的動物也無不瞪直眼睛，靜觀其變。

父子二人於是乎趕緊努力找樹。並且使勁搖樹。
遠方的樹葉在枝頭搖晃。
「好。我看見了。」
「我看見了。我看見了。我看見了。……」
動物拔腳奔逃，四散在山頭的另一邊。
看來獵麂行動的進度，又得拖延三五天。
那天晚上，只見許俊勇皺起眉頭，喃喃自語：
「我不知道裴老師為——什麼要大聲喊叫，為——什麼要我們搖——樹。」
拖長語音，加重語氣，說起話來還真像他的老爸——羅達成。

○　○　○

山腰的平臺，清出一條羊腸小徑。小徑，通向平臺的邊緣。一塊被修剪得像是學生時期的小平頭那般整齊的空地，就座落在懸崖角落。

裴家騏指定這塊空地，就是大東山上追踪赤麂必須建立的第一個無線電接收站——Shooting Point。在這裡，理應掌握山頭和山腳可能傳來的任何無線電訊號。

兩天都站在空地聆聽樹林大量清晰訊號的裴家騏，一再耳提面命：

「剪沒有血管的耳肉，零點五公分乘零點五公分，泡在十西西容量的九十九度酒精裡面。或者，拔一百根含有毛囊的體毛，直接裝進塑膠袋。回來以後，放進攝氏四度的冰箱。……記得要寫明日期、地點、動物編號、性別、和測量值。」「撿拾糞便。對，要撿新鮮糞便。對，是濕濕的新鮮糞便。裝在塑膠袋。回到實驗室就放進焗爐烘乾。寫清楚日期和地點。化驗糞便，可以知道赤麂的食性。從氮元素的多寡，可以分析棲地品質的好壞。焗爐的溫度調到攝氏六十度，烘焗的時間大概是四十八個小時。……烘乾的糞便重量會減輕，當重量維持不變的時候，就是表示完成。」「照相。抓到動物一定要拍照存証。隨身携帶傻瓜相機就行了。」

畢竟，二〇〇〇年，裴家騏和 Mc Cullough 共同發表，調查臺灣山羌活動範圍及研究其棲地關係，那個最後負責捕捉山羌的人，就是羅達成。既然有過合作經驗，繫放的方法也就不再重複，不必多說了。

○○○

山林含笑，大東山的風光真美好。

我和裴家騏，獵人父子，那兩天的夜晚，無不開懷暢飲。四個人笑逐顏開，吃喝、哈啦，相互恭維，彼此擡轎，氣氛熱烈。席間，許俊勇老是乘機抓起啤酒，敬酒、罰酒，一大堆名堂，一瓶接一瓶，率先乾杯起來了。酒酣耳熱。裴家騏瞇起眼睛，笑嘻嘻：

「行。這樣我就放心了。」

許俊勇當仁不讓，搖頭晃腦，喝紅了眼睛，拿舉酒杯，一副天下無敵，兵來將擋的醉相：

「老——師。有——我在，你——放心。」

羅達成搖擺大腿，挑起眉毛，瞅着身邊的兒子，極其滿意，笑容可掬。

○○○

赤麂呀！赤麂！看你再往哪裡跑。

酒過三巡，大家都認為赤麂已經手到擒來，口沫橫飛，彼此乾杯，預祝成功。不記得四個人是怎麼走出來，又是怎樣走回去。

天矇亮，裴家騏已經趕搭班機回屏東。

呂國樑載着父子二人又去大東山。

我和陳濤沒頭沒腦趕奔石澳，毫無頭緒，繼續摸西又摸東。

山嶺接連山嶺的大東山群

令人心曠神怡的山野

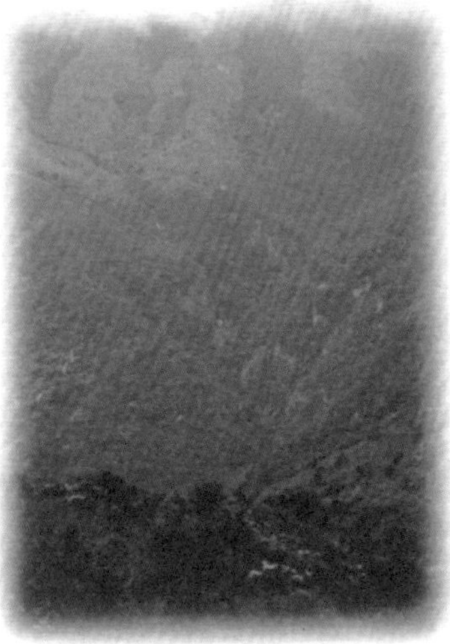

這就是香港的荒山野嶺

裴家騏和賴玉菁正專心測試 GPS

一片美好的濶葉林

大東山上的小平臺向前眺望

赤麂就是這副長相

緊連大東山後面就是蓮花山

許俊勇正在為繫放赤麂採取降溫措施

忙碌不堪

旅行，既能夠減壓，又可以逃之夭夭。

離開忙碌得無法自拔的工作崗位，倒也是一種尋得解脫的駝鳥方案。

○○○

以前，每一個月，我都溜出去旅行，神不知鬼不覺。

一九九二年，變本加厲，我千里迢迢前進非洲。觀徧地黃金般的日出，望血染大地似的日落，擰着大小不一的相機和鏡頭，嘗試捕捉但凡得以窺探的任何動物一舉一動。在草原，在森林，我看見數以百計的白人全心全意，追踪動物，勘察棲地；我也看見數以百計的白人全神貫注，記錄動物，實地拍攝。

久而久之，耳濡目染，肅然起敬，我決心推動黃種人參與生態保育實際行動的類似方案。

二〇〇〇年三月，決定創辦『野生動物保護基金會』Wildlife Conservation Fundation，目的就是培養黃種人在黃種人的地方主動從事生態調查，積極進行保育工作。

我，像螞蟻，似蜜蜂，從此忙碌不堪。

〇〇〇

二〇〇〇年，是夠忙碌的一年。

二〇〇〇年六月，在屏東和裴家騏共同主辦『野生動物研究及調查方法』研討會。

二〇〇〇年九月，在臺北主辦『分子遺傳在生物演化與保育的應用』研討會。

二〇〇〇年九月，在香港與裴家騏展開香港哺乳類野生動物物種及分布調查。

二〇〇〇年十一月，在香港主辦『野生動物與棲地保育』研習會。
二〇〇〇年十二月，在臺北主辦『無脊椎動物生物多樣性』研討會。
二〇〇〇年十二月，在臺北捷運站舉辦「狗臉歲月」流浪狗個人攝影展。

二〇〇一

二〇〇一年，是更加忙碌的一年。
二〇〇一年六月，在香港與林良恭展開香港翼手目蝙蝠物種及分布調查。
二〇〇一年七月，在香港光華新聞文化中心舉辦「狗臉歲月」流浪狗個人攝影展。
二〇〇一年八月，在香港主辦『生態走廊與生物多樣性』研討會。
二〇〇一年九月，在臺北主辦『第二次野生動物研究與調查方法』研討會。
二〇〇一年十月，在香港主辦『野生動物調查及研究』研討會。
二〇〇一年十二月，在香港主辦『香港野生動植物現況與保育』研討會。

〇〇〇

二〇〇二年，全力以赴，又是相當忙碌的一年。

二〇〇二年五月，在香港與謝鋒、江建平展開香港兩棲及爬蟲動物物種及分布調查。

二〇〇二年六月，在香港與賴玉菁、裴家騏展開香港微棲環境和植物群落分布現況調查。

二〇〇二年九月，在香港與裴家騏展開現在正如火如荼進行中的香港麂屬動物野外調查。

二〇〇二年十月，準備在臺北主辦『第三次野生動物研究與調查方法』研討會。

二〇〇二年十月，準備在香港與雷富民展開香港森林鳥類物種資源初步考查。

二〇〇二年十一月，準備在香港主辦『第二次香港野生動植物現況與保育』研討會。

○○○

定期舉辦野外調查研討會乃有必要。

集結志同道合，卻人數不多，而默默耕耘，但頗有成績，這些豁出去的專家，既分享心得且相互漏氣求進步，委實意義重大。

講的人，侃侃而談，毫無保留奉獻經驗。

聽的人，孜孜不倦，勤寫筆記汲取教訓。

和裴家騏共同主辦『野生動物研究及調查方法』研討會，我悟出箇中道理。

當年，二〇〇〇年六月十日，星期六。兩百個鑽研生態的專家學者，長途跋涉，來自四面八方，聚集在臺灣最南端的大武山腳——屏東科技大學講堂，切磋琢磨。我深深感動。

「孫啟元，看樣子，這種研討會每年都得辦。」

講堂裡面，裴家騏忍不住和我交頭接耳。

就是這樣，一次又一次，環繞生態話題的研討會就被我和裴家騏逐一催生又一一接生。

現在，又到了應該是催生、接生的時刻了。雖然各忙各的，彼此已經忙成焦頭爛額，兩個人還是隔着臺灣海峽和南中國海，在電話裡面，滔滔不絕。在電話裡面，確認方向。在電話裡面，擬訂大綱。當天晚上，在電話裡面，就敲定兩場分別於臺北和香港舉辦的研討會方案。電話裡面的定案如下——

一、二〇〇二年十月十一日，星期五，在臺北主辦『第三次野生動物研究與調查方法』研討會。

二、二〇〇二年十一月二日，星期六，在香港主辦『第二次香港野生動植物現況與保育』研討會。

○○○

訂會場講堂。

請主講老師。

距離研討會開講日期，不足一個月。

我一邊打電話連哄帶催，四處邀請主講老師；一邊又想起兩年前那次『野生動物研究及調查方法』研討會。

那根本就是一次電話構思、電話拍板、電話邀請、電話定案的研討會。籌備十四天，研討會已經開講了。

我想起來了，就是二〇〇〇年六月十日，星期六。那一天，我認識林育如。

林育如就坐在會場門口臨時搭蓋的課桌後面，依偎牆角，義賣野生動物收容中心的一堆又一堆T恤、背包、帽子、茶杯，還有一些琳琅滿目的紀念品。對，就是那個後來繞着我打轉，問長道短，眼神充滿好奇的林育如。

啊！我想起來了！當年那些參與啟蒙的主講老師包括——

裴家騏，主講自動照相設備在野生哺乳類及鳥類調查研究上之應用及發展。

侯平君，主講自動錄音設備在兩生類調查研究上之應用及發展。

李玲玲，主講無線電追踪設備在野生動物研究上之應用及其資料收集和定位自動化之研發。

黃美秀，主講臺灣山區大型哺乳動物的無線電追蹤及研究——以臺灣黑熊為例。

劉良力，主講七股黑面琵鷺的無線電追踪。

金仕謙，主講野生動物的保定及麻醉技術。

〇〇〇

七手八腳，七嘴八舌，七上八下，七拼八湊。研討會主講老師和議題內容總算落實。

二〇〇二年十月十一日，星期五，在臺北劍潭海外青年活動中心主辦的『第三次野生動物研究與調查方法』研討會，為大家準備的議題如下——

孫元勳，主講無線電追蹤在三種鳥類活動模式的應用。

李宗鴻，主講利用無線電追蹤技術在樹棲松鼠生態學之研究。

程一駿，主講海龜生殖生態及迴游追蹤的研究方法。

洪志銘，主講水獺族群調查研究方法與技術。

蔡雅芬，主講由指骨切片判定兩棲類之年齡。

裴家騏，主講較大型哺乳動物的年齡判別方法。

姚正得，主講由Mayfield方法計算黑冠麻鷺之生殖成功率。

陳賜隆，主講兩棲爬蟲動物的研究方法。

賴玉菁，主講野生動物分布模式：整合棲地變數與空間分析之多變值統計迴歸分析。

裴家騏，主講香港較大型哺乳動物的區域分布模式。

緊湊的接力賽。很精采。

○○○

二〇〇二年十一月二日，星期六，在香港會議展覽中心主辦的『第二次香港野生動植物現況與保育』研討會，端出來的牛肉包括——

雷富民，主講黑臉琵鷺及其保護意義。

林良恭，主講香港地區洞穴蝙蝠物種豐富度與族群量。

李玲玲，主講香港水獺現況研究規劃。

謝鋒，主講香港兩棲動物保護現狀。

賴玉菁，主講香港中大型哺乳動物微棲地選擇之初探。

邢福武，主講香港野生植物的現況與保育。

裴家騏，主講香港郊野公園內中大型哺乳動物之現況及其保育。

兩岸專家，凝聚在第三地，高談濶論各有所長的研究心得。不言而喻，當然非常精采。

○○○

許俊勇說：大東山頭的樹林傳來兩聲赤麂咆哮，近在咫尺。

獵麂行動，可能有點眉目了。

國立臺灣大學生命科學系 李玲玲教授

中央研究院 劉小如教授

國立東華大學自然資源研究所
吳海音教授

國立師範大學生物系 呂光洋教授

農委會林業試驗所森林保護組 趙榮台教授

臺灣科學教育館 楊懿如小姐(右)

國立中興大學生命科學系 吳聲海教授

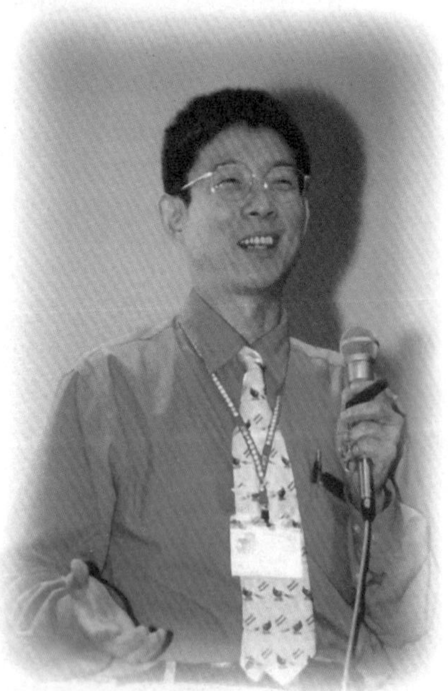

國立中興大學昆蟲系 楊正澤教授

中國科學院動物研究所 李明教授

華東師範大學化學與生命科學院
徐宏發教授（左）

廣州大學生物與化學工程學院
吳毅教授

華南瀕危動物研究所 江海聲教授

中國科學院動物研究所 王祖望所長

復旦大學生物多樣性科學研究所
盧寶榮教授

東北林業大學
野生動物資源學院 賈競波院長

黑龍江省科學院
自然資源研究所 馬逸清教授

中國科學院動物研究所
張知彬所長

野生動物與棲地
研討會會場一角

野生動物與棲地研討會會場一角

正在接受安撫和降溫措施的繫放赤麂

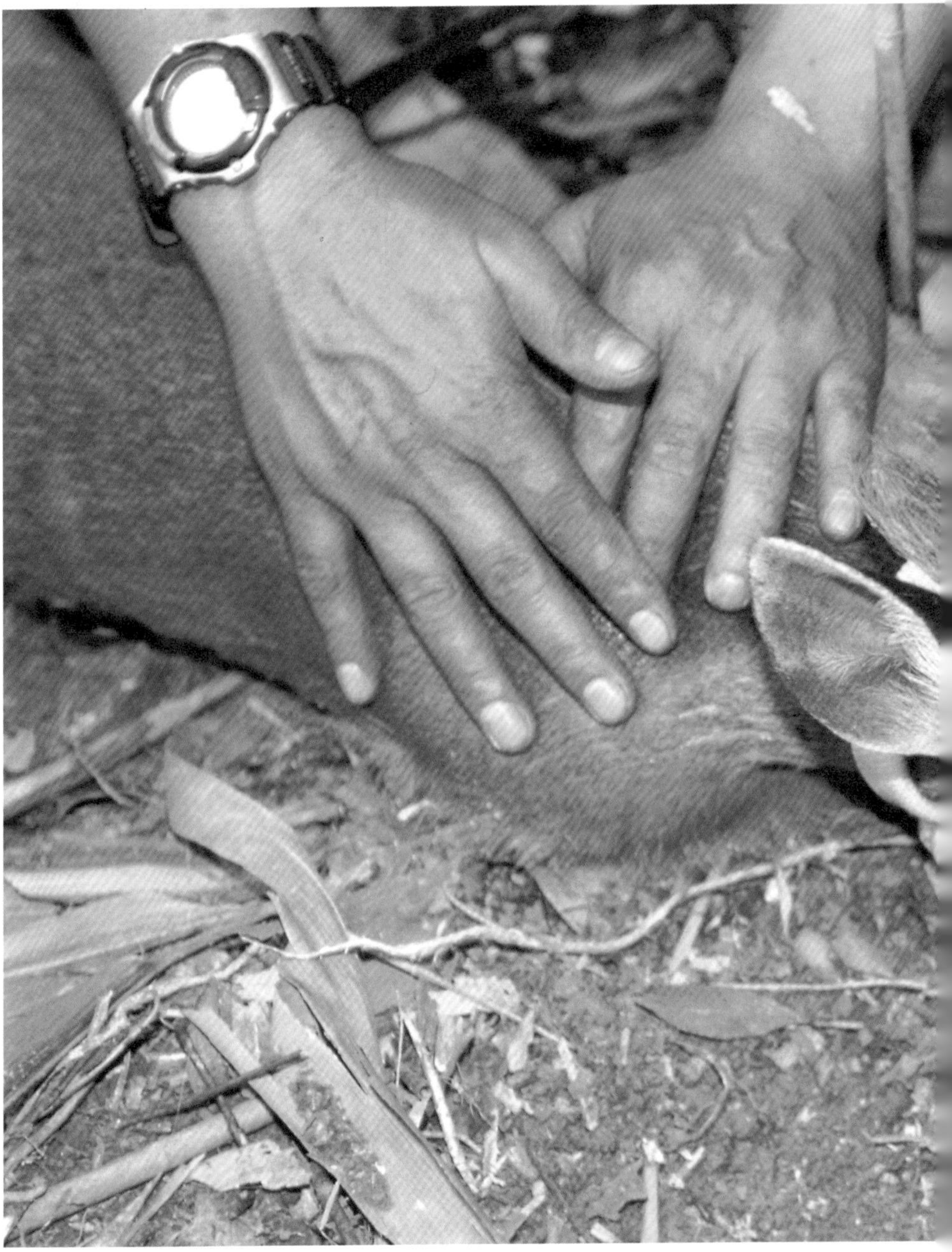

晴天霹靂

○○○

那天晚上，許俊勇說：

「大東山——頭的樹林是傳來兩聲赤麂叫吼，像打——雷，近在咫尺，震懾人心。吼叫的赤麂一邊轉身——就跑，不知去向。」

「希望這——兩天就能捉住——牠。」

羅達成咬着牙籤，回味無窮。

○○○

可不是？赤麂咆哮，我曾經也聽到過，那種震撼絕對不會輸給獅吼。

氣爆式的聲響，既教人恐懼，又令人興奮，恨不得馬上鑽進樹林，將牠好好全身打量，瞧牠個一清二楚。

說起來也很慚愧，在山裡進進出出遨遢兩年，居然沒有看見過赤麂。倒是在紅外線熱感應自動相機拆下來的底片裡發現過赤麂。赤麂的寫真相片可還真不少。

「哎呀！赤麂就是臺灣的山——羌嘛！我們常——常抓。山羌太好捉——了。可是不知道怎麼搞的，這麼多天，在大東山——就是捉不到。」

許俊勇灌了五六罐啤酒，先是表示牛刀小試，眉飛色舞。後來，想起這些日子，在天梯登高走低，都沒有收穫。皺起眉頭，顯出一副極不耐煩卻又無可奈何的樣子。他到底年輕，血氣方剛。

聽他這麼一說，我涼了半截，酒也醒了一半：

「完全沒有消息嗎？」

我朝羅達明的臉盯着看。

「有——啦。有撿到三袋糞便。新鮮的，都交給呂國樑了。」

剔着牙，他笑着說。

「那表示有赤麂在活動嘍。」

我故作放心，點頭迎合。

「有——啦。不過看起來，香港的山羌數量太少——啦。香港的地——那麼硬，裝陷阱，想挖洞都挖不下去。地太硬，山羌腳印不清楚。樹幹也都找不到山羌磨角的——痕跡。不好捉——哩！」

羅達成含着牙籤，把這幾天憋在心裡的問號，一股腦統統倒出來，卻心平氣和。畢竟薑是老的辣。

「捉得到嗎？」

我憂心忡忡，下意識推起已經有點下滑的眼鏡框。

「捉得到——啦。只是看起來沒有那——麼快。」

我只好點頭認同，朝着他強顏歡笑。

○　○　○

日子一天天過去，心裡卻急得像熱鍋上的螞蟻。

不是一件容易的工作。

捕捉，飄渺無際。

繫放，更談不上，簡直是八字都沒有一撇。

我想起那天哭哭啼啼，吵着馬上就得到赤鱲角機場，即刻就要搭乘班機回臺灣的美汀。

○　○　○

「孫啟元，只好找獵人來了。但是，開什麼條件？」

裴家騏善意徵尋意見。

「好。顧問費，每人新臺幣兩萬元。獎金，每隻赤麂新臺幣五千元。包機票，包吃，包住。」

迫在眉睫，我毫不思索就答應。

就是這樣，赤麂成為美國西部電影的那些被張貼海報懸賞通緝——賊兮兮的鬍鬚大盜。

必須活捉，而且還得是成功繫放的赤麂才算數。

獵人父子興會淋漓，信心滿滿，携帶大批山地狩獵專業器材，搭乘中華航空班機，蒞臨香港。像搶閘出賽的跑馬，奔騰勇往，箭步如飛。只見那頂夏威夷草帽一路領先，呼嘯而去，瞬間消失眼際。

○ ○ ○

忙得像螞蟻，忙得似蜜蜂，各自忙碌，忙得團團轉。

一眨眼，就是十月十一日，星期五。

我來到臺北劍潭海外青年活動中心。

早晨八點鐘，林萍芳已經忙進忙出，布置會場，張貼海報，擺賣書刊，準備名冊。入口的接待席，鋪滿掛繩的名牌和中午領取便當用的餐券。桌角，堆着一落落昨天夜晚才由香港帶來方才印製的論文集。

八點三十分。人，相繼出現。人，排隊簽到。人，魚貫進場。

九點鐘。人，各自忙碌。講者，忙着講。聽者，忙着聽。人，分秒必爭。人，隨時間飛逝，你問我答。

演講，討論。演講，討論。休息二十分鐘，喝茶，喝咖啡。

演講，討論。演講，討論。休息六十分鐘，吃便當，喝茶，喝咖啡。

演講，討論。演講，討論。又休息二十分鐘，喝茶，喝咖啡。

演講，討論。演講，討論。已經黃昏來臨時。

『第三次野生動物研究與調查方法』研討會，就是這樣，在光陰似箭，韶光易逝的印象當中，人互道珍重再見，結束了。

好像彼此還沒講兩句話，談三句天，人又各自忙碌，頭也不回，朝不同方向，分道揚鑣，各奔前程了。

林萍芳，忙進忙出，收拾殘局，也走了。

活動中心，恢復寧靜，人去樓空，黑漆一片，就連整天蹲在枝頭吱吱喳喳的鳥群也都歸巢睡覺了。

○○○

林萍芳，「郭良蕙新事業有限公司臺北分公司」的助理總經理。任勞任怨。責無旁貨。理所當然，成為「野生動物保護基金會臺北辦事處」的義務助理，從上到下一腳踢。

而我，也就是公司的老闆兼夥計，也正是「野生動物保護基金會」的創辦人。

○○○

山裡，風吹刮樹葉，沙沙作響，時而幾聲雀鳥啁啾，你呼我應，偶然飛機凌空呼嘯而過，偏偏石澳的圈套紋風不動，大東山的陷阱也毫無狀況。

開車接送的人，繼續開車接送。

上山巡視的人，繼續上山巡視。

大家的日子都過得單調又乏味。卻沒有人抱怨。人人心中有數，現在抱怨就是彼此容易翻臉的導火線。每天，我們都故作輕鬆，白天努力工作，夜晚吃喝打屁。就是這樣，羅達成頭頂的夏威夷草帽之謎，就被解開了。

原來，羅達成曾經出過國，不僅出過國，去的還是美國。

羅達成並不像那天裴家騏描述那般：「獵人沒有出過國。孫啟元，你一定要到高雄來接人。」

原來，羅達成曾經當選屏東縣霧臺鄉的鄉代表。名正言順，就像臺灣各地縣市鄉鎮代表一樣，都有機會，都必須出國，都要有名目來把錢花光光，名義就是出國去考察。

這頂草帽，正是羅達成路過夏威夷，用美金買回來的夏威夷草帽。

這是一頂如影隨形，如膠如漆，如願以償的夏威夷草帽。是一頂從此以後，羅達成只要離開霧臺，就會戴在頭頂，象徵身分地位的夏威夷草帽。

草帽，讓羅達成如癡如醉，笑容滿面，很滿足。

〇〇〇

我，曾經周遊列國，不厭其煩。

二〇〇〇年，創辦「野生動物保護基金會」以後，此情不再。

這四年，我變得戰戰兢兢，無時無刻得要待在香港的山嶺叢林收集生態資料，作繭自縛，哪裡都去不了。裴家騏不然，名揚四海，從此周遊列國，搖身一變，幾乎就變成臺灣民間外交官。

就在那天，就在最後林萍芳滿臉倦容回家之後，就在整天蹲坐枝頭吱吱喳喳的鳥群也都紛紛歸巢睡覺的那天夜晚，裴家騏再度整裝出發了。他一屁股坐上飛機，毫無表情，直指英國。這一趟，隨行着野生動物收容中心裡面那群看起來就像是滿臉無辜的紅毛猩猩。猩猩，是要去移民的。猩猩，出發的目的是要替英國猿猴世界及猿類收容中心 Monkey World——Ape Rescue Center 以壯聲勢的。

我記得在屏東見過猿猴世界的創辦人 Cronin。我想起一九八七年，猿猴世界成立的原始目的，是要收容好不容易才從西班牙馬戲團拯救出來，聽說是受到虐待的黑猩猩。久而久之，猿猴世界的黑猩猩越來越多。後來，長相不同的靈長類動物也越來越多。

一九九九年至今，屏東野生動物收容中心，已經陸續外送十幾隻紅毛猩猩和長臂猿，遠渡重洋，移民英國猿猴世界。聽說，現在的猿猴世界，還有臺灣文化暨保育館靈長類照養所。聽說，占地五十公頃的猿猴世界，每年吸引超過三十萬名遊客前往參觀。

哇噻！好犀利。裴家騏果然是一個出色的臺灣民間外交官。

○○○

白種人，喜歡搞動物園，醉心搞動物世界。搜刮來自世界各地的動物，如同炫耀長久以來白種人不斷擴充的版圖一樣。

一八二七年，法國人擁有歐洲第一隻長頸鹿。勞師動眾，由埃及亞歷山大港，經歷三十二天航程，運到法國馬賽。夾道爭睹，長頸鹿再經過三十天時間，慢慢運送到巴黎植物園。從此，法國人擁有歐洲第一隻長頸鹿。從此，長頸鹿開始大量捕捉，大量運送到世界各地動物園。

白種人，沾沾自喜。畢竟，他們的動物園和動物世界，搞得有聲有色。白種人的動物園和動物世界，永遠環繞着政府與國民，贊助、捐獻，永續互動。

〇〇〇

十一月二日，星期六，即將到來。

『第二次香港野生動植物現況與保育』研討會端出來的牛肉，預備呈獻了。一些香港相關的野外生態調查趁勢開展。期間，動用的人力料所不及。過程，耗資不菲。

相關野外生態調查包括——

雷富民，帶着兩個博士研究生——王鋼和趙洪峰，由北京直飛香港，進行『香港森林鳥類物種資源』初步考查。

預訂行程：十一月一日至十一月十四日。

林良恭帶着陳家鴻由臺中來香港，進行『香港蝙蝠物種分布』調查。

預訂行程：十一月一日至十一月十四日。

謝鋒和江建平，由成都直飛香港，進行『香港兩棲爬蟲動物』調查。

預訂行程：十一月一日至十一月六日。

另外——

李玲玲來兩天。

邢福武來兩天。

賴玉菁來三天。

裴家騏來三天。

人，一部分安排住宿灣仔長榮酒店。野外調查各組人員，就讓他們住進北角建華街中國國際航空招待所。

誰負責接機，誰負責聯絡，誰負責安頓，就在一團混亂之後，總算安排就緒。

開車接送的人，繼續開車接送。上山巡視的人，繼續上山巡視。各自忙碌，一邊等待十一月一日的大日子來臨。

○ ○ ○

「捉到一——隻山羌，母的，死——掉了。」

十月二十六日，夜晚。羅達成無精打采輕描淡寫，一邊扒着碗裡的白飯。

「死掉了？」晴天霹靂！我放下手邊的啤酒，嘴唇半掀，兩耳嗡嗡聲，聽見的盡是自己的耳鳴：「死掉多久了？」

「應該一天——半吧。」

夾了一片瘦肉，放進嘴裡，慢慢咀磨，羅達成的表情形同嚼蠟。

紐約動物園的格雷維斑馬

倫敦動物園的森林長頸鹿——歐卡皮

巴黎動物園的駱馬

紐約動物園的白面狷羚

紐約動物園的北極熊

巴黎動物園的阿拉伯劍羚

紐約動物園的長鼻猴

巴黎動物園的黑狐猴

紐約動物園的斑哥羚

裴家騏正在檢視被狗群咬死的母赤麂

狗肉怎麼吃

〇〇〇

十一月一日，星期五。天翻地覆。暈頭轉向。晚間，總算是安頓下來。這邊，該接的人都接到了。那邊，該來的人也都來到了。

逛街的人，去銅鑼灣逛街。

聊天的人，在酒樓邊吃邊喝邊聊天。

休息的人，索性關起房門，躲進房間看電視。

只有賴玉菁，坐在桌前，操作電腦，凝神聚氣，一心一意，準備明天演講要用的資料和數據。賴玉菁的題目『香港中大型哺乳動物微棲地選擇之初探』，都是運用地理資訊，一點一滴，計算出來的。

○○○

這天夜晚，這四個人還泡在酒樓。

我焦慮地盯着裴家騏。

裴家騏，用心思考，眈眈望着羅達成。

羅達成，老神在在，瞅着正在滙集辭彙，咬文嚼字，正在努力作口頭報告的許俊勇。

「重點在發報器的頻率太——接近了。我們走——在林道，用無線電追蹤，聽起來都——有訊號。發報器太多了，根本就分不出哪個是哪——個。我跟爸——爸，只有走進林子裡找，就——看見一隻母山羌已經死掉了。」

許俊勇一臉嚴肅，信心動搖，他一心要把無線電這樣的新科技，由架設陷阱的角度，完全否定掉。

「唔——！陷阱上的無線電發報器裝得太多了。訊號漂移，有可能導致訊號重疊。」

裴家騏也萬萬想不到自己的設計觸礁了。的確，父子二人求功心切，當然是盡量在獸徑多放幾個陷阱。起碼，獸徑明顯的交叉點更不容錯過。一百個陷阱，很快被父子二人鋪設在步道兩側的樹林裡，陷阱沿山坡向上布局，一直設到大東山頂的雨林那邊，伺機待發。

「我覺得，還是要用——我們的老方法。兩天進——去巡一次。」

羅達成斬釘截鐵說出看法。

「那就把發報器順便全都拆下來吧。」

既然如此，就這樣吧。裴家騏附議拍板。

一個無線電發報器，港幣兩百元。價值港幣兩萬元的一百個無線電發報器，折足覆餗，準備鳴金收兵。

「那——，我們明天就去巡——山，順便就把發報器拆——下來。」

許俊勇當下最得意的莫過於去拆掉終於被他否定掉的新科技。從陷阱的角度看，發報器哪裡會管用。許俊勇掀動嘴角，在旁邊偷偷竊笑。

這天夜晚，這四個人就在點頭默認，達成共識的情況之下，各自睡覺去了。

明天會是最忙碌的一天吧。

○○○

開車接送的人，繼續開車接送。上山巡視的人，繼續上山巡視。開車接送的人，繼續開車接送。研討主講的人，繼續研討主講。

人，陸續到來。人，三三兩兩。人，從容就坐。

演講，討論。演講，討論。休息二十分鐘，喝茶喝，咖啡。演講，討論。演講，討論。休息六十分鐘，午餐，喝茶喝，咖啡。演講，討論。演講，討論。再度休息二十分鐘，喝茶，喝咖啡。演講，討論。演講，討論。又是黃昏來臨時。

『第二次香港野生動植物現況與保育』研討會，就是這樣，在光陰瞬間而逝，昭光匆匆而去，這種感覺裡面，接近尾聲。

然而，此時會場門外的接待席傳來一陣騷動，氣氛忽地熱烈起來，有人拍手叫好。坐在那裡負責招呼的盧諾欣悄悄然進來，藉着昏暗的燈光，快步走近正在專心聽講的我，用手掌半掩住嘴邊，在我耳際輕聲說：

「孫先生，捉到了。」

像正在坐禪練功的老道，冷不防被人從旁擊了一掌。我一時像丈二金剛摸不着頭腦，無法會意。回過頭，呆呆望着盧諾欣，一陣莫名其妙。

「羅先生返來，話捉着黃麖。」

她眼睛發亮，遮住嘴邊，又在我耳邊加強語氣。

廣東話——返來意指回來。話就是說。捉着意指捉到。黃麖也就是現在我們一直在強調的赤麂。我如夢初醒，一溜煙，快步走出會場，東張西望。

羅達成，露起兩排牙齒，在笑。

許俊勇，由一旁閃出，迎向前來，衝着我報訊：

「捉到山——羌，是一隻公——的。」

他喜形於色。

「好！裝上發報器沒有？」

我喜上眉梢，聲音瞬間宏亮起來。

「八十七號。」

「好極了！旗開得勝！總算有進展！」

我又想起美汀。想起來那本紅色皮殼的野外調查日記本——

×月×日

獵人有什麼用，赤麂又不是山羌，你以為那麼容易捉。

○○○

裴家騏聞訊大樂。野生動物保護基金會一片歡樂，像極了普天同慶。

是晚，這四個人又泡在酒樓。

正當一大桌參與研討會的老師同學都酒足飯飽，杯盤狼藉，醉酒飽德，作鳥獸散以後。這四個人已經醉眼醺醺，天南地北就說起吃經。

「狗肉怎麼吃？誰知道？」裴家騏眇視一下在座三人：「狗肉要烤着吃。不能太熟。把毛烤掉，皮剛剛結層焦的狗肉，那才香，才好吃。誒——！癩皮狗的皮最好吃。對——！就是癩皮的那塊癩皮才最香。」

眾人先是一愣，呆若木雞。話，差點就接不下去。許俊勇聽出耳油，講惡心，誰怕誰，搞不好癩皮狗的癩皮真的很好吃。

「狗——，我不敢吃。我最怕殺狗。我們家鄉那——邊，都說狗有靈性。」扯一些有的跟沒有的，他接着說：「飛鼠的腸子，那——才好吃。打下來的飛鼠，開膛剖——肚，馬上要把腸——子裡面那綠——色的汁液擠出來。綠汁撈飯，那——才最美味。吃那——個最好，對人最好。」

大家又繼續胡說八道，扯個沒完。什麼以形補形。吃腦補腦。吃腎補腎。吃鞭補鞭。吃肝補肝。吃耳朵補耳朵。吃眼睛補眼睛。吃腸補腸？吃癩皮還會補癩皮？口沫橫飛，張牙舞爪。

「山羌有什麼好吃？」

我不記得吃過山羌，好奇發問。

「山羌好吃。山羌是山珍裡的明星——。遊山玩水的人都搶着吃山羌，好像不吃山羌——就等於沒——有進到山裡那——樣。」許俊勇說的也是。那一年，我第一次去非洲，找來找去，也是首先要找在哪裡可以吃吃斑馬、羚牛、長頸鹿什麼的。好像吃了牠才能了解牠一樣。

喝多了酒，他又肆無忌憚在想當年：

「那——年，我一個人就捉過七十四——隻山羌。每次都是一個人扛下來的，有時候走起來就是一——整天。」

「咦——？那死掉的山羌怎麼辦？肉不就變臭了？」

我天真發問。馬上，在座的三人都在用怎麼那麼笨的眼神，回過頭來看看我。

「唉——！死掉的山羌，就——在水邊剖腹沖洗，抹一層鹽巴再扛下山，不會壞。每次上山，我隨身都一定會帶一大包鹽——巴。」

哇！想不到山裡的獵人都很專業，我說：

「死掉的山羌也值錢嗎？」

又換來一輪嫌我既笨又欠揍的六隻醉醺醺的眼神，朝着我，盯着看。

「不把牠弄死，怎麼扛下山？」

「嗯——，有理。」

「山羌的價錢還——有區別的。在臺灣，北部臺幣五千，南部臺幣三千。後來，吃的人多起來，北部漲到八千元，南部也要三千五。最後，供多於求，山羌變——成論斤賣，一斤三——百五。認識的人來買，整隻的價錢也降到兩千元。燒毛處理的山——羌加五百。山羌後——腿一隻八百元。」

許俊勇如數家珍，彷如菜市場轉角的豬肉檔，一手指着懸掛的豬隻，一手拿起屠刀，正問你想要什麼部位的豬肉販。

是夜，就在説得津津樂道，聽的津津有味的氣氛裡，結束了。

明天，會是更加忙碌的一天吧。

○　○　○

十一月三日，星期天，真的就是更加忙碌的一天。

清晨四點鐘起床。五點正，開車，買水、買飯盒。五點半，我已經準時來到建華街。

建華街十號，中國國際航空招待所，一棟毫不起眼的公寓建築，樓高二十三層，一梯兩伙。這裡不對外營業，進出幾乎都是航空公司職員，和一些友好單位的訪港人仕。我們很榮幸獲招待所幫助，讓兩岸來港參與野外生態調查的學者能夠有個還像是家的落腳點。免費的早餐特別豐富，豆漿、稀飯、饅頭、包子、豆干、小菜、煎蛋、豆腐乳，樣樣有。不過，餐廳早晨八點才供應。

○○○

五點半，天空烏漆麻黑。躲在密葉底下的噪鵑已經嗚哇——！嗚哇——！嗚哇——！嗚哇——！……像準時的鬧鐘，聒噪不停。

五點半出發，有難言之隱。

得在六點鐘天亮之前，把王鋼和趙洪峰送到郊外指定地點，進行一整天的穿越線香港森林鳥類物種調查，這就是難言之隱。

得在七點半之前，再將不得不坐在車上一路遊車河的獵人父子送到大東山腳黃龍坑，開始搜尋赤麂，進行燃眉之急的繫放計劃，這才是難言之隱。

得在九點鐘之前，趕回建華街，會合陳家鴻，開始一天的洞穴性蝙蝠調查探洞行程，這又是難言之隱。

呂國樑，可以稍微晚一點，八點鐘去接謝鋒和江建平，作一整天的兩棲爬蟲調查。

○○○

是有難言之隱。

野生動物保護基金會，只有我和呂國樑負責接送，真的會是難言之隱。

在野外，僅會開車還不成。能在郊區左穿右插，能在山區來去自如，才是負責接送的先決條件。

熟悉郊區地理形勢，通曉山區隱蔽車道，了解自然生態環境，野生動物保護基金會裡面，只有我和呂國樑。惟有馬不停蹄，兩人輪番上陣。傍晚，誰去接回王鋼、趙洪峰。黃昏，誰去負責張網捉蝙蝠。夜晚，誰去陪謝鋒、江建平在山谷溪澗翻石頭抓兩棲爬蟲。幸虧現在有手機。打手機，行動更機靈。

○○○

開車，出去。又開車，出去。

開車，回來。又開車，回來。

大東山頂傳來噩耗，捉到一隻死去的公赤麂。死亡時間估計不超過半天。

噩耗令眾人不得不用心思索，陷入思維。

「是啊，大嶼山離島有那麼多野黃牛，惟有大東山沒有野牛，會不會是大東山根本動物就不多。」

「林相不錯，腹地又大，老鼠一大堆，就是沒有什麼哺乳動物。」

「不錯，連蝙蝠也少。」

「孫啟元，大東山的紅外線相機拍過什麼物種？」

裴家騏靈機一動，他問我。

「不多，赤麂、鼬獾、野貓、野狗，數量很少。都是褐鼠。紫嘯鶇的相片最多。」

「嗯——，大嶼山還有什麼地方拍過山羌？」

「南大嶼的龍仔悟園好像還不少。」

「那——，明天就去南大嶼。」

許俊勇實在是沉不住氣了。

「對，越快越好。時間越來越不夠用。現在才捉到一隻。」

七嘴八舌，議論紛紛。昨天捉到赤麂暫時的喜悅已經拋諸腦後，我又開始心煩意亂。赤麂這個計劃，不容出錯，惟有志在必成。

山野水塘次生林景觀之一

山野水塘次生林景觀之二

山野水塘次生林景觀之三

山野水塘次生林景觀之四

山野水塘次生林景觀之五

山野水塘次生林景觀之六

山野水塘次生林景觀之七

山野水塘次生林景觀之八

日出而作日落也得作的野人

今天大有斬獲

〇〇〇

據說，獵人父子絞盡腦汁，費盡心思，整整兩天的功夫，才能夠在南大嶼的龍仔悟園布下天羅地網。那張天羅地網，指的可都是環繞龍仔悟園的一些山頭、山腰、山腳和山谷。

那可是一張寧捉錯、勿放過的天羅地網啊！

〇〇〇

不出所料！就在兩天之後的一個早晨，傳來捷報：

「赤麂，公的。發報器二十七號。」

「要得！」

這真是振奮人心的一天。這天清晨，我尾隨父子二人進入山區，抱着不入虎穴焉得虎子的心態，決心參戰。

○ ○ ○

山色蒼翠，竹隨風搖曳。

三人行，沿山澗拾階而上，輾轉來到傳言是萬丈瀑底下的龍仔悟園。悟園，齋房四隅，林木處處，小橋流水，錦鯉荷池，幽雅清靜，鳥語花香，蝶舞蜂飛，果實遍地。悟園，廢棄荒蕪，人去樓空，似斷壁危樓，卻彷如人間仙境。

「你還——是留在這裡，比較——好。」

羅達成說。他形容四處都是陡坡峭壁，四周盡是荊棘藤蔓。

我自得其樂，拿起相機，沿池塘水面彎來折去的九曲橋，拍上照下，攝左影右，忘我投入，恍如時光倒流七十年。就在此時，手機鈴聲大作。隱約聽見許俊勇在說話，忽強忽弱，不清不楚，應該是接收不良，斷訊了。手機再響起，我止住腳步，大聲應答，這才聽見許俊勇急促的呼吸聲。他吁着氣，壓低嗓門：

「孫先生，快來拍——照。捉到山羌，活的。」

「在哪裡？」

「龍仔園大門右——切上山。走路小心。不要踩斷地上的枯枝——。」

我順着手機裡的指示，朝悟園大門右切，朝山疾行。肩上揹着背包，左手拿着手機，右手提着相機，我發現自己已經身困叢林，如置囹圄。我只得踮腳引頸張望，我看見陰陰森森盡是濃蔭遮天。荊棘搭荊棘，藤蔓搭藤蔓，枝葉搭枝葉，糾纏交織，形同天險。

○○○

前方驀地有動靜。

撥草撩藤，哈着腰，弓起背，健步如飛，像動物穿梭獸徑那般快捷，瞬間來到跟前的就是許俊勇。

他看看滿臉無奈，汗流浹背的我，毫不同情，一臉嚴肅。他比了一個「跟我來」的手勢，指指右前方，一彎腰，又消失眼際。

我先是吓一跳，後來是急忙跟進，不顧一切地鑽入樹叢，我生怕失去這個像動物穿梭獸徑那般快捷的身影。

走着，吁着。

歇一下，又追幾步。

終於看見半蹲在石頭那端的羅達成。

就是那樣，他露起兩排牙齒，在笑。

他邊笑邊指着腳前的地面，我卻什麼也都看不見，感覺一點也都不好笑。

他說：那是山羌。

我說：在哪裡？

他彎下腰，把山羌抱起來，凑向我的臉，露起兩排牙齒，還在笑。

哎呀！赤麂原來就在我跟前。

赤麂，被放回原地，楚楚可憐，溫馴斜臥樹腳，把頭埋進灌叢。

汗，從我的額頭往下滴，自我的臉頰朝下溜，由我的脖子前後左右向下流，藉着腰幹不斷往下鑽。

我透過鼻樑掛着的近視散光鏡片，上下審視這隻背對着我，瞅也不瞅，根本無法理會的赤麂，一邊迅速褪下背包，就地在背包裡面摸索起來；一邊用興奮顫抖的手，更換鏡頭，箝裝閃光燈。

我跨前兩步，「咔嚓！咔嚓！」對着赤麂，顯露出猙獰霸道的本色，像機關槍掃射，想盡辦法，就是要把牠赤裸裸、袒蕩蕩、展現於底片。從鏡頭，我看見牠已經套着發報頸圈，像綑綁野豬那樣地被綑綁起前後腿，右前蹄的外傷塗抹了消毒藥水和優碘，頭頂那兩枝酷似鹿茸的角柄告訴我，牠還很年輕。我捺不住心中的喜悅，貪婪拍照，沉迷，陶醉，好像拍了牠，就會一清二楚完全了解牠。

羅達成露出兩排牙齒，笑瞇瞇：

「我把牠放了，你再拍。」

我點點頭。

赤麂的腳不再纏着繩，牠小心翼翼站起來，不動聲色，靜觀其變。

羅達成朝牠催促：

「走呀，走——呀。」

説着就舉起手掌，「啪！」清脆有力！一下子就拍在牠的屁股上。

赤麂像脱韁野馬。「唰——！唰——！」兩聲，鑽越樹叢那邊。

我抓着相機，愣在那裡，快門都還來不及按一次。

羅達成露出兩排牙齒，繼續笑。自以為是野生動物攝影專家的我，尷尬立在那裡，原地不動，無地自容。

許俊勇這才放開聲浪：

「赤麂，公——的。發報器二——十七號。」

〇　〇　〇

是晚，研究林鳥的，研究兩爬蟲的，研究蝙蝠的，研究大型哺乳動物的，統統聚集在酒樓。

來自中國大陸的，正經八百，不苟言笑。來自臺灣的，少了已經回去的裴家騏、賴玉菁和林良恭，說話的內容也就沒有那麼搞笑了。

席間，彼此只知道彼此今晚不必出野外；彼此也只知道彼此免不了再三舉杯，慶祝獵人父子今天大有斬獲。

兩岸三地的飯局，就連許俊勇也斯文起來。那年當兵還喊着口號——反攻大陸、解救同胞的他，只能仰天喝啤酒，低頭吃他面前的燒鵝肉，不怎麼說話。他怕一不小心說錯話。

陳家鴻好像想起什麼似的，自己看着面前的碗筷，想入非非。「嘻嘻——！嘻嘻——！」像是抽風機，帶着邪念，痴痴地笑，滿臉通紅。

大家都朝向他那漂染成金黃色、而且中分成為『大小便不分裝』的頭蓋，好奇地看，卻也看不出所以然。

「什麼事？那樣好笑？家鴻。」

我雖然滿腦子赤麂，卻也忍不住問。

「嘻嘻——！嘻嘻——！盧諾欣交給我看的那隻蝙蝠，是成年的雄性東亞家蝠。」

○○○

「啊！」

我想起那隻蝙蝠了。蝙蝠有一個曲折的故事——

就在十一月二日，星期六，研討會之前，忙得天翻地覆像是天昏地暗的那一天，譚凱倫接到一個電話。

噢——！忘記介紹了，譚凱倫是我的新秘書。

電話是一位女士從老遠的地方打來的。

說是住在新界大埔區。

說是在水溝撿到一隻濕漉漉的小蝙蝠。

說是小蝙蝠還拖着一條長長的臍帶還沒掉。

說是問『野生動物保護基金會』能不能收容這隻全身濕透的小蝙蝠。

接聽這個電話的時候，我正在辦公室坐鎮指揮研討會進入倒數計、以及兩隊野外調查助理的進度與安全。

聽說是營救野生動物，義不容辭，我說：呂國樑那輛車的位置正在大埔附近，就打個電話麻煩他兜過去營救吧。

聽說那隻還連着臍帶的小蝙蝠被接回來了。

聽說小蝙蝠就由基金會的幾個女助理輪流照顧，還得帶回家。

聽說準備一個小竹籃，布置成為小蝙蝠的小搖籃。

聽說還買了幾包新鮮牛奶，作為小蝙蝠理所當然的營養品。

聽說躺在小搖籃裡的小蝙蝠，在研討會那天是整天跟在會場門口的接待席。

聽說好像還是由當值的盧諾欣悉心照料，不時用針筒把牛奶餵進小蝙蝠的嘴巴裡。

我忙得不得了，忙得只瞅了一眼，確實是有個小搖籃。

林良恭在會場，也忙得不得了，忙到也只瞄了一眼小搖籃裡的小蝙蝠。

裴家騏也在會場，他也忙得不得了，他忙得連瞥也沒瞥小搖籃裡的小蝙蝠。

反正有那麼多個助理照顧，反正有新鮮牛奶喝，反正有一張小搖籃，大家都公認小蝙蝠是幸福的。

參與研討會的所有專家，都沒有好好檢視一下那隻看來會是幸福的小蝙蝠。

晴天霹靂！起碼，所有的女助理都認為是晴天霹靂。第二天早晨，那隻還連着臍帶的小蝙蝠死了。

○○○

「嘻嘻——！嘻嘻——！雄性的東亞家蝠成體，性器官本來就特別長。她們都以為那條性器是臍帶，餵牠喝牛奶。我想，那隻蝙蝠後來可能還是餓死的。嘻嘻——！」

家鴻嘻嘻笑，説話的內容卻像是敲了一響喪鐘，我陷於沉思。

一個是野生動物保護基金會。

一群是香港各大名校的生物系高材生。
一隻是成年雄性東亞家蝠。

我覺得很難過，我為那隻沒有蟲吃的公蝙蝠默哀。

○○○

老遠地方的女士又來電話了。
她問候那隻拾獲的當時全身濕透還連着臍帶的小蝙蝠。

我說：

「已經放走了。」

魂兮，魂兮，嗚呼哀哉。

○○○

每天，都是忙碌不堪的一天。

清晨四點，起床。五點鐘，開車，買水、買飯盒。五點半，我已經準時來到建華街。

大東山頂，又有消息傳來。又捉到赤麂，母的，發報器十二號。羅達成斂起笑容，沒有露出那兩排意味着喜悅的牙齒了。相距五十公尺，另外一隻體有餘溫的母赤麂死了。這是令人氣餒的消息。

我在想，假設赤麂遲到一會兒，假如獵人走快幾步，答案是不是又會不一樣？我着無邊際，胡思亂想，又能怎麼辦？。

○○○

許俊勇準備回臺灣。

十四天前，他去過澳門。

澳門，呂國樑帶他乘船過去的。那確實是開洋葷。逛大馬路，瀏覽賭場，吃葡國雞飯。當天夜晚，意猶未盡，不得不回到北角建華街。

不知道究竟為什麼？

反正，只要是臺灣人來香港，停留十四天就得出境一次，第二個十四天就得回臺灣。

想要再來香港，那就得再辦一次簽証。

獵人父子，來去匆匆，拿的就是這種旅遊簽証。大家輪流走。今天你走，下回我走。

總而言之，一定得要有一個人留守香港，必須巡視大嶼山。

○○○

離開霧臺山地，來到平地謀生，已經是一件大事。

離開霧臺山地，還要搭乘班機到香港就業，那不但是一件大事，更是光宗耀祖的重大事件，應該要記載。

「五十年以前，可能有山胞曾經被日本鬼子抓到大陸，充軍去打仗。有史以來，從來就沒有聽説族人會到海外去工作。」

長老嘖嘖稱奇。頭目也都交頭接耳，當作新聞在談論。

許俊勇回家，當然是屬於衣錦還鄉那碼事。戶外有排隊求見聽故事的小兄弟，戶內有座無虛席前來湊湊熱鬧的當年那些豬朋狗友。

來吃飯，都像在吃流水席。

長老來探視。

頭目來走訪。

許俊勇的媽媽，忙進忙出。「哈哈——！哈哈——！」笑的像朵花。

「那年挑選羅達成入贅，看來一點都沒錯。」

家裡，門庭若市，人一波接一波。

米酒喝完，喝啤酒。

啤酒喝罷，喝高粱。

檳榔香煙，不離嘴。

奉承對白，滿口溜。

敬酒的敬酒。敬煙的敬煙。

許俊勇喝到酩酊大醉，完全不省人事。該回香港那天，他老兄居然人影都沒有。

○○○

十一月，正是吃大閘蟹的時令。

十一月，也是我和魚大王頻繁聯繫的大日子。

十一月，公蟹膏肥脂厚，香黏可口，每每令我食指大動。

偶然到不能再偶然的機會，我認識黃人航這個出身菲律賓、定居香港、祖籍福建、生意遍及澳洲、東南亞、深圳、上海的海產批發大亨，他的外號叫做——魚大王。

十一月，正是魚大王幫我四處張羅大閘蟹的時候。

十一月，也正是我一再阿諛，奉承魚大王的日子。

今年十一月，大大不同。魚大王說，他已經是獅子會維多利亞分會的重要成分，他呼籲我去參加獅子會例會，他一再說是要吸收我入會。

明明講好，這天晚間七點鐘，必須要到大會堂美心酒樓去捧場，我卻人在山頭摸黑下山，來不及赴會，更別提什麼沐浴、更衣、參加盛宴、大吃大喝了。

這項要命的『香港麂屬動物野外調查』，疲於奔命，勞碌不堪，緩慢的進度令自己原本樂觀的個性變得憂鬱寡歡，居然夜深人靜也在長吁短嘆。兩個月的時間，捉到三隻赤麂。距離繫放十二隻赤麂的目標，顯然相差甚遠。

赤麂啊！赤麂！你究竟在哪裡？我又想起淚流滿面的美汀了。

○○○

雷富民說，今天早晨，他在香港仔郊野公園的灌叢看見有白兔。

他一邊講，一邊在數位相機的視窗顯示草地上的大白兔。影相讓我想起放生的鱷魚，放生的蜥蜴，放生的烏龜，放生的林鳥，放生的淡水魚，都是外來種。

被無知放生的動物，搶掠的搶掠。

被無知放生的動物，逃亡的逃亡。

被無知放生的動物，霸道的霸道。

被無知放生的動物，死亡的死亡。

無知的放生行為，究竟要犧牲多少無辜的生命？到底要造成多少大大小小的生態浩劫？

唉！無知的人類！放生，只是一種刻意掩飾自己心虛的自以為是而又感覺心安理得的錯誤呀！

唉！無知的人類！這是一錯再錯的做不得的事情啊！

○○○

石澳山頂涼亭那頭的樹幹，有松鼠移動。

松鼠招搖掠過，遊人駐足圍觀。

香港的松鼠是外來種或是本地種？捉摸不定。就像是香港的獼猴是本土動物或者入侵者？就像是香港的赤麂是本地物種還是外來物種？

人，僅作猜測，卻缺乏實際憑證。

開車接送的人，繼續開車接送。上山巡視的人，繼續上山巡視。直到有一天……。

次生針葉濶葉混合林

年輕的次生濶葉林

龍仔悟園荷花池九曲橋

龍仔悟園錦鯉荷花池

羌山寺廟比比相鄰

環山擁抱的荷花池

許俊勇（左）、二十七號繫放赤麂、羅達成（右）

繫放赤麂原來就在我的跟前

大嶼山遠景之一

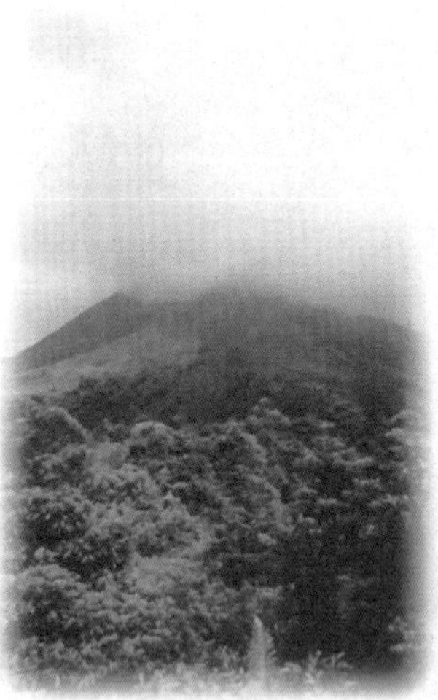

大嶼山遠景之二

發報器二十七號的公赤麂

陳家鴻(左)、戰馬 BMW 750iL、
盧諾欣(右)

鳳凰山麓遠眺大東山

SARS 期間吹箭麻醉野豬抽血供應醫學院化驗

裝作若無其事

○○○

有一天——

就在許俊勇爛醉如泥，倒臥家鄉屏東縣霧臺鄉，下落依然不明的時候。

呂國樑和我，分頭駕駛兩輛車，準備在大東山腳黃龍坑會面。

正當呂國樑清晨要把羅達成送到大東山腳黃龍坑的時候，我已經站在黃龍坑。羅達成打開車後行李箱蓋，提起背包，準備上山巡視，我走向他準備交代幾件事。猛然，行李箱撲出一股強烈惡臭，就像是無色煙霧，騰踴而起，迅速擴散。臭氣沖天。薰眼嗆鼻。我站在旁邊，先是分辨不出這究竟是什麼氣味，一面猶豫，一面連吸兩口氣。我的媽呀！胃裡一陣翻騰，差點窒息。

他媽的！這根本就是死屍腐爛臭味！我直覺就是死山羌！

「羅先生，我不是早就告訴你，就是死山羌，一塊肉也不能帶回去？」

我氣得直跳腳。

羅達成縮起脖子，一溜煙，閃到一邊。

呂國樑急忙接話：

「是上次那隻死掉的赤麂。羅先生帶回去吃，吃不完，房間裡又沒有冰箱，腐爛臭掉了，現在帶回山上想要埋起來。」

「好吧！算了，下不為例。香港不像臺灣，真的會坐牢。」

羅達成表情靦腆，點點頭。

唉！果然就是原住民！幾十年生涯就是打獵吃野味，體有餘溫的麂肉豈有放着不吃的道理？豈不是等於暴殄天物？難道狼捉到羊還不吃？又或者貓抓到耗子不吃？

從此，每天清晨交待事項，第一件事情——就是不准帶赤麂肉下山。

○○○

我想起來了——

那一天，也就是父子二人在山上遇見那隻體有餘溫的母赤麂的那一天夜晚，難怪兩人形色匆匆，藉口疲倦，下車就溜，甫一進去建華街那扇黑色的大門，急急忙忙，頭也不回，無影無踪。

事隔多月，許俊勇在很久很久以後，他才告訴我：

「那——瓶酒也不錯，是瀘——州老窖，真香。」

唉！你能拿他們怎麼辦？贊同，不對。不贊同，又太做作了。

○○○

石澳，像一座死城，更像一片永遠沒有動物經過的死亡谷。

二十個 CollarumTM 圈套，雖然謹守崗位，盡忠職守，卻毫無動靜，依然如故，形同聖誕樹上的裝飾，只是眼花撩亂的胡亂擺設，僅供參考，卻缺乏互動。即使是盛滿鹽漬的竹筒，也僅能獨處一角，沾滿像飄零雪花一般的結晶，提供裝飾，迎接聖誕到來。

許俊勇一副將功贖罪的表情，返回香港的第二天，已經自動請纓，要去石澳勘察地形，順便找尋蛛絲馬跡。

○○○

石澳的地形，像是一塊馬蹄鐵。

左側是墳場，右側是海灣，中間是條大山溝。

馬蹄鐵右角，十年以前，還可以向東南延伸，通向地勢險峻、密林遮覆、棲地條件優越的鶴嘴山頭那一片樹林。十年以後，一意孤行，非挖不可的石礦場狠狠切斷石澳與鶴嘴，未曾間斷的開山掘地從此分隔兩地動物，遙遙相望，觸不可及，比鄰若天涯。

他瞪着大眼，認真地說：

「石澳那——個不行啦！那——邊看起來可以啦！」

我一時分不清楚哪個是哪個？哪邊又是哪一邊？

「哪個呀？在哪邊啊？」

「就在那邊嘛！那個樹腳旁邊還插着竹筒的陷阱呀！不行啦！那——個怎麼能捉到動物。」他幾乎面紅耳赤：「唉！哪——裡會有那麼笨的動物走過來讓你套。舔鹽巴，在臺灣也只有山羊吧，沒聽說過山羌也會吃鹽——巴！」

他擺出一副專業的姿態。

那倒是真的，不專業也不會飛到香港來提供指導，不是嗎？

「石澳——樹幹有磨角的痕跡，不過是舊——的。但是有山羌腳印，証明山羌在活動。石澳——土比較軟，不像大東山那——麼硬，地面什麼也看不見——。」許俊勇望望坐在一旁歪着腦袋，不知道究竟在想些什麼事情的爸爸，搧動他：「明天一早就去——石澳裝——陷阱。」

他畢竟講出我的心事，說做就做。羅達成也點頭說聲好。

○○○

四點半，起床。五點鐘，買水，買飯盒。五點半，準時來到北角建華街。

數林鳥的人，跳上車去數林鳥。

數蝙蝠的人，跳上車去數蝙蝠。

到大嶼山作無線電追踪的人，去作無線電追踪。

數兩棲爬蟲的謝鋒、江建平，已經完成任務，回到四川了。

獵人父子長驅直入，走遍鶴嘴密林，翻遍石澳山頭，沿着無處不在的獸徑，專心挑選樣點，細心打造陷阱，悉心布置環境。

鶴嘴，埋伏三十處。
石澳，埋伏二十處。
摩拳擦掌，就等着拭目以待了。

呂國樑悶悶不樂。
「大東山頂那隻八十七號赤麂的無線電訊號消失了。」
他翻山越嶺，赤麂杳無黃鶴。

這一天，部分調查告一段落。
王鋼、趙洪峰回北京去了。
陳家鴻也回臺中了。

嗨——！我暫時不必再披星戴月了。

○
○
○

下雨——

「地太乾，動物的腳印都——看不清楚，也該下雨了。有雨，動物一定會——很高興。」

許俊勇瞻望天空，發表己論。

雨越下越大，雷電交加——

「雨太大了，動物不——喜歡，會躲起來，都不出來走動了。」

他從樹林鑽出來，全身濕透，抹了抹打在臉上的雨珠，仰望黑壓壓的烏雲，再次表達己見。

雨停了，終於——

大東山卻傳來壞消息：

「斜坡死了一隻還有體溫的母山羌。」

唉——!

○ ○ ○

着實進行三年野外生態調查，身體力行，鞠躬盡瘁，深覺自己精疲力竭，日趨蒼老，已經雞皮鶴髮。一方面，又覺得自己脱胎換骨，驀然開竅，思想也都起變化。然而我卻越發感覺自己與人格格不入，無法同處共室，簡直就是同床異夢。不是我聽不懂他(她)在嘮嘮叨叨、冷嘲熱諷、不知道是在説些什麼話?就是他(她)根本搞不懂我是不是在胡作非為、不務正業、究竟是在作些什麼事?

我和人群出現莫大隔閡，對話的題材不一樣，作息的時間不相同。

我的人生觀絕然有別，待人處世的方法也引起爭議性，不但孤獨，每每由荒野回到城市，我感覺自己更寂寞。

○○○

裴家騏又來了。一屁股鑽進我的車。哇啦哇啦地，天南地北。車裡還播放着ＣＤ。

「咦——？Three Dog Night！好歌。讓我想想這是什麼歌名？」他沉思片刻：

「——Liar！對，是Liar！」

「那麼，你一定聽過以下這首歌了？」

我隨手啟動ＣＤ面板上的鍵盤。

「——Out In The Country！嗯，好歌！」

「好！那你聽聽，這又是誰的歌？」

我順手又摸起鍵盤，按一按，換張ＣＤ。

「好熟，——等一下，——是誰？」

他歪起腦袋，把右耳湊向ＣＤ面板，好像就在等待唱機説答案。

「是 Jeff Beck 的新作。」

我說。

「我就知道！他那個調調——，哇噻！還在出唱片？我也要去買一張。」

他眉飛色舞。

天南地北，口沫橫飛。兩個人就在車裡，一邊聽着強勁的節奏，搖頭晃腦；一邊搖頭擺尾，數起當年不得了的搖滾樂隊，例如什麼——

CCR唱的 Proud Mary、Cream 那首可以聽出耳油的 Sunshine Of Your Love、還有 Guns N' Roses 的 Welcome To The Jungle……

「嘖——！嘖——！嘖——！Bob Dylan 的 Knocking On Heaven's Door 就讓 Guns N' Roses 給唱活了，……，現在還在唱嗎？主唱不知道換了沒有？應該找來聽聽看。」

「嗯——，好。」

奇怪！一點也看不出來，他剛下飛機，居然沒有倦容！居然聽聽搖滾樂，還會有那麼多的問題和要求！

○○○

不錯，裴家騏又來了。他來的很勤奮。他——不得不來。

他曾經和 McCullough 在臺灣進行山羌野外調查，所以他心中有數，又來了。

他暗忖這次「香港麂屬動物野外調查計劃」不能掉以輕心，困難度極高。

「孫啟元，現在捉到幾隻赤麂了？」

他裝作若無其事在發問。

「唉——！安裝發報器完成繫放的有三隻，死掉的就有四隻了。……為什麼死亡率這麼高？」

我憂心忡忡，反問。

「……」

「……」

默默無言，表示心事重重。

兩人都知道『香港屬動物野外調查』進行起來不容易。兩人也都清楚「香港麂屬動物野外調查計劃」只准成功而不許失敗。

周圍，虎視眈眈。

我們，只得戰戰兢兢。

「……」

「……」

車，繼續在路面奔馳。搖滾樂，繼續唱奏不停。

「體毛留了沒？」

「留了。」

「DNA比對交給誰作？」

「交給李壽先。多出來的體毛樣品就交給林良恭。」

說起李壽先，大有來頭，紐約州立大學生物學系博士，美國自然史博物館鳥類學系博士後研究。回到臺灣，任教師範大學，倍受重用，獲得生物系系主任黃生器重。國科會與農委會也都先後參與其遺傳多樣性實驗室各項研究計劃。他專心進行生命科學研究。我們的麂毛，就是李壽先全力支持，拔刀相助，作DNA比對。

「糞便有繼續撿拾？」

「十幾包了。」

「捉到的赤麂，有沒有作測量值？」

「測量值——？沒有。」

「……」

「只顧裝好發報器就釋放。放遲了，又怕牠死掉。」

「……」

「……」

○　○　○

那天夜晚，這四個人又聚集一塊了。

四個人，偎在酒樓角落的那張桌面，醉醺醺。

帶着醉意，還在顧慮用心捉麂的許俊勇，他說出最令他扼腕的那件事：

「龍仔悟園，跑——掉一隻山羌。牠力量很大，真——的很厲害，樹幹都被折斷了。」

大嶼山花崗岩地質巨石磊磊之一

大嶼山花崗岩地質巨石磊磊之二

大嶼山山腳海邊怪岩之一

大嶼山山腳海邊怪岩之二

大嶼山山腳海邊怪岩之三

大嶼山山腳海邊怪岩之四

大嶼山山腳海邊怪岩之五

老人山遠眺大東山旁邊二東山

方才種植的針葉林

年輕的次生林

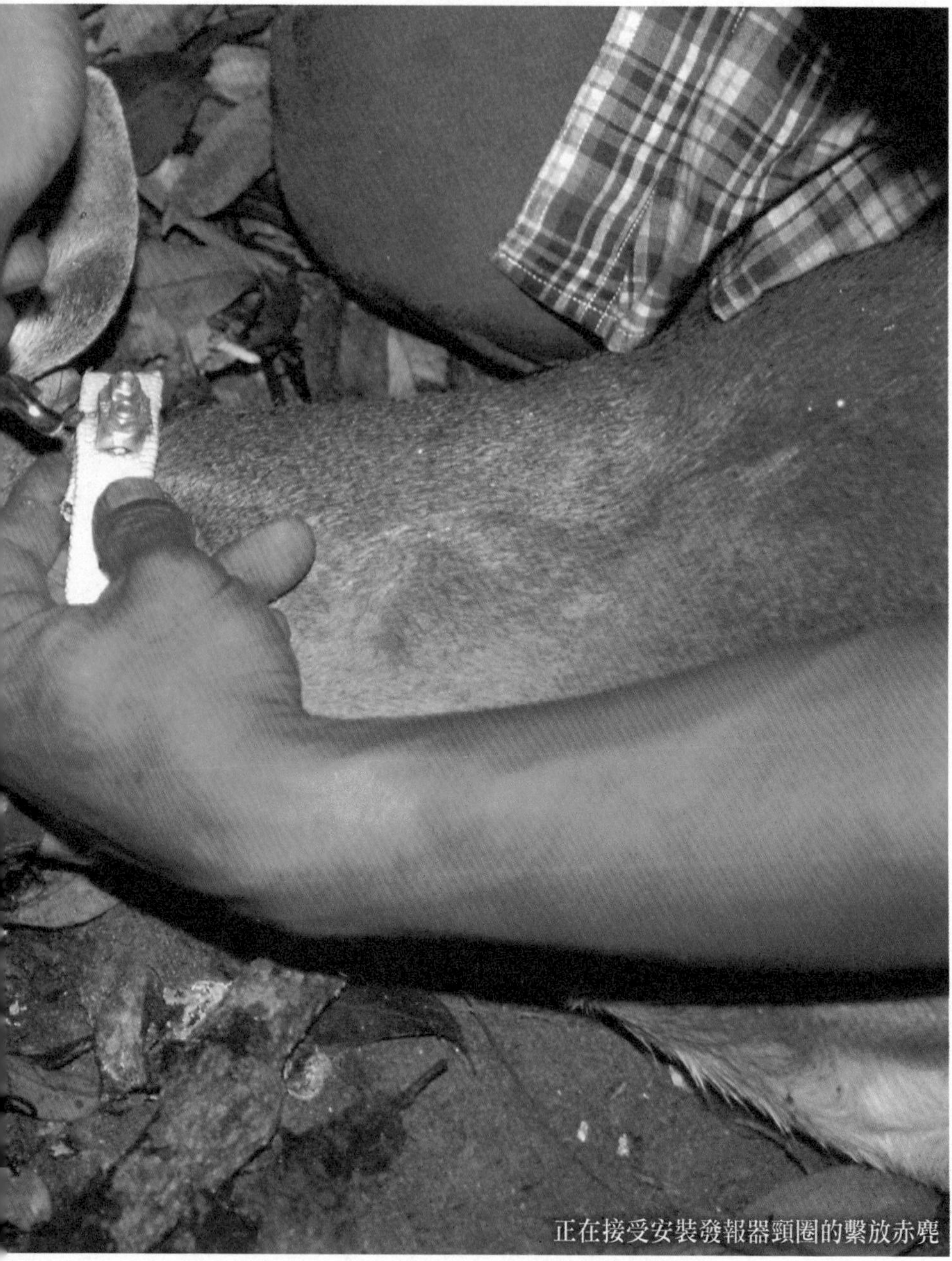
正在接受安裝發報器頸圈的繫放赤麂

夢中遇貴人

○○○

大東山頂瀑布附近的陷阱全拆了。

腐臭隨風飄散，山頂一片寂寥。聽說，現在根本沒有動物在走動。

許俊勇建議將陷阱朝北移，沿山谷北側兩條支流，走去較遠那兩片密林，碰碰運氣。

由大東山頂走下來，跨過河谷，再順溪攀登的那座尖山，就叫做——萡刀屻，地勢險峻，可想而知。

許俊勇攀山越嶺，單槍匹馬，就在那頭的樹林，做起陷阱來。

這兩天，他老爸羅達成，就任由我載來載去，來回石澳、鶴嘴、龍仔悟園，巡視來又巡視去。裴家騏，也就任由呂國棵載進載出，就在石澳、鶴嘴、龍仔悟園，建立無線電訊號追踪接收定位點，順便登高走低，監聽龍仔悟園二十七號和大東山上的十二號。

而八十七號，真的失踪了。

唉！確實很納悶。

套着頸圈，頸圈還附帶足夠供應十八個月電量的無線電發報器，被人刻意妝扮成這副德性的赤麂，居然銷聲匿跡了。

八十七號，失踪的假設很多——

牠可能翻越山頭，令人無法追踪無線電訊號。

牠可能躲進地形複雜而丘陵起伏的密林，那會是無線電訊號追踪的死角。

牠可能故意使勁磨蹭，陰謀得逞，終於破壞頸圈上的發報器。

牠可能遭野狗群獵食，發報器被卡在山澗石縫裡。

牠可能離鄉背井，翻山越嶺，遠走高飛。

牠可能氣數已盡，一命休矣。

牠可能就在附近什麼死角的後面，伺機而動。

毫無頭緒，百思不解，想着想着，居然想不透我為什麼要捉牠，而且居然捉到牠。

踏破鐵鞋，八十七號就是不見了。

○○○

萬家燈火。

這四個人又相約酒樓碰頭了。換一家酒樓，也同時換菜式，這回大啖廣東打邊爐。

廣式火煱，杯盤狼藉。

面前，每人一碟的指天椒也吃得見底了。眼前，七橫八豎放着滿桌的空啤酒罐。

又是醉醺醺，還有一點色瞇瞇。

「咦——？你每個禮拜幫周玉蔻作的節目還在作？」

我想起飛碟電臺，那個每天都在飛碟早餐節目開腔，運用美國CNN手法，聊些新聞話題的周玉蔻。最近她倒真是想要替臺灣生態盡些本分，想作些報導，每逢周六早晨就會有意無意扯些生態議題來談論。

她直接找上裴家騏，在節目裡電話連線作直播，我問你答，很新鮮。

他撐直兩條腿，胳臂搭在椅背，斜坐椅面：

「沒有了。」

「欸！那個時候，臺東死的兩公婆，說是老鼠傳播的漢他病毒，不就找你找得十萬火急，說是第二天一早就得連線上節目？」

「是呀！」

他凝視前端，在回憶。

我想起自己曾經也上過周玉蔻的節目，接過一個信封，裡面放着一張五百元鈔票：

「每次都有訪問費？」

「哪裡會有呀？從來也沒有！」

他被激將法搞得有些振奮。

「陳文茜對於生態報導就興趣缺缺，完全政治掛帥了。」

我想起周玉蔻的競爭對手，飛碟晚餐節目主持陳文茜。對！那是兩個女人的戰爭！周玉蔻和陳文茜。

「是嗎？」

他陷入冥想。

「但是她對流浪狗還滿有些感情，好像在商業周刊看過這麼一篇專欄。」

「噢？」他反而好像走進時光倒流七十年：「我念大學的時候，還租過她的房間，……她那幾個朋友都愛看錄影帶，常常看。……我總是窩在客廳陪着看，有吃有喝，嘿嘿——！真是不好意思。……」

哎喲！他是這樣畢業的啊！

聽他這麼一說，一定是天資聰穎，但並不怎麼勤奮的學生囉？

有一種人看書快，記性好。嗯——！他一定就是這種人。

○ ○ ○

酒酣耳熱。

眼見氣氛和諧，時機成熟，羅達成瞇起眼睛，狀似誠懇地凝視着我的臉：

「來香港之前，我做過一個夢，夢——見在香港遇見貴人。其實你就是夢——裡那個貴人。我的小孩俊勇就交給你。叫他跟着你工作，在基金會幫忙。要他待在香港，不要回——去臺灣。」

我回頭望望裴家騏，再調過頭來看看羅達成。他是不是喝醉了？衝動起來說醉話？聽着又不像，真情流露，沒有語無倫次。我下意識盤算起來，六個月的「麂屬動物野外調查計劃」賸下不到三個月。本來裴家騏請獵人父子來香港，講的就是短期工作，捉完赤麂就回去。羅達成怎麼變卦了？認為香港太具吸引力？以為香港會有很多調查計劃必須作？期望許俊勇到新環境改頭換面？希望許俊勇能夠助我一臂之力？我應該理智婉拒。

畢竟三個月以後的我，可能已經泥足深陷，危如累卵，負債累累，再也沒有多餘的金錢支付薪資了。

我看看羅達成，又望向正在吸一大口氣、欲言又止、像是剛從夢幻回到現實裡的裴家騏。他正盯着羅達成那瞇成兩條細縫的眼睛，瞧又瞧。

我不知道這究竟是誰的餿主意？羅達成？裴家騏？還是許俊勇自己的要求？

「真的！在我們那——邊，有仙人指點，說你就是夢——裡的那個貴人。我現在就把俊勇交給你，希望你收容他，就把他——當作是自己的小孩。」

羅達成誠意地加重語氣，一邊扭頭暗示那個必恭必敬、端坐不語、像正等候審判到來的許俊勇。

「你想留在香港？」

這就是我的弱點。我沒有果斷回拒，反而幾近鼓勵似地詢問許俊勇。

羅達成說我是貴人，這頂高帽可戴得我飄然欲仙。

許俊勇用力連點了幾下頭。

酒精開始發作，我覺得很亢奮，生平第一次作貴人，當然不可以掃興。

「好，那以後就留下來吧。我想辦法替他辦一張工作證，當他是半個兒子了。」

羅達成露出兩排牙齒，在笑。裴家騏也皺着臉皮，掀起嘴角，不知道在得意些什麼。他帶頭舉杯，各人就把杯裡殘存的啤酒一飲而盡了。

這天夜晚，我告訴裴家騏，我們終於買了兩部無線電對講機。

○　○　○

Over？Over！

無線電對講機馬上發揮作用。

不需要像以往在山裡，得要等到大伙分批下山，才能互通訊息，互報平安。

香港不像臺灣和大陸，手機訊號接收中繼站，在鬧市每每五步一哨、十步一崗，在山區卻寥寥無幾。

山頭收不到訊號，手機無用武之地。

獵人父子在山嶺叢林，只能作野獸叫，彼此聯繫。

即使緊跟着父子二人作無線電追踪定位的呂國樑和我，在山脊稜線，也是藉由自以為是的野獸叫聲，彼此呼應。

使用無線電對講機，成為當務之急。

○○○

Over？Over！

無線電對講機，馬上發揮作用，就在石澳的那道山溝裡。

「捉到一隻動物，死了。從來沒有見過，嘴是尖尖的。」

「多大？」

「長度大——概八十公分，高二十公分。」

「有什麼特徵？」

「——耳朵是圓的。尾巴很長，有環節。」

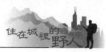

「那是麝香貓。」

我說。

「要——帶回去嗎？」

「不要。拍照存證。埋起來。」我補充又說：「麝香貓屍體，在新界米埔經常被發現。」

「——」

「——」

羅達成鑽出樹林，走向我，咕噥着：

「在臺灣從——來沒有看見過這——樣的動物。長相奇怪，腳還是黑——色的。」

臺灣當然有麝香貓。

臺灣還有石虎（豹貓）、白鼻心（果子狸）、棕蓑貓（食蟹獴）。

聽說，不知道是在哪一年，麝香貓、石虎，白鼻心、棕蓑貓全都不見了。就連年紀一大把的羅達成，在山嶺叢林也未嘗見到過麝香貓。

許俊勇說：

「比這個大——一點的有看過，那——種動物我們都叫牠做『臭臭的』。」

「臭臭的？」

「對，叫做『臭臭的』。」

「那應該就是黃喉貂吧。」

我說。

〇〇〇

羅達成決定回臺灣，他說：有太多事情等着做。

有高齡老母要照顧。

有度假屋要修理。

有農場要開墾。

離開霧臺一個半月，是到應該回家工作的時候了。

其實，羅達成曾經回去過一次，那是他才來七八天的時候。

我知道人要是忙起來，那就像是立體聲音響，非得聲音兩邊走。

所幸，現在的交通太方便，飛去飛來，蜻蜓點水，四海為家，大有人在。很多人以為這樣就是現代化生活，是家常便飯，是習以為常，是樂此不疲。

但是，以羅達成來説，跑出來又趕回去，舟車勞累，那可是一件不好的事情，那是一件既不能專心工作，而且是實在浪費時間和金錢的事情。

所以，他要把許俊勇留下來，決定自己回臺灣。

「歡迎來霧臺喝小米酒，來霧臺吃國寶魚，來霧臺住我的石板屋。來吃山羌肉，來嚐野豬肉。我一定會去打——一隻水鹿給你吃。」

羅達成忽然想到什麼，提起包包，奪門而出：

「對！要——提早去機場！上次從臺灣回香港，就——是因為晚到機場，坐位就被排在後面。前排的坐位很舒服，吃的都不一樣，相差實在有夠——遠。」

我一時沒有聽懂，卻又啼笑皆非。

我想起林育如後來告訴我的一件事情了。

「第一次，羅達成和許俊勇去香港的機票，旅行社自己搞錯了，劃成商務艙的來回票，但是只收你經濟艙票價。那個差額，旅行社説他們自己賠。」

啊——！難怪！第一天晚上，華航班機上的父子二人搶先出閘。原來他們確實是坐商務艙！

羅達成以為商務艙坐位，先到先得。他，已經奪門而出了。

就在機場出境大廳，他看着登機証的坐位號碼，搖搖頭。

「怎麼坐位還是那——麼後面？」

我什麼也沒有說，也不知道應該怎麼說。

我目送那頂夏威夷草帽，走進禁區，消失在眼界。

○○○

許俊勇勤奮上山，他賣力地增加各處樣區裡面的陷阱。

呂國樑在樹林裡跟進跟出，雖然幫不上忙，也算是有個照應。

許俊勇不以為然，他寧願一個人在樹林裡奮鬥。他叫呂國樑舉起八木天線，繞着樣區，儘可能去作他自己無線電定位追踪的工作。

「呂國樑在林子裡面的動作不夠——敏捷，我還要照顧他，那——時間哪裡會夠用。」

呂國樑摸摸那天在樹林被蜜蜂螫得紅腫，一時還消不下去的右小腿，一臉無辜，不知如何是好。

○ ○ ○

龍仔悟園，翻過山頭的那一邊，陷阱先後捉住兩隻大狗。

大狗，體型魁梧，肯定是結伴獵食而誤觸陷阱的。

既然是兩隻狗，心一軟，砍斷樹枝，順手把牠們放了。

大狗，一前一後，腳拖着繩索，竄進灌叢，頭也不回，狼狽離去。

「拖着繩索?萬一是附近寺院養的狗，豈不糟糕！」

我捏一把冷汗。

「這麼大——的狗，我怎麼敢靠近？還要拆牠腳上的繩索？很兇——哪，一看見我就要衝過來，還好陷阱牢。」他說的也是。想一想，他又補充：「那——麼深入的樹林，還要翻兩個山，完全沒有路走，那——肯定是野狗。我都不知道牠們是從什麼地方進去的。」

這是第一次確定龍仔悟園有野狗。有野狗，不是好現象。兩年野外生態調查的經驗告訴我，山裡的野狗是天敵，是所有動物的天敵。

野狗，圍捕獼猴。

野狗，攻擊黃牛。

紅外線熱感應自動相機，拆下來無數的底片還告訴我——成群的野狗，特別偏好那些性喜獨來獨往的赤麂。

○○○

龍仔悟園，正前方兩百公尺左手切入，竹林裡面，廢棄的焚化爐後面，大約一百公尺的樹幹，這裡的紅外線熱感應自動相機，拍攝到一張精采絕倫的相片——那是兩隻黑冠麻鷺，恩愛地走着牠們自己想要走的路。

令人拍案叫絕。因為，黑冠麻鷺在香港未曾登錄過。龍仔悟園的黑冠麻鷺，在香港是第一次被發現。

○○○

鶴嘴，是一座小山，像金字塔，天線林立，警衛森嚴，山頂設立香港電訊收發站。

鶴嘴，向海的一面，荊棘灌叢，海風陣陣。背海的一面，岩塊磊磊，寸草不生。西南朝海灣，一路往下延伸，全是次生林。這片林，我始終沒有進去過。我僅僅能在樹林東南邊緣進進出出，旁敲側擊。

東南邊緣，那已經樹壯藤粗，枝繞蔓纏，密葉遮天，陰森幽暗。望向西南，那更是層叢疊林，密密麻麻，狀似森羅萬象。隱約在林與林之間，還可以看見高聳蘆葦，一叢又一叢。

想起曾經在紅外線熱感應相機的底片上面，這裡清清楚楚拍的就是一條足足有五呎長的烏黑發亮的眼鏡蛇，令人毛骨悚然。

鶴嘴的這片林，充滿神秘，引人遐思。我總覺得，鶴嘴是可望而不可及。

○○○

呂國樑帶着陳濤，飛馳公路，去作赤麂無線電定位追踪。

我惟有自告奮勇，準備追隨許俊勇進入鶴嘴密林，彷佛即將開始一場易守難攻的叢林遊擊戰。

從電訊收發站前面的馬路旁邊，越過石檻，順溪床摸索直上。他左晃右閃，一馬當先，從根莖交錯、苔蘚徧地的東南邊緣，接近西南杳無人煙的荒蕪叢林一端，像是越過時光隧道，瞬間消失在叢叢蘆葦的那一頭，已經置身於可望而不可及的那片林。

我硬着頭皮，睜大眼睛，快步移動。絞盡腦汁，跟着毫不起眼的折枝斷葉，步步為營，前進又前進。

路線迂迴，左轉右彎，再轉彎，越過蘆葦，通過荊棘，柳暗花明，豁然開朗，已經來到西南面的這片林。

樹，排列有序。

林，條理井然。

草木繁盛，氣象萬千。

鳥語蟲鳴，混合着山腳石礦場傳來的機器攪動碎石聲。

眼前的一片祥和，揉合了遠方的大片塵囂。

這片林，恍如人聲喧嘩的鬧市裡面——凌駕紅塵的那座寺院。我，就像誤闖世外桃源的凡夫俗子，既慌張且喜悅。

陽光透過葉片洒在泥地。

我不由自主駐足瀏覽，心懷感激，流連忘返。

我已經不記得前面不遠的那個探頭探腦，正在專心巡視陷阱的許俊勇。

石澳部分山野地質堅硬

鶴嘴北面盡是岩層

山頭草生地夾雜數之不盡的岩塊

石澳山腳下的爛泥灣

石澳山頭眺望無名小島

石澳眺望小有知名度的紅山半島

鶴嘴山頭眺望遠景

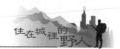

鶴嘴山頭遠眺東龍島

鶴嘴山頭濶葉林一角電訊收發站

正在準備釋放的繫放公赤麂

誰在這裡毆鬥

○○○

我朝許俊勇的方向學野獸的呼喚，猶如大夢初醒，繼續前進。

跳過乾溝，避開枝藤，在樹林兜前繞後，兩個人躬背彎腰，像動物似的一前一後，輾轉來到樹林中央一塊高地。他望向右前方，屏息凝神，眼睛發亮。我順着他的視線，屏息以待，卻什麼也都看不見。

他突然躍起，朝右前方拔腳奔去，邊跑邊扔下還揹在肩上的背包，動如脫兔。腳下揚起片片沙塵，瞬間不知去向。

我趕緊追向前去，卻怎麼也都找不着他。

我急忙爬上一塊巨岩，居高臨下，四面搜索，完全不得要領。

好一會兒，許俊勇才從不遠的一塊凹地爬上來，氣喘吁吁，氣急敗壞，垂頭喪氣，就坐在那邊，不發一語。

我跳下岩石，走過去，大惑不解，輕聲問道：

「什麼事？怎麼啦！」

我看見枝折葉落，地面一片凌亂，形同戰場。

究竟是誰在這裡毆鬥？居然就在荒郊野外，人煙絕跡的樹林裡！

他面向凹地，有氣無力，像一隻打敗仗的公雞，萎靡不振。我這才聞到一股屍臭在凹地彌漫。我探頭望見底下側臥的那隻還瞪着大眼，像是心猶未甘，憤憤不平，死不瞑目的巨大公麂。

「山羌——。死了。」

「死兩天了。牠應該——是在上回才巡完陷阱的當——天夜晚就被捉到的。」

許俊勇懊惱極了。

「唉，只好把牠埋起來吧。裴老師不是說過，死掉的山羌，以後還要回來取頭骨。」

我想起許俊勇最近念念不忘，常常掛在嘴邊，說是想要擁有一對公麂頭頂的角柄。

「我們那——邊，角和牙，代表權力，也象徵吉祥。」

為了鼓舞他的士氣，我輕彈一句：

「你就留起這對角吧。」

他開始展露笑意，精神抖擻，去砍牠的角，去埋牠的身。他說：

「其實，前天，石澳——捉到一隻母——山羌，也死了。」

哎呀！他居然隱瞞起事實來了！

○　○　○

即使心裡再覺得怎麼不爽，也得據實以報。

我一邊感化要他知道生態學術研究的數據必須科學化的重要性，一邊手足失措地撥起電話來：

「喂？Dr. 裴，又死兩隻赤麂。死亡率是不是太高了？」

「——現在捉到幾隻活的？死亡的有幾隻？」

「三隻活的，六隻死的。」

「——」

「那你以前在臺灣作山羌研究，報告上寫的成功繫放六隻山羌。那個時候的死亡率大不大？」

「——」

「死掉幾隻？」

「——，三十多隻。」

「喔。——」

我涼了大半截。

○○○

研究野生動物？

野生動物有什麼好研究？

研究野生動物的意義？

野生動物的族群數量、棲地環境、行為意識，鮮為人知。研究調查野生動物，藉其所獲得的實際資料，能夠建立正確的保育方向。

「你在干擾動物！」「你在殘害動物！」「你讓動物曝光！」「你讓動物從此提心吊胆！」「你讓動物從此猶如驚弓之鳥！從此不得安寧！」……

我像千夫所指的罪人，動物幢幢，眾目睽睽，夢中驚醒，徹夜難眠。陷於苦思，埋首自省。

我終於得到結論。

我告訴自己，研究調查必然造成驚動與傷害，但是不作研究調查即不可能進行有效的保育行動。少許的犧牲可以換取長遠的穩定，這就是野生動物研究調查的成果，也就是野生動物研究調查必須堅持進行的原因與目的。

我決定鼓起勇氣，調整腳步，重新出發，面對現實，繼續執行這個以為簡單、卻會狀況百出、而且困難重重的「香港麂屬動物野外調查計劃」。

我必須跟隨許俊勇深入樣區，身體力行，但求早日完成這個自己現在看起來——

好像變成不可能的任務的任務了。

○○○

蘇炳民來電話，說是黃始樂進行「香港麂屬動物野外調查計劃」的主要原因，既然是藉機証實香港麂屬動物就是赤麂，而非一向在文獻記載的黃麂。那麼，能不能E-mail一張黃麂的相片，提供比對，入檔建立資料。

「黃麂就是山羌。我有的是臺灣山羌的相片，E-mail給你，沒問題。」

畢竟，Dr.蘇炳民是漁農自然護理署的生物多樣性護理科科長，也是我惟一當官的好朋友。何況，運用紅外線熱感應自動相機調查哺乳類野生動物計劃，也是他全力支持，得以繼續進行。

他說：

「孫啟元，你可以進行你的學術研究。但是，我要的只是在什麼地方會有什麼動物。資料收集，希望能以每一平方公里作為單位。至於資料分析，以後再說了。」

我感覺他的壓力非常大，像是鳥類、走獸、蝴蝶蜻蜓、兩棲爬蟲、淡水魚、蝙蝠，什麼最新的資料都需要。所以，他又聘請一批不同領域的合約僱員，進行資料收集。然後，盡可能地嘗試資料分析。這麼多不同領域的專業管理和檔案建立，都是由蘇炳民一手包辦。我不得不對他的毅力和決心，表示由衷欽佩。

Dr.蘇，加油——！加油——！辛苦你了。

〇〇〇

李壽先撥來電話。

正好相反，他要的是赤麂的相片。因為他正在作赤麂毛囊ＤＮＡ比對，想貼一張赤麂的相片，以茲識別，並作為留念。

「赤麂和山羌的長相不同，大小有別。赤麂的個子像山羊，山羌的個子如小狗。

我也有的是赤麂的相片，E-mail給你，沒問題。」

畢竟，Dr. 李壽先是拔刀相助，義務幫忙，負責執行赤麂毛囊ＤＮＡ比對。

Dr. 李，是呀——！是呀——！辛苦你了。

是呀——！是呀——！

○　○　○

我跟着許俊勇，沿大東山河床北側的支流往上走。

這是一條隱秘的溪流，是一條得蹲着找、摸着走、抓着枝幹拚命往上爬才能抵達的隱秘山澗。這裡，山水潺潺，清澈見底。水，流經糾纏不清的裸露樹根，溜往隨波漂浮的苒苒青草，再奔向滿布涔涔苔蘚的岩塊。咕嚕、咕嚕，從漩渦鑽進石縫，嘩喇、嘩喇，像瀑布越過石面。

我望着已經頗有一段距離那許俊勇的背影，吃力攀爬，使勁攀登。有好幾次，我滑進水裡；有好幾回，我跌坐在岩石上。

我不明就裡，自己為什麼要千辛萬苦、跋山涉水、翻山越嶺。我有心無力，只覺得無地自容、進退維谷、焦頭爛額。汗如雨下，舉步維艱。我感覺越攀越高，卻似永無止境。

岩落着岩，藤掛着藤，樹像勾肩搭背的孿生兄弟，我看不見早已連蹦帶跳、消失眼際的許俊勇。我像游移荒野的孤魂野鬼，開始懷疑自己的存在；我迷惑悵惘自認為已經山靈合一，以為永遠到達不了目的地，也永遠回不了那曾經想起來就心生煩厭的喧囂城市。

許俊勇又蹦蹦跳跳跑回來，像密林裡的山魈，急隱若現，

「快到了。」

我氣喘如牛，點點頭。

他看見我濕漉漉的下半截，和那雙完全不能辨認而居然還是 Fishman 名牌的登山鞋。

「走河流，登山鞋沒有用啦。要穿鞋底越薄越好的帆布鞋才好。」

「嗯。」

「你看——我的鞋。」

我瞄了一眼他那雙像是一塵不染的雪白布鞋。

他翹起腳，掰起鞋底。

「鞋底薄，才能讓你感覺腳掌是踩——在石面上。」他洋洋得意：「過河流，踩——石塊，一定要用腳掌踩——，才不會滑倒。」

我想起當年不務正業，經常沒事就打麻將。贏的人總是滔滔不絕。輸的人只好悶不吭聲，任人奚落。哼！君子報仇，三年不晚。

○○○

是呀——！是呀——！

我有氣無力點點頭，敷衍着正在眉飛色舞、口沫橫飛的許俊勇。我想，他大概興奮得已經忘記自己的身分。誰是誰？哼！

攀攀爬爬，鑽進樹林，繞回山澗，再鑽進樹林，再繞回山澗，繼續攀爬又攀爬。攀爬變成永續動作、周而復始，終於直到來到一堀峭壁。爬上懸崖，赫然望見一片水潭。潭連接着潭。水緩緩而流，水徐徐而去，真是一幅詩情畫意的景色。

「再——上去就是陷阱區。」

他說。

山澗挨着峭壁，峭壁指向白雲，巨岩層疊，形同天險。左邊的土坡，隱約出現一道裂溝。

許俊勇作了一個手勢指向裂溝，人已經彈離山澗，腳一蹬，躍進叢林，不見踪影。我哪敢怠慢，連滾帶爬，這才費勁地穿過裂溝的茂密枝葉，沿着模糊的獸徑，像是迎神賽會踩高翹的乩童，如同馬戲團走鋼索的飛人，恍恍惚惚，跟着許俊勇，在那塊山坡密林反覆折騰，像迷失在永遠再也找不到出路的迷宮裡。

他驟然停下，一手還扶着身邊的樹幹，挺起上身，撥開樹葉，探頭凝視。

「山羌！活的！」

一邊叫嘯，飛身撲去，像紅番，似土人，如鬣狗，簡直就是一頭灰狼。

他踢飛一隻鞋，他扔掉握在手裡的開山刀，他甩脫笨重的背包，他從長褲的口袋裡拿出童軍繩，他人已經壓在斜臥在泥地那隻赤麂的軀幹。

像綁牛的牛仔。像綑豬的屠夫。右手捉住赤麂的後腳，左手拿起繩索繞個不停、打成結，再抓起前腳，再繞個不停、再打個結。赤麂的腳，已經被綁得像是一綑柴火，動彈不得，牠哀鳴兩聲也就不再掙扎，頭貼着地，擺出一副任憑宰割的樣子。

「我的背——包？」

「在。」

「工——具箱拿出來。」

「有。」

解套的解套。檢查傷口的檢查傷口。餵牠喝水的餵牠喝水。繫戴頸圈的繫戴頸圈。測試發報頻率的測試發報頻率。拽體毛收集體毛的拽體毛收集體毛。拿起皮尺度身的拿起皮尺度身。記錄測量值的記錄測量值。探熱數心跳的探熱數心跳。清理現場的清理現場。拍攝的拍攝。

兩個人像極了深入敵營，正在綁架對方將領的訓練有素的突擊隊員，動作敏捷，毫不含糊。

「赤麂，發報器三十三號。」

「準備釋放。」

五分鐘。頭上頂着大角，毛色閃閃發亮，氣吁吁瞪着大眼，那隻惱羞成怒、臉色難看的公赤麂，就在許俊勇解開童軍繩的那一刻，猶豫一下，旋即起立，朝土坡那條獸徑騰空飛起，連跳帶蹦，越過山澗，淹沒在密林那頭。

從無電接收的訊號判斷，牠已經登上稜線，就在對面山脊的那塊林。

收拾器材和工具，我這才看見光禿一片的現場，恍如殺戮戰場。樹倒的倒，歪的歪，折的折，斷的斷。蹄印，角痕，徧野皆是，怵目驚心。這是一場赤麂與樹木的戰爭，是一場赤麂與樹木決一死戰的爭鬥。

許俊勇終於找回那隻令他沾沾自喜的帆布鞋，套在腳上。兩個人，看起來是滿臉倦容，但是容光煥發。

「走。」

精疲力竭，心裡卻依舊亢奮。

欸！終於扳回一城。公麃，三十三號。

○○○

不務正業？我若有所思。

陳佩文坐在辦公桌對面的椅子，説着説着，眼框紅了一圈，淚水汪汪，哭起來。她説，她得要自己校對『Hi Vi』月刊和『葡萄酒王國』半年刊的日文翻釋稿件。她説，她得要自己緊迫盯人追逼助理編輯的訪問或測試稿件。她説，她得要自己審核設計部門的草圖。她説，她得要自己督導印刷部門的進度。……她得要專心投入『翠明假期』所有廣告製作與發稿。她得要安排『翠明假期』所有行程説明書設計、印刷和出版。她得要追帳。她還得要被追帳。她得要應酬客戶。她還得要求員工效率及生產質量。……説着説着，她眼眶更紅，紅得像是一隻小白兔，紅得像是唱戲的濃妝花旦的那對不得不畫——誇張的紅眼圈。

陳佩文，跟了我二十年的年輕且頗有姿色的『老』伙計，是「郭良蕙新事業有限公司」的總經理，責任感強、事業心重，算是女強人，她一手扛起這間公司裡裡外外的經營與管理。因為她的全心支持和全力以赴，我才能縱所欲為，在香港幾乎占地大半的自然生態環境裡面任性發展，無所顧忌。

有時候，我真的以為自己正偷得浮生半日閒，逍遙自在，與世隔絕，感覺自得其樂。

我懷疑自己是不是已經不務正業？我若有所悟！

翻開日記本，寫上幾個字。

我提醒自己，明天開始，全心全力投入『旅行家』年刊和『葡萄酒王國』半年刊的出版作業，這兩本雜誌廣告業務其實一向都是由我自己負責。也就是說，明天我得回歸人際社會，扮演我應該扮演的角色，從事我應該從事的正業。

但是，明天？嗯——，我決定請呂國樑跟隨許俊勇去石澳。即使不一定是深入樣區，也能夠在需要的時候，立即應變，可以作出緊急支援。

香港山野風光之一

香港山野風光之二

香港山野風光之三

香港山野風光之四

香港山野風光之五

三十三號赤麂與許俊勇臨別留念照

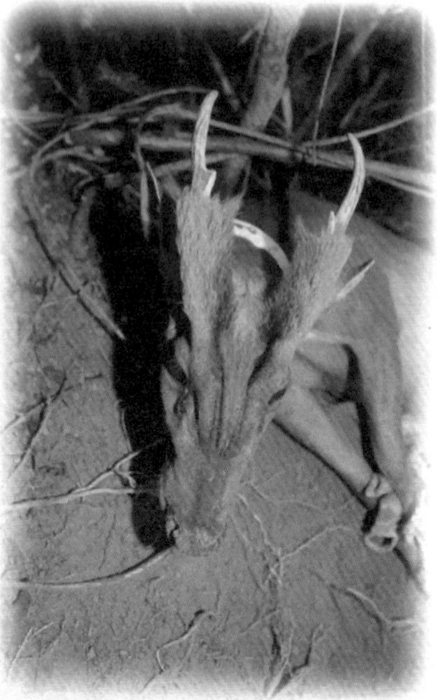

壯健的三十三號成年公赤麂

三十三號赤麂臨別的留念照

三十三號赤麂旋即起立騰空飛奔而去

山野天然生長次生林

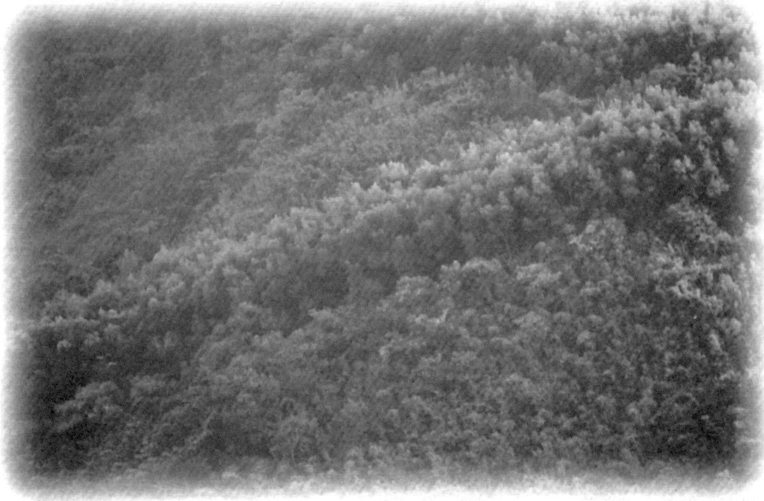

山野人工種植次生林

正在準備釋放的繫放母赤麂

陷入五里霧

○○○

我查閱通訊資料，不斷撥打電話約見廣告客戶，旅遊局、旅行社、航空公司，都是覓尋的對象。

我預計『旅行家』這本雜誌，得要跑上十至十四個工作天。

我同時翻看洋酒代理商的通訊資訊，繼續撥打電話，想要同時間約見『葡萄酒王國』半年刊廣告客戶。惟有盡力安插約見人數、盡量縮短約談時間，必須和時間競賽，才有希望在短期內同時出版這兩本雜誌了。

○○○

這一天，理所當然，先約一些行內的摯友，進行暖身。

我已經很久不再交際應酬，那怕只是短暫寒暄。重新穿着西裝，打起領帶，委實感覺不習慣。才在街上奔走一小時，皺皺眉頭看看還算乾淨的皮鞋，右腳的腳面已經被皮鞋磨得痛到走不動，一會肯定會磨出一個大水泡。一邊順手往上提了提總在往下墜的那條看起來並不合身的西裝褲，一邊懊惱自己持續登山健行令腰圍足足粗上了一寸。挪挪鼻樑上的眼鏡框，提起重量恍如黃金滿袋的公事包，我像掃街巡樓方才入行的廣告推銷員，挨家逐戶，登門拜訪廣告客戶。

○○○

傍晚，電話響起。這是一通從石澳山腳撥進來的電話。

「我是俊勇。整天在山裡收——不到訊號。現在下山，準備回來。」

「辛苦，辛苦。有收穫嗎？」

整天四處奔波接洽廣告，身心疲累，我有氣無力問。

「兩隻公麂。十號和八十一號。」

耳朵傳來幾乎是令人不能相信的捷報。

「嗄——？兩隻？」

「對。一隻在——截水道上面的山裡，一隻就在另外那——邊的山裡。」

似懂非懂，一頭霧水。其實我根本不懂他究竟在說哪座山和哪座山。山，此刻並不重要。一天活捉兩隻赤麂，這才是最重要。這可是我料所不及的天大喜事，一箭雙鵰啊。

「好極了，其它等回來再說。」

我歡欣鼓舞，急忙撥個電話給裴家騏：

「喂，Dr. 裴，今天捉到兩隻，活的。」

「在哪裡？」

「石澳。」

「哦！真的嗎？恭喜，恭喜。」

兩個人又扯了一些有的跟沒有的，氣氛很熱烈。

○○○

連中三元。許俊勇格外開心，這是雪恥的一天。

他口惹懸河，說是如何如何設陷阱，說是如何如何巡樣區。以前有山羌死掉，是因為還沒有掌握山羌的習性；現在活捉山羌，是因為累積經驗，經過深思熟慮，作了一番技術改良。

這天夜晚，他像是打麻將的贏家，頭頭是道，講個不停。當然，啤酒也是喝個沒完沒了，很亢奮。

「孫先生，你記得老——太婆的木屋嗎？」

「嗯。」

當然記得。每天早晨九點鐘，風雨無阻，推着娃娃車，滿載一堆堆牘飯牘菜，在石澳郊野公園沿途擺放餵些流浪狗，自稱人人都稱呼她叫做——方姐的那個老太婆。若干年前，她已經在山頂涼亭右轉截水道的那塊長有野蕉的平臺，搭起木屋庭院。煮飯、洗衣、泡茶、聽歌，就在這間獨處一隅，別有洞天的木屋庭院，樣樣自己來。

「八十一號，就是在老太婆木屋對面的山裡捉到的。」

他得意極了。

「那，十號呢？」

我滿有興趣知道，同時被捉到的兩隻公麂距離究竟有多遠？

「捉到的十號，就在截水道盡頭的那——座山，往上走一百公尺，左轉進入樹——林約五十公尺的地方。」

他越說越來勁。

「咦？那就是說距離有五百公尺了？」

「不止。有八百多公尺。」

他扳着手指頭，在計算。

那可是兩個山頭的距離。

「王不見王！」

我想公麂的勢力範圍可能也就是這麼大。

一天，就這麼過了。今天，好像過得挺充實。

○○○

行程安排滿滿。早出晚歸，東奔西走，日復一日，我重操舊業，拉廣告。

原來，不作野外生態調查也是那麼辛苦。幸好大家都體諒，知道我經常待在野外調查生態，即使一年才見一次面，還是老友的不得了。噓寒問暖，精神支持，加油打氣。我像凱旋歸來的戰士，接受禮讚，喜氣洋洋。洽談廣告的心理壓力，無形消失了。

我看到魅力四射——永安旅遊的總經理李振庭。

我找到神采飛揚——翠明假期的總經理周大偉。

我見到豐采翩翩——麗星郵輪的副總經理林慧君。

我遇到紅光滿面——東瀛遊的助理總經理任慶祥。
我碰到春風得意——鐵行旅遊的總經理劉展強。
我約到老神在在——寰宇之旅的董事總經理鍾志勤。
還有——
資歷深厚——澳洲航空公司的業務經理蔡寶明。
美麗端莊——德國漢莎航空公司的市場推廣經理王美莉。
敬業樂群——中華航空公司的總經理助理羅錦文。
任勞任怨——南非航空公司的區經理周育賢。
言出必行——日本航空公司的市場推廣經理戴潤林。
實事求是——英國旅遊局的北亞區經理方姚靄貞。
窈窕淑女——法國政府旅遊局宣傳經理陳玉華。
…………
業界朋友，應該見面差不多都見面了。
『葡萄酒王國』半年刊的廣告客戶，應該見面也都見面了。
登門拜訪，洽談廣告，十四個工作天，眨眼已成過去。一切即將畫上美麗的句號。

晚間，香港電視新聞，像敲響一口喪鐘——

二〇〇二年至二〇〇三年，香港政府財政開銷，預料港幣兩千五百九十八億元，估計出現港幣四百五十二億元空前財政赤字。

香港各界，為之譁然。

〇　〇　〇

這天，我抽出時間和許俊勇討論赤雘問題。

「有沒有捉到？」

「沒有。」

他搖搖頭。

「有沒有動靜？」

「都——沒有。」

他又搖搖頭。

連續下三天傾盆大雨，雨水徹底洗滌樹林，動物應該喜歡才對呀。

動物族群數量，是不是太少？

動物聞風喪胆，是不是早已離開是非之地？

「那麼，無線電追踪定位作得怎麼樣？」

「大東山頂八十七號公麂還——找不到。十二號那——隻母山羌跑過山坡步道的另——一邊，又再跑回原來的地方。」

「十二號跑回來多久？」

「大概三、四天。」

「還有其他的呢？」

「龍仔悟園那——隻二十七號先跑到山上，最近越過步道，下去前——面底下的河流旁邊。」

「那麼，石澳呢？」

我想起那天的一箭雙鵰。

「十號走進山溝，不見了。」

他說得不急不緩，好像無所謂。

「咦——？那有沒有走上稜線用接收器找？」

「明天準備要——去，順便追踪八十一號。因為八十一號走回老太婆對面的山坡後面，又——回頭越過河流，下去山溝那——邊，和十號的位置差不多是同一方面，也都——不見了。」

「哇！兩隻都不見了？」

無線電追踪定位的數據也得要慢慢累積，急也急不來：

「你和呂國樑明天上稜線，只好沿着山脊仔細找一遍了。」

赤麂啊！赤麂！你究竟在哪裡？

我又想起呆坐像枯木，那淚如雨下的美汀。

○ ○ ○

赤麂啊！赤麂！你究竟在哪裡？

×月×日

獵人有什麼用，赤麂又不是山羌，你以為那麼容易捉。

阿志和美汀，一前一後，撐不住，都回臺灣了。

獵人，捉到赤麂了。

獵人，認為赤麂就是山羌，雖然體型不一，大小有別。

獵人，當赤麂被捉到的時候，他的反應和捉到山羌卻是如出一轍。

○○○

裴家騏最清楚。

他最清楚捉到赤麂只是「香港麂屬動物野外調查計劃」開端第一步。他最清楚往後的無線電追踪定位過程才是真正戲肉。追踪定位過程，足以令每一個參與的人都會焦頭爛額，茶飯不思，最後還可能體無完膚，甚至整個計劃無疾而終。

難怪，每每提及無線電追踪定位這個環節，他總是黯然神傷，若有所思。

果然，許俊勇從石澳回來，開門見山，說十號和八十一號統統找不到。

他形容如何排除萬難，如何穿越障碍，如何走遍幾條山脊，如何跨越幾個山頭，就是收不到十號和八十一號發射的無線電訊號。

我陷入五里霧。

許俊勇覺得無計可施。

呂國樑在旁邊發愣。

大家都有點不知所措了。

○○○

香港公務員事務局局長王永平，以身作則，曉以大義，宣稱公務員此時此刻無權選擇，必需要減薪。重組架構，減省行政程序，精簡決策過程，裁員多達一成。這些，都是無法避免的相應措施。公務員事務局，所發出的內部參考文件紛至沓來，一回又一回。

人心惶惶，雞犬不寧。抱怨連連，人言嘖嘖。這可不是一件好事，這可是直接影響市民消費情緒。市民，因此大可以不出門旅行。市民，因此更大可以不暢飲葡萄酒。

三令五申要減薪，耳提要命要裁員。風吹草動，風聲鶴唳。

黃始樂垮着嘴角說，本來明年還想繼續進行的至少為期半年赤麂族群數量野外調查，看來希望渺茫，遙遙無期。

蘇炳民也垂着眼皮說，利用紅外線熱感應自動相機作哺乳類野生動物族群數量估算的計劃，缺乏經費，以後再說吧。

這個時候，大家都調過頭來，對新官上任的財政司司長——梁錦松寄以厚望，期盼他能夠成為救股市救經濟的救難大英雄。

阿松捨我其誰，當仁不讓，威風凜凜，他一再出席原本輪也輪不到他出席的大場面，說些有的跟沒有的根本不關財政司範疇不應該說的一些話，大放厥辭，大言不慚。

董建華特首，趁機退居幕後。

曾蔭權司長，藉故銷聲匿跡。

我搔着頭皮，替好不容易才站穩腳步的「野生動物保護基金會」如常運作，担憂起來。我悶悶不樂，想想自己，搖搖頭，決定還是回到山頭，一步一腳印，繼續執行看起來像是裹足不前、卻又已經進行四個多月的「香港麂屬動物野外調查計劃」。

我決心要完成這個可能淪為不可能的任務的神聖使命。

○○○

石澳，令我着迷。

石澳，香港島惟一有野豬遊蕩的地方。紅外線熱感應自動相機拍攝的底片，証實起碼有一個野豬家族在這裡謹慎出沒，無所事事。石礦場另一邊的鶴嘴，也有一群野豬家族，隱姓埋名，默默在活動。是不是同一批野豬，則不得知。樹林，卻是茂密的。根莖，也是豐富的。

這天，清晨。我和許俊勇又進到石澳樹林裡，滿懷希望。我重新投進蠻荒，體驗大自然。

石澳向北角落遠眺維多利亞海峽

石澳向南左山腰全是墓地

彷如愚公移山的石礦場永遠隔離石澳與鶴嘴

林道有村民手寫路標

大浪灣海邊果真有古石刻

人工截水道和加裝欄杆令動物無不觸目驚心

山澗幾乎被次生林覆蓋的一塊尚好棲地

水泥牢牢封固老根的樹木居然依舊在斜坡屹立

石澳鶴嘴的一線天巨岩

石澳山腳底下的爛泥灣

盧德堯（左）、梁德明（中）、許俊勇（右）、準備釋放的野豬

夢裡有女人

〇〇〇

截水道在補強，護土牆也在加固，未雨綢繆。

今年夏天有一次暴雨成災，山洪夾泥砂磊塊滾滾而流，由半山沖下中環的商業區。記憶猶新，歷歷在目。

石澳山頂，烏煙瘴氣。截水道裡面，敲敲打打，沒完沒了。工具從裡到外散落一地，工程材料堆積如山。工人，灰頭土臉。工頭，對着工人比手畫腳。

這回，工頭步出截水道，走得老遠，為的是去找一方木棍，想要挑起一條不知道是什麼時候掉進截水道裡，再也爬不出去的眼鏡蛇。

蛇，昂首環視，引頸吐信，可能心知不妙，擺好架勢，準備頑強抵抗。

我，無心觀戰，一心惦記老太婆木屋對面和木屋後面的兩塊樣區，疾疾奔去。

許俊勇已經等在木屋，就倚在截水道那嶄新的鐵欄杆，腳踩在刻意焊接、豎立截水道邊緣、像萬里長城那般的鐵板上，百思不解。截水道，應該就是截水道。站在生態保育角度來看，香港截水道設計教人搖頭嘆息，沒有方便動物過境進出的泥牆，缺乏保持溪谷下遊濕潤的排水孔。為什麼還要立欄杆？焊鐵板？別說是兩棲類青蛙再也跳不過去，就連大大小小的哺乳動物也會望而卻步，生態棲地從此被截水道以楚河漢界一分為二。哪裡會有這麼不合潮流的設計？哪裡又會有這麼畫蛇添足的工程？

我說：

「你有所不知，水務署就是在鑽牛角尖。立欄杆，是怕老人走路不小心跌倒。焊鐵板，是怕路人摔進截水道。水務署就怕吃官司賠錢。水務署搞什麼生態工法，水務署根本就連基本的生態保育都不懂。」

○

○

○

彎下腰，鑽過鐵欄杆，跨越鑿成千瘡百孔的截水道，回頭看看跌落木屋泥地，無人問津，那些熟透的橙黃金色的野香蕉，很想撿。猶豫了一下，我還是決定鑽進芒草，跟在許俊勇遠去朦朧背影後面，朝山坡密林逐步前進。

沿着溪，走向另一條溪。走着山坡，轉眼又在另一個山坡。這是一塊全然陌生的環境，我完全迷失在荒湮漫草，身不由己。溪畔那邊的樹林，徧地東倒西歪着鍋、壺、碗、碟，幾塊燻黑的石塊像灶，會是來自山腳監獄躲避追緝逃犯的藏身之地？還是搶灘登陸暫避風頭的偷渡客歇腳之處？我惟有追尋遠去的身影，無暇顧慮，繼續向前進。

這片林，密密麻麻，排列着人工種植的相思樹，夾雜着自生自滅的本土喬木，苒苒無際，燕瘦環肥。眼花撩亂，手忙腳亂，我撥雲見日一般，穿梭朝前衝。我看見許俊勇在視線的邊緣，指東指西，不斷向我在暗示。我知道他正提醒我不要碰觸到彈簧機關，也不要踩進可能是設在交叉獸徑的陷阱。我朝他揮揮手，其實我已經懂得如何分辨哪些是天然彎曲的樹枝，哪些是故意折彎用來作為機關的樹枝。揮手的用意，就是要他別担心，儘管往前走。

彎腰駝背的樹枝營造出詭異的氣氛。我想，這下子，赤麂應該是插翅難飛了。

○○○

捉不到，捉不到，偏偏就是捉不到。

繞來繞去，繞去繞來，繞遍老太婆木屋對面的山頭，就是什麼也都捉不到。環境這麼幽雅的樹林，居然形同廢墟，恍如空城，彷彿瘟疫過境，雞飛狗跳，動物全都跑光光。

我先是信心滿滿，以為赤麂必然手到擒來。

後來是誠心祈福，盼望赤麂能夠被捉到。

最後竟然是徹底絕望，滿腦子問號，赤麂究竟在哪裡？

我又想起坐在那裡哭哭啼啼的美汀了。這可真不是人幹的野外調查計劃。

○○○

「是不是——石澳赤麂族群根本就太少？還是赤麂數量——本來就不多？」

他說。

「——」

「會不會因為截水道工程的嘈——音，已經把赤麂趕——到老太婆木屋後面山谷的那邊？」

他又說。

「——」

我望向前面不遠那塊毫無生機，像是古戰場，而早已乾涸的泥地。唉！曾幾何時，這裡還是那群野豬嬉戲的地方，不是嗎？

「噠、噠、噠、噠、噠、……」

「砰、砰、砰、砰、砰、……」

截水道傳來一連串電鑽鑿石的嘈雜聲音。

一路順溪床越走越低，溪谷的人聲也就越來越大，香煙味道也就越來越濃烈。沙塵滾滾，空氣品質也就越來越壞了。

「那天，在那——邊山頭的陷阱旁邊有一隻死山羌，應該是被野狗咬死的。後腳——都被吃光了。」

「咦——？怎麼現在才在講？」

「那——又不是陷阱捉到的，因為陷阱還是好好的。而且——山羌已經死掉好幾天。是我聞到臭——味去找才發現的。」

「也是一項記錄呀。下次如果看見死掉的屍體也要作記錄，我們就可以知道野狗群是不是山羌的天敵。」

「當然是天敵，那——還用說。我看見以前紅外線相機那麼多野狗追趕山羌的相片，自己都吓一跳。香港的山裡有那——麼多野狗。」

「——走，反正也得要去那邊巡陷阱，就順便帶我看看那隻死山羌。」

邊說邊走，邊走邊說，已經來到截水道盡頭的山坡上。一個左轉彎，神不知，鬼不覺，兩個人已經離開步道，閃進密不通風的竹林裡，急行軍似地繞向山頭另一邊。

另一邊，也就是老太婆木屋後面的山坡與山谷。

坡，高低起伏。林，參差不齊。

○○○

我在後面，氣吁如牛，高高低低，上上下下，跟着跑。我終於看見許俊勇正指着樹幹隱隱約約刻劃的那個新標記，隱約的記號表示左方就是陷阱區。

這裡的林更密。相思樹和相思樹之間，爭先恐後長着不同屬種的各類樹木。不同屬種的樹木和樹木之間，又竄升着粗細不等和學名不一的藤和藤。

樹，橫行霸道。

藤，橫七豎八。

人，只能橫衝直闖。

越過乾溝，就在這裡。這裡，就是他方才所說還是完好的那個陷阱的地方。陷阱旁邊，不遠的斜坡地的那根樹幹，被他描述的赤麂就掛在矮樹叉。頭，卡在那裡；吊着腑下的兩條前腿和不很整齊的上半身，紋風不動；後腿和腹腔的內臟，應該是老早祭進野狗的五臟廟。這是一隻成年的母赤麂。從那股已經不是特別濃烈的腐臭，和還黏着幾隻蒼蠅卻脫毛發黑的尸體研判，牠是死亡一段時間了。

無名悲思發自內心，究竟誰才是真正的生命主宰？我莫名其妙很傷感。

拍照存證。繼續前進。

○○○

我開始悟道獵人與獵物之間的互動與心計。在陷阱區沒完沒了地繞圈，原來是根據章法，其中大有名堂，很奧妙。

就在又是沒有任何收穫的這天下午，許俊勇坐在石頭，手握枯枝，像部隊作戰，像沙盤推演那般，在泥地畫了起來。

「吶——！假如都是樹林，四周都是山——坡地，而中間有一塊平地的話，我就會在平地周圍的樹林，像在包圍那——樣放陷阱。」他一邊畫着好大的一個圈示範、一邊繼續講解：「因為動物都——喜歡來到平地。」

停頓了一下，他想了想：

「特別是——山羌！牠愛利用平地旁邊山坡——的樹木去敲斷自己頭上的角。」

「平地。那就是平臺，是一般所謂的餐廳嘍。」

「對。我的意思就——是平臺。」

「那為什麼要敲斷自己頭頂的角？」

「我想是長得太長，行動不方便吧。」他眼睛看着地面，想一想：「每次看見角長的很長的山羌都會是那——樣。」

「——」

「看！」他又開始畫着地面：「假如是兩片草生地，中間有一條林，那——動物一定會喜歡利用樹林來走動。我就會——在林的中間放一排陷阱，切斷牠——的路線。這樣就有機會——。」

他用那條枯枝從左至右，使勁畫上一道線。

「唔——！有道理。中間那塊林，就是一般所謂的生態廊道。」

「對。我想說的就——是生態廊道。」

他一臉嚴肅，故作鎮定，重複敘述，表示自己也懂這些簡單的生態形容詞。

唉——！理論終歸還是理論。今天跑上跑下，鑽來鑽去，到頭來，還是在槓龜。

○ ○ ○

十二月，踏入季節的第一個月。十二月，也是「香港麂屬動物野外調查計劃」應該接近尾聲，如火如荼，全天候收集活動資料的一個月。

十二月，卻是個反常的月份，不但絲毫沒有冬天來到的感覺。十二月，還是我騎虎難下、苦苦戀戰、陷於膠着狀態的一個月。

昨夜，天氣晴朗，萬里無雲，星光奕奕。

這樣的夜晚，肯定會是動物喜歡出來，四處走動的好時候。

清晨，起個早，喝個早茶，説些細節，兩個人疾疾上車，朝龍仔悟園速速駛去。

到龍仔悟園捉赤麂，我認為那是機率最高的地方。

這裡，已經是一塊熟稔的地方。我，可以自行從截水道走進竹林，沿階梯登上悟園，臉不紅、氣不喘。但是，我從來沒有進過龍仔悟園的陷阱區。

除了捉到二十七號的那個時候，我是走過一段路，那還是父子二人生怕我找不到他們正確的位置，特地合力將活捉的赤麂，從老遠的山上傳來傳去，抱下來，讓我仔細瞧瞧的。

每次想起二十七號這隻公麂，我就會覺得很慚愧。

我決定深入不毛，走進龍仔悟園的陷阱區。

○○○

當然，還是許俊勇打先鋒。我只能充當後衛，跟着走。

這裡，已經是龍仔悟園橋頭前面的休憩區。走向底下步道階梯的旁邊，一個側身，像隱形，兩個人先後穿透枝葉，消失密林間。

濃蔭遮天，黑漆漆，陰森森，映入眼簾赫然是一座紅磚堆砌的英式老建築，像瓦窯。不，是廢棄幾十年不再使用的焚化爐。我委實被意想不到的龐然大物吓一跳，毛骨悚然，卻還得硬着頭皮往前走。右轉彎，左轉彎，再右轉，又再左轉，我這才看見許俊勇的背影已經沒入山坡密林那一頭，在往左邊跳，瞬間消失眼界。我着實着急，慌張踩着泥、跨着石、躲着枝、避着藤，跌跌撞撞，奔向密林那一頭，我卻看不見許俊勇。眼前的獸徑，四通八達。前後左右，四處張望，我實在不知道他走的究竟是個什麼方向，感覺自己已經迷失在荒野。

「嗚——嗚——嗚——！」

只好學着野獸的呼喚，其實我像在哀鳴。惶惑不安，心想這下子真的不知道應該怎麼辦。

許俊勇果然回頭來找我，他出現在我認為絕對不可能會往那個方向走的那邊的最上端。那是完全看不出來會有路通行的最上端。漫草及腰，長滿姑婆芋，那是一片大陡坡。他在陡坡的上端比比手勢，示意我得要跟緊腳步，盡量別落後。一轉身，他又在陡坡的上方不見了。

面對大陡坡，我的頭一個兩個大，只好死命朝上攀，不記得究竟是抓住什麼東西在借力、又或是踩些什麼東西在挺進，九牛二虎之力，使出渾身解數，我來到當初許俊勇向我比畫手勢的最上端。很不幸，我發現那只是另一個陡坡的開端。草芋交錯，進退維谷，既不是山頭，又不是稜線，這不過是只能繼續攀爬的中途點。

我很想回頭走，但是回頭的路更難走，我惟有唯唯諾諾朝上爬。

○
○
○

像來到制高點，原來又不是。

翻過另外一邊的高地，下去是溪谷。溪谷，有片林。林，往溪谷兩邊延伸，一路擴散，彷彿無止境，蒼鬱濃密，枝葉繁茂。走到這裡，忽地吹來陣陣涼風，此時的境界又恍如偷得浮生半日閒。

「溪谷的那——邊往上爬，那——才是制高點。」

他在谷底等我，一邊介紹地形。

又得往上攀，惟有在樹林裡面左穿右插朝前登。那邊，草生地，又是一面大陸坡，漫草及腰，沒有姑婆芋，灌叢遍布，無從落腳，簡直寸步難行。

「這裡上去，就——是制高點。」

他補充說明。

可不是？至高點！意思就是已經快要到達這趟行程最高的地方啦！我決心一鼓作氣爬上去。

最後一段路程，往往就是最艱難的路程，崎嶇坎坷，使勁努力，看起來都還是很落後。我勉強支撐，終於站在制高點。

制高點，微風拂面，放眼無際，灌木叢叢，茶花朵朵，牡丹綠草，美不勝收。

制高點，只見遠方山脈綿延不絕，點綴着山腰數之不盡的層疊廟宇。

我霍然悟道，心如止水。我現在才知道，風景如畫，這四個字，原來講的是真有其景的。

我們坐在這裡，一邊休息，一邊高談闊論腳下那邊的龍仔悟園，很忘我。

「想不到有這麼大的腹地。」

「才——走了三分之一。」

「實在是不好走。」

「只有你——肯上來。呂國樑他們都——沒人願意來。」

「嗯——，」我表示同意，點點頭，這也難怪，不是嗎？「咦——？那你捉到兩隻大狗的地方在哪裡？」

「已經過了。就在你還沒爬上第一個陡坡的那——塊很多獸徑的那——棵樹那裡。」

「噢——。」

我努力回憶，那裡確實有棵樹。

回想剛才狼狽不堪的情形，現在居然有重新活過來的感覺。

唉！這可真不是人在幹的野外調查計劃，不是嗎？

赤麂啊！赤麂！你究竟在哪裡？

我又想起吵着馬上得離開香港，收拾包袱就要回去屏東的美汀。

○　○　○

兩個人，不約而同站起來，繼續走。他剛才說過，這只不過是整個行程的三分之一呢。

制高點，這是一塊大平臺，從這頭到那頭，可以走上五分鐘。走着走着，我想起很久很久以前，教育部規定每個學生都得要看的那部老電影「真、善、美」Sound of Music。這裡風景如畫，就像是那部電影裡的風景畫。

○○○

是一棵大樹，就在平臺那邊的邊緣上。從這棵大樹垂直往下滑，就可以來到看得見整個悟園的這面坡。

我想起來了，這棵大樹正是我在龍仔悟園每每擡頭望向山頂，認為就是山頭地標的那棵樹。

大樹根，有一堆糞便。我以為那必然就是動物的排遺糞便。但是，糞便旁邊居然有張紙。

「那是你上的廁所嗎？」

我想我是在疑惑。

「是我的大便。」他說：「那——天巡來巡去都巡不到山羌，很生氣，一氣之下就在這——裡大便。」

他強詞奪理，在狡辯。

「真不衛生。」

糞便在必經之路，我皺起眉頭。

「反正又沒人來，那——有什麼關係。」

江山易改，本性難移，他嬉皮笑臉。

看見山坡腳下的龍仔悟園，但是並不表示很快就可以回到龍仔悟園，即使以為已經在走下坡路。

巡陷阱，那得需要作地毯式搜索——

要來回不斷走着沒完沒了的之字路。

要忽上忽下，或左或右，捨近求遠。

要小心翼翼，仔細查看，絕不容許出錯。

巡陷阱，是一種知易行難的工作。明明看見悟園近在眼前，兩個人卻要一前一後，繞來繞去，悟園又變得像是遠在天邊了。

「幹！這根本不是人在幹的事！」

我嘰哩咕嚕，自言自語，反覆在唸誦。

○○○

「山羌！活的！」

許俊勇大吼大叫，像紅番。

他甩掉背包，扔掉手裡的開山刀，躍身飛去，撲向那隻一腳還纏住繩索懸在半空，三隻腳卻在死命踢揚，一心想要逃命的赤麂。抱住牠，像摔角那樣，把赤麂扳平，壓在地面。

「工具箱。快！我的背包。」

他太興奮了，氣喘吁吁，朝我吩咐。

童軍繩已經綑起牠的前腿。他壓着牠。我趕緊幫忙拆除牠左後腳的繩結。繩結鎖的很緊，皮破血流。不，應該説是皮開肉綻。我兩腿發軟，雙手顫慄，呼吸急促，解也解不開緊咬皮肉的繩結。

「來。你來壓，我來解。」

許俊勇滿臉汗水，蓬頭垢面，提出建議。

我如獲大赦，急忙起身移位，如法炮製，壓在伺機而動的那隻即使是腳踝受傷的赤麂身上。

又是雙氧水，又是優碘，又是消炎藥，包紮赤麂受傷的後腳。火速測試發報頻率，繫戴頸圈，量體溫，餵水喝，記錄測量值，揪拽一些體毛。趕緊把握時機拍照留念，再合力抱起牠，放在較空曠的地方。這是一隻頗有重量的大公麂。

「五十五號，公麂，準備釋放。」

「知道，可以釋放。」

童軍繩綁着的活結解開了。

「呼——！呼——！呼——！」

牠拔腳狂奔，朝龍仔悟園的後花園直奔而去。

「嗶！嗶！嗶！……」

接收器傳來清晰的訊號，天線的方向指的正是龍仔悟園的後花園。

現場如戰場，殘垣斷壁，觸目驚心。

草草收拾，兩個人，一前一後，速速離去。

我觸景生情，像電影裡身陷越戰的美軍，思惟想的盡是現代啟示錄。我不知道自己究竟為何而戰，為誰而戰了。唉——！

唉——！又得打起精神！

許俊勇說，龍仔悟園那邊的竹林還有一個陷阱區。

就在竹林階梯轉進現場的那一刻，我停住腳步，累壞了。

我說：

「你先去吧！如果有狀況，叫幾聲，我就會進去。」

我壓根不知道，原來這個樣區不比悟園山頂的樣區小，而且還在山坡另外一邊的高高又低低的山坳裡。

就算有狀況，怎麼叫，我也不可能聽得見。

○○○

了。

就怪自己把無線電對講機交給呂國樑，讓他們幾個人去作無線電定位追踪使用了。

我坐在階梯另外一端，那是一張久已失修的石椅，聆聽竹蹭着竹，咿咿呀呀，在說話，我胡思亂想、又或是迷迷糊糊在打盹。

那已經是一個鐘頭以後了。

他從竹林缺口走出來，衣冠不整，精疲力竭，卻神情詭異，笑容可掬。

「又捉到一——隻山羌。公的。八十八號。」

「我聽不見你叫我。」

「我叫——了兩次，你大概聽不到。情況太緊張，我沒有——辦法回頭來找你。」

「遠不遠？」

「很遠哪——。我看見牠的時候，牠——已經把作陷阱機關用的樹枝都——折斷了。我找牠很久才找到。原來牠拖着樹枝一路跑，樹枝被夾在灌叢，牠就躲在那——裡，一動也不動。我走過去，牠——就衝出來往前跑。我跳過去把牠抱起來，打鬥很久哪——。」

「大不大？」

我隨口問。

「牠和五十五號差——不多，我幾乎控制不住牠。奇怪，牠只有角——柄，卻沒有角。」

他侃侃而談，滔滔不絕，說不停。

「我早知道今天會捉到山羌。」

許俊勇神秘兮兮。

「為什麼？」

「我昨天晚上的夢裡有女人。」

「有女人又怎樣？」

「夢見女人就表示第二天有收穫。」

「噢——？是嗎？夢裡的女人長的什麼樣？」

我很好奇。

「什麼樣——子倒都無所謂，反正有女——人就會有收穫。」

「夢裡的那個女人好看嗎？」

我追根究柢。

「每次夢裡的女人都——是很模糊，看不清楚她的臉。」

他故弄玄虛，很得意。

「那麼，年紀有差嗎?如果夢見老太婆有效嗎?」

我在推理，繼續問。

「老太婆跟我會——有什麼關係，我——怎麼會——夢見老太婆。」

他不屑的哼了一聲。

「——」

一箭雙鵰，可喜可賀。致電裴家騏，理所當然，又是一輪恭喜聲。

次生林交錯雜亂、獸徑窄狹，人寸步難行

被野狗咬死的母赤麂

死去的母赤麂卡在斜坡上端一棵樹腳

典型的樹冠

典型的林地

山腰的次生林

山頂上的灌叢

有樹有水是完美的動物棲息環境

香港不少山野恍如蠻荒非洲

這就是行踪飄忽的赤麂

許俊勇在為赤麂安裝發報器頸圈

神氣活現的五十五號公赤麂

伺機以待警覺性高的
五十五號赤麂

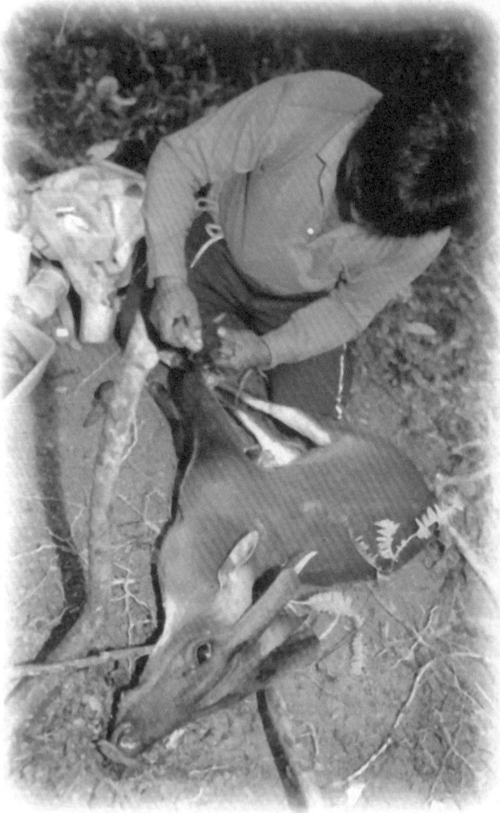

有點外傷正在塗抹優碘消毒

準備釋放之前的五十五號公麂

許俊勇小心翼翼在獸徑利用枝幹製做陷阱

兩個人和那隻狼狗

○○○

渾渾噩噩，時間過的很快，只要是野外調查，攀幾個山頭已經是夕陽無限好。

兩個星期去一趟澳門，四個禮拜回一次霧臺，許俊勇過的很開心。偶爾到澳門增廣見識，坐坐三輪車，逛逛葡京賭場，吃吃鳳城水餃，他也覺得日子過的挺充實。

起初，呂國樑帶着跑。後來，他堅持要獨行。來回機場也都不必人接人送了。搭巴士、乘地鐵，儼若老香港。不過，就是他的那張臉，不知道是不是習慣性風吹日晒雨淋，黝黑到發亮。夜晚在房間裡面，只能看見兩顆眼珠溜來溜去，在閃着念頭打主意。我說，這是習慣長期山區打獵的自然反應，腦筋跟着眼珠動，這是一種反射，是得以生存蠻荒的必然本能，不是嗎？

但是，入境處在入出境櫃檯的官員就不然，看見他像是在勘察地形的賊兮兮目光和不知道他將會有什麼不良企圖的眼神，那就不以為然了。

他說，他每次經過入出境櫃檯，就會被帶進房間去問話。進出香港是這樣。來回澳門是這樣。最令他費解的是人在高雄也是這樣。不但是這樣，他說，即使是簡單的行李也得翻箱倒筴，統統要拿出來看來看去再放回去，很奇怪。他實在搞不懂，究竟為什麼會這樣？

「每次經過入出——境櫃檯，那——些官員都說我不是臺灣人。」

他望着我，生怕我不相信他在說什麼：「每次在澳門，都——被叫到房間去問話，每個人都——說自己是FBI，問我為什麼來澳門？到澳門究竟作什麼？」

「唉——，你的樣子確實不尋常，誰會相信你是臺灣人。人家現在所謂本土臺灣人就是閩南人。你長成一副黑不溜秋的德性，當然拿你當作菲律賓人或者印度人。搞不好，還說你是尼泊爾人哪。」

「對——喔，是有一些像。」

他覺得有道理，反正很像外國人也不錯。

「你看你，每一次在新環境就會東張西望，眼珠溜啊溜的，頭不停轉啊轉的，你能怪得了誰？今天，FBI找你。下次，還CIA呢。還有情報局，國安局。煩都煩死你。」

「對——噢，難怪去山裡，只要是經過農村，狗都會朝着我叫，每次還——會跟過來，拚命叫，靠得很近哪。」

他也認同自己的目光確實賊兮兮，連狗都認同。

「是啊！我經過村莊，狗還懶得理我呢。你就不同啦！」

我趁機戲謔他，謔而不虐。他覺得有趣，一味在傻笑。

○ ○ ○

許俊勇又回霧臺去，光宗耀祖，又一次非常體面的返鄉。

他說，只回去三天。畢竟還沒有捉足十隻赤麂，我心裡老是惦記，返鄉假期理應不能放得太久。三天？話又說回來，連他自己也難拿捏，究竟回不回得來？人在霧臺，就是身不由己，天天醉。

該回來的那天，電話就來了：

「大哥，我今——天不回來了。」

「你又喝多了？」

「沒——有。我沒——有喝酒。大——哥，你太——不給我面子了，你說我喝——酒。我沒——有喝酒。……」

「好。那就算了。」

電話裡有什麼好爭執的，雞同鴨講話。

「……」

回過頭，我還是撥了一個電話到霧臺，只想証實他安全。

「喂，許太太，妳好。我是孫啟元。」

「啊——！你好，孫先生。對不起呀！他喝醉了，連自己都不知道在講些什麼，請多包涵，多多照顧。對不起，對不起。」

「好啦，知道他安全就好。」

我雖然生氣，卻又無可奈何。

「我看還是讓他明天再回去。」

第二天下午，他是回來了。一副道貌岸然，顧左右而言他，好像什麼事情都沒發生過。

我懶得理他，我知道在臺灣敬酒罰酒很可怕。酒，只要沾上邊，那會像是飛蛾撲火，自取滅亡。經常，酒能破壞原本以為會是美好的氣氛。醉酒，更容易失去理性，誤會重重，翻臉成仇，自相殘殺，兵戎相向。酒醉，借酒行凶。酒醒，悔不當初。我看他一眼，只能輕描淡寫：

「那！先衡量自己的酒品，再決定自己喝多少吧！」

許俊勇當然認為有道理。

唉！他說：

「只是盛——情難卻呀。」

「在香港，你再怎麼苦幹，再怎麼認真，回去喝得爛醉，只會留下笑柄。說你不過如此，死性不改。前功盡棄。」

他點點頭。我知道他清楚得很。

○　○　○

林良恭，在香港主導兩年蝙蝠調查。雖然他早已轉向，醉心生物分子，還是與致勃勃，熱心參與香港蝙蝠生態調查與研究。

他一直致力蝙蝠生態研究，是難得的蝙蝠專家。

大家都說他不比從前了。提起當年的林良恭，說作野外調查就作野外調查，說走就走，說做就做，毫不含糊，令人刮目相看。現在，很少再聽說林良恭會出野外了。大家都是那麼說。

確實是這樣。這兩年，在香港，他進進出出，來來去去，就是沒有出野外。我認為，他也已經不再需要親自出野外，累積的野外經驗足以讓他洞察機先，瞭如指掌。只要助理帶回來的數據是可靠，標示出來的位置和林型是準確，他就能夠作出正確的分析，下定結論，下斷語。

裴家騏最羨慕這一點，他酸溜溜地說：

「這叫作養資料。」

裴家騏也有一套法則，那就是用計劃養計劃。我說，你也大可以利用資料養資料呀，不是嗎？

我一直盤算着，自己要利用計劃養計算，要利用資料養資料。然而，這卻是不得已的一廂情願的如意算盤，只有自己才知道。

○ ○ ○

兩年時間，香港蝙蝠生態調查，都是林良恭主導。不同的助理輪流上陣，從臺中到香港。

每次野外調查的時間雖然都不足，密集到訪倒倒也填補可能出現的失誤性。我認為是時候向香港政府推銷香港的蝙蝠。我說，不妨寫一個計劃嘗試申請政府資助，調查不就可以作得更精緻、更全面、而且可以作到更保育。

林良恭拍手叫好。他拍案叫絕。畢竟，這兩年調查香港蝙蝠相，經費驚人，是到應該交棒政府手裡的時候了。

我挑中ＥＣＦ環境保護基金，我覺得這個名字很好聽。ＥＣＦ和ＷＣＦ其中Conservation Fundation兩個字是一樣，看起來也有親切感。計劃書很快送審了。計劃，分成三個部分——

一、調查蝙蝠相。

二、比對ＤＮＡ分類。

三、安裝蝙蝠屋。

預計調查時間是一年。調查預算寫的是一百四十萬元港幣。

〇〇〇

下一整天雨，雨勢頗大，總雨量達二十三毫米。這種雨，在冬季是罕見的。

隔天，我們精神抖擻上山去巡迴，陷阱什麼也沒有。

隔天，我們又滿懷希望上山去巡視，陷阱還是什麼都沒有。

這下子，真是遇到瓶頸了，赤麂繫放數量看來達不到指標。明天的這個時辰，就是聖誕夜。聖誕夜，表示計劃只賸一個月。

我們坐下來苦思，兩個人用力想，在反省。

「為什麼會——是這樣，我不懂。」

「唉——，為什麼已經不重要。」

「——」

「想想看，還有哪裡可以裝陷阱？」

「要有山羌，地勢還——要不太陡。」

「有這樣的地方早就已經裝陷阱了，不是嗎？」

「再看看紅外線相機還——有什麼地方拍攝過山羌？」

「想想看。」

「——」

「咦——？對了！石澳那些完全不管用的頭套陷阱有拆嗎？」

「老早就——拆了嘛！還是你叫呂國樑帶人去拆的。」

「啊——！想起來了。」

「在哪——裡？」

「在香港仔那條布力徑。對！就在靠近中峽道附近。」

「有山羌嗎？」

「有，多不多就不知道。可能是香港仔郊野公園的工程太多，所以跑過來的吧。幾個月之前，在這條路邊的樹林裡面拍到過赤麂。」

「那——我們明天去看看。」

「好，一早就去。」

○○○

那天，很早就來到布力徑，找到曾經連續拍攝赤麂那部相機的位置。

我說，這塊地方我常來，這回我就在車裡等消息好了。

我告訴許俊勇，沿溪谷向下走八十公尺，左轉五十公尺，右切八十公尺，那塊巨岩正前方的那棵樹，就是曾經架設紅外線熱感應相機的位置。當然，相機在拍攝一段過程之後，已經拆除移走了。

「你先看看這片林。如果還有赤麂在走動的跡象，我們就馬上裝陷阱。」

「我知道。」

他從車後的行李箱提起開山刀，一個箭步，融進樹林，不知去向。他連背包都不要。

時間一分一秒過去了。我在車裡看些資料，撥打電話，又寫寫稿件。做着，做着，好像應該要做的事情，都在車裡做完了。

許俊勇，依然音信全無。

看看手裡完全收不到訊號的手機，我又開始後悔自己將對講機交給呂國樑，去作赤麂無線電定位追踪了。我決定一定要再買幾部對講機。

○　○　○

坐在車裡等，還走出車外望。又坐回車裡等，再走出車外望。

老遠，布力徑路面轉角的盡頭，我看見他踽踽行。那實在不像他。平常，他總是箭步如飛，一副萬夫莫敵的模樣。我認得他穿的那件水湖藍色的綿質運動衫。可是，今天不一樣，他的後面多了一條狗，那是一隻大狼狗。

狗，雄壯威武，豎直耳朵，不發一語，就在許俊勇身後，緊迫盯人，虎視眈眈。氣氛委實不尋常。狗的後面，又跟着一個手按腰際佩槍、頭戴扁帽、身着軍服的警察，步步為營。

大家都朝着我，謹慎地一步一步走過來。兩個人和那隻狗，朝着我都好像有話想要說。

事情的確不尋常。我想起當初他跑進樹林，手裡握着開山刀，好像什麼也沒有帶走，那表示就連基本的身分証明也可能會放在後車廂。

我三步拼成兩步，直接走向手按佩槍、保持警戒的警察，一面敬禮，一面笑容可掬打招呼：

「長官，早。我們在作香港野生動物野外調查。他是我的同事。」

我指向許俊勇，眼睛卻望着那隻狗：

「哇——！這隻警犬好漂亮，在跟長官巡邏嗎？」我先開口，一邊打着圓場，一

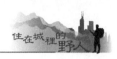

邊調頭瞅着許俊勇：「咦？你的工作証呢？怎麼那麼大意。我不是說過，每次出野外都要掛工作証，還不快去拿。」

許俊勇低頭，一溜煙走向車後的行李廂。

「長官，真對不起。我叫他下回一定要小心，証件一定要帶齊。」

冷不防，聽見我的一輪嘴。狗停住腳，回頭望望警察。警察放慢腳步，手不再按住佩槍，改為兩手叉腰，語氣緩和：

「噢？這裡有動物？」

「有。長官，這裡有不少野生動物。」

「我是在這條路上看見過箭豬。」警察的視線已經轉移，注意力放在自己想像的野豬身上了：「對了，香港島現在還有沒有野豬？」

狗，也轉移視線，不再盯住許俊勇，坐在路面，百無聊賴。

「有，石澳有。不過這裡就沒有。」

「這裡有什麼動物？」

「果子狸，豹貓，還有赤麂。赤麂，就是香港人常說的黃麖。」

「咦——？黃麖？這裡有黃麖？」

「是啊。我們現在正在作黃麖野外調查。……」

說着，說着。警察舉起手腕看看錶：

「啊——！你們留意一下，看看有沒有人毒狗。這一帶很多人遛狗，狗不知道撿些什麼東西吃，就被毒死了。」

唉——！哪來那麼大的仇恨？是狗眼看人低，得罪窮人？還是窮人本身就不平衡，連累無辜的狗？

狗，無語問蒼天。

○○○

警察駕駛警車，載走了警犬。

我們兩個，一前一後，又跑進樹林裡。

「林相不錯，而且有腳印，還有堆——糞便。」

許俊勇鬆一口氣，說完，蹦蹦跳跳，去開工，去安裝陷阱了。

〇〇〇

陷阱，說穿了，只是一條六尺長繩索。

繩索，就像腳踏車的煞車線那般，粗細雷同。一頭打個活結，作成圈套；中間，再打個結，繫上十四號鐵絲扭成的一字型機關；另一頭，就綁在故意折彎的樹梢上。

許俊勇揹着一背包的繩索，瞠起眼珠，前後左右在掃描，彎腰躬背，順獸徑疾步前進，時停時走，活像一隻公山羌。

他忽地蹲下來思索，手已經不自覺地就地挖起來，像是用心刨着洞穴的穿山甲。洞，挖在獸徑上，寬二十公分、深二十五公分，他像工匠得意地欣賞自己的作品。看看洞，覺得很滿意。

他站起來，就在附近隨手砍來一截藤，首先折彎藤的兩頭，然後狠狠插在洞穴的一邊，像水泥釘一樣，砰、砰、砰、砰，藤被牢牢固定泥洞，如同豎立的馬蹄鐵。

他又站起來，砍去一截樹枝，就地熟練削起來，唰、唰、唰，每節長十五公分的枝條，應聲落地。

他舉目環顧，又選中一棵小樹，像魚販秤完魚、開膛破肚、刮鱗片那樣地清理起來。光溜溜的小樹被扳了又扳，試完又試，就在適當的高度，被斬斷枝頭。

他拿出一條六尺長繩索，一頭綁在那端，用力扯住，小樹瞬時哈腰鞠躬，像任聽使喚的僕人，等待在那裡。

他牽住小樹，蹲在洞穴旁邊，拿起一節枝條，橫置在馬蹄鐵邊，用手指把繩索中間的一字型機關，卡在馬蹄鐵和枝條之間。繩索的另一邊打成活結，張成洞口大小的圈套，鋪在洞面。其它七八根枝條則被迅速排列，像木橋似地架在那節橫向的枝條與洞穴的另一端。

他鋪蓋枯葉，再撒些泥，又在獸徑兩旁插些樹枝，虛擬成為障碍。

一個完美的陷阱，大功告成了。

他調過頭來，對我莞爾一笑。

「只要動物經過，即使是前——腳沒有踩進陷阱，後——腳也會踩進去。腳踏進洞穴，機關就會跳開，樹——就會彈起，圈套就會鎖緊，牠——就會被捉住。」

「啊——！這不就是中國內地的獵人也常用的吊子。」

我想起了吊子這個名詞。

「吊——子？」

許俊勇不太相信。他認為這是他自己發明的工具，怎麼已經有名字？而且，居然還是一個完全沒有聽過的陌生名稱。

「嗯——，是吊子。」

○○○

夕陽西斜，餘輝燦爛，樹林裡卻已昏暗。

走出樹林，我好奇問他：

「你算是經歷過不少事情啦！ＦＢＩ，ＣＩＡ，現在還有以為你就是偷渡客的警察和警犬。喂！老老實實說出來。今天早晨，那隻警犬跟在後面，你究竟怕？還是不怕？」

「我從林子裡爬出來，只看見警車，以為只要把開山刀丟進草叢就沒事。那──個時候，我還沒想到有一隻那──麼大的狼狗，牠從警車跳出來。我生平最怕的就是──狗。」

「後來呢？」

「警察跳下來，叫我不許動。我想在褲──袋拿電話打給你，他──就拔槍。我說要打電話給你，他──又說不行。我只好指指這邊，說你在這裡，我們三個就──慢慢走過來。你後來看見的就是那──樣啦。」

他有些不耐煩，但是還不至於惱羞成怒吧。

今天是聖誕夜。

唉——！晚上九點鐘，我已經累得頭昏腦脹，睡着了。明天一早，還得要去大嶼山。

這樣的人工河流以生態角度看是可以接受

腹地寬廣是動物棲地首選
優良條件

土質鬆散的山頭經常發生
土石流

山野一角

山徑一角

製做陷阱工序之二

製做陷阱工序之一

樹幹清晰留下赤麂用來磨角痕跡

布力徑山林遠眺市區石林

布力徑山野與市區文明僅一線之隔

香港島蠻荒與文明果然只是咫尺之距

布力徑附近的兩座大廈是香港島最高豪宅

涂正盛（左）、許俊勇（右）、準備釋放繫放赤麂

那是月經啦

〇〇〇

十二月二十五日，放假的日子，還得待在深山野嶺作調查，這已經是第三個年頭了。

以前，聖誕夜，起碼能夠在半島酒店好好吃一頓火鷄餐。

從前，聖誕節，早晨也可以買份報紙，窩在陸羽茶室卡座裡面，啖啖龍井，吃個雞絲粉卷。

那個時候，我過得不錯，豐衣足食，人有氣質，生活有品味。

就是因為跑了幾十次非洲，看見白種人的野外生態調查作得有聲有色，頭頭是道，而且每每高談濶論，才會突發奇想——

白種人行！為什麼黃種人不行？

匆匆忙忙，就在香港踏出野生動物保護這樣的第一步，從此蓬頭垢面、衣衫襤褸、滿臉腮幫鬍髭、踢着登山鞋、進出山嶺，形同野人。迷迷糊糊，像執着、又似躑躅，如迷失、又彷彿自鳴得意。

從此以後，沒有火雞餐吃，也沒有龍井茶喝。唉——！我開始懷疑，當初踏出的第一步，究竟會不會是錯誤的第一步？

我着無邊際地胡思亂想，開着車。聖誕節，冷冷清清，路面沒有多少車。想着，想着，也就來到大東山腳——黃龍坑。

○　○　○

這已經是熟悉的路徑，必需沿河床北側支流朝上走。

我閉起眼睛也知道哪一隻腳是應該踩在哪一塊石面，哪一隻手又應該抓住哪一根枝幹。即使是毫不含糊、努力攀爬，路畢竟遙遠，山澗顯然峻峭。溪水嘩喇嘩喇響，在腳底湍流，狀似清涼，我卻汗涔涔、氣吁吁，口乾舌燥，瞠視陡崖，兩眼發直。我勉勵自己，爬上懸崖，那就是誘人的水潭區。在那裡，巡完陷阱，可以順便泡在山水，享受一下天體浴。我趕緊提神醒腦，一股作氣往上衝。

○○○

許俊勇，率先在左邊土坡隱約出現的那道裂溝，往裡鑽。我，二話不說，跟着站在土坡，就往裂溝跳。

這塊地方，就是不久之前，才捉到三十三號公麂的陷阱區。

我像蝦米那般，彎腰弓背，緊追前面的背影，蛇形前進，朝上奔，終於來到一塊應該會是熟眼的斜坡地。我明明記得這裡是灌木叢生、青草青青的一塊大坡地。眼前，看見的卻是一片大禿地。

樹，東倒西歪。

草，被削個精光。

彎腰駝背的一棵樹幹立在那裡，像釣竿。

緊繃的釣線直指坡緣，但是什麼也都看不見。

許俊勇拔腳奔去，望向坡下，一屁股坐在地上，兩眼無神，氣急敗壞：

「死了。」

兩個人，垂頭喪氣，不發一語，測量、拔毛、收集胃袋。把屍體擡到乾溝，就地掩埋了。

○　○　○

巡完陷阱，什麼也沒有發現，就是這麼一隻死赤麂。唉——！真教人心灰意懶。

由土坡往回走，前面又是那道眼熟的山澗。

山水咕嚕咕嚕，正指向懸崖上層的水潭奔流不停，囉囉嗦嗦，彷彿正向我們投訴一些什麼有的跟沒有的埋怨，大概也都是——

赤麂被我們弄死啦。

安寧的環境現在充滿暴戾啦。

所有的動物都以為四周草木皆兵啦。

許俊勇說：

「我還——是到對面的林子——，再多裝一些陷阱好了。」

他認為土坡這頭一有屍臭，動物會走避，理應另闢新戰場。

「那我就在懸崖上面的水潭等你，有事就呼叫吧。」

我摸摸掛在背包那嶄新的對講機。

他三步兩步就竄進山澗另一邊的高地，悶聲不吭，去做他的陷阱了。

我拖着疲憊的皮囊，走到懸崖邊緣，決定履行方才的願望，脱到只賸下一條內褲，泡進水潭，徹底享受冰涼的山水浴。我已經完全忘記死去的公赤麂。人生十之八九不如意，我有必要馬上得接受水療。

我現在就正在水療。藍天白雲，徐風拂面。

最後，我連內褲也都脱掉了。

〇〇〇

日正當中，許俊勇才做了幾個陷阱，灰頭土臉，已經匆忙跑下來，因為他記得下午還得要去龍仔悟園巡陷阱。

我才從水潭爬出來，精神抖擻，趾高氣揚，信心大增，一副前途無可限量的表情馬上就掛在臉上。

許俊勇大惑不解，滿臉問號。

撥了撥還在滴水的頭髮，指指水潭，我還沒來得及開口，他已經脫下衣褲。撲嗵！像在跳板跳水的姿勢，已經沒入水中了。

〇〇〇

重整旗鼓，再度出發。

車，由大東山腳黃龍坑，沿東涌道，翻伯公坳，右轉嶼南道，彎彎曲曲，上上下下，很長的一段路，這才來到龍仔悟園。

車，開進截水道旁邊的避車處。

人，一前一後跨過截水道，登階梯，穿過密密麻麻的竹林，朝龍仔悟園快速挺進，就在橋頭走下休憩區，再從步道那邊，側身閃進樹林，經過曾經吓過我一大跳的焚化爐，來到這塊原本令我萬分頹喪，很有挫折感的樣區。樣區，現在看起來倒有三分親切了。

如入無人之境，我理直氣壯跟着前面的身影不顧一切，在賣力攀爬。一下子陡坡，一下子又是陡坡，若隱若現的身影，理所當然瞬間無影無踪了。我無可奈何，故作鎮定，順着模糊的路線，憑着記憶，踽踽踉蹌前進。

「孫先生。」

對講機傳來呼叫。

「收到。」

「快來。山羌，母——的。」

對講機傳來急促的呼吸聲。

「位置？」

「過河流——向前走。」

「收到。」

加快腳步，跨過陡坡，跌跌撞撞，連跑帶跳，穿過溪谷，就在樹林的那頭，我看見那隻母赤麂。

○ ○ ○

許俊勇忙到不行，像極了蒙古大夫。

他表情嚴肅，面對綁起四隻蹄子的母赤麂，繫頸圈，餵水喝，檢查傷口，塗抹藥水。赤麂乖乖側臥，像是正在作全身體檢的病患，心存感激。可不是，赤麂不明不白被陷阱套牢，拴在這裡已經幾個時辰，許俊勇可是前來打救的恩人哪。母赤麂眼裡閃着淚光，蜷縮那裡，動也不動，任人擺布。

測量值很快記錄完畢，這才有空打量這隻母赤麂。眉清目秀，體毛亮麗，年輕貌美，母赤麂居然完整無缺。只不過，屁股那一大片血跡斑斑，倒是教人納悶。

「是剛——生完小孩？」

許俊勇飆出這麼一句話。兩個人，二話不說，就在草叢分頭找，但是什麼都沒有。

「這裡捉到過五隻野——狗。會不會被狗——吃掉了。」

他語不驚人死不休。

「——」

我們決定立刻釋放母赤麂。抱到較空曠的一角，一邊解套，一邊唸唸有詞，他說：

「八十六號，母的。準備釋放。」

「收到。釋放。」

牠卻待在原位，趴在泥地，好像不打算走了。

○ ○ ○

牠，最後還是走了。

無線電，訊號追踪定位告訴我們，八十六號已經下山，從另一邊，越過河溝，遠走高飛了。

裴家騏後來說：

「拜托，那是月經啦。」

「——」

「——」

我和許俊勇，瞠目結舌，面面相覷，張着嘴。

○○○

又到應該清點庫存的時候了。準備追蹤繫放赤麂，看看戴着發報器頸圈的赤麂都跑到哪裡了？

無線電訊號追蹤定位是一門大學問。

開始繫放的時候，我們一致認為應該由呂國樑負責追蹤，他看起來比較實事求是。但是，並不理想，死角太多，站在接收點 Shooting Point 接收無線電訊號往往毫無所獲。不入虎穴焉得虎子，沿峭壁溪谷迂迴追蹤，那不是呂國樑的長項，那不是一般人可以作到的長項。人，在那樣的環境，畢竟是脆弱的。

「俊勇，覆核一下這些天呂國樑無線電追蹤定位報告。」

「我知道，我正——有這個打算。」

他表示自己很主動，不甘示弱。

報告覆核很快就出爐了，新鮮熱辣，圖文並茂。許俊勇信心滿滿，在地圖標示每次追蹤的座標，又將點與點之間，連成線，畫出赤麂活動的路線。

「大東山。對！十二號越過階梯，到步道那——邊，第三天再回到原地。後來牠下來河流，失去訊號。大概兩個星期之後，再折回原來的山坡，一直在那——裡徘徊。」他停了一下：「三十三號，那——天放走以後就跨過溪谷，跑上對面的稜線，再回到原地，收不到訊號了。可能繼續上山，越——過茁刀屻山脊。最後一次追蹤到的訊號，就來自茁刀屻山坡的那——邊。但是，八十七號卻一直找不到。」

「南大嶼呢？」

「南大嶼？」

「對，就是龍仔悟園。」

「噢！龍——仔，」他翻出龍仔悟園的地圖印影本：「二十七號，一開始就下——到龍仔底下的河流。大概十四天以後，牠又回到原來的山頭。應該是向上走，然後不見了。」

「——嗯。」

他想一想，又指着地圖：

「五十五號，就是頭上只有角柄的那——隻山羌。一直朝龍仔後花園走去，又——往羌山和萬丈瀑布中間的山谷去，失去聯絡。」他摸摸頭，繼續說：「八十八號，一直向下走。牠就在截水道上——面的樹林走動，訊號很清楚。」

「那——，石澳呢？」

赤麂幾乎都失去踪影，那又是怎麼一回事？我急欲追問石澳的情況。

「八十一號，繞過截水道盡頭，從那——邊的山坡走向老太婆木屋後邊的溪谷。越過右面的山，應該是繼續往下走。」

「訊號呢？」

「收不到訊號了。」他無奈地説，然後把話題轉向十號的活動路線，繼續説：「十號，就——在老太婆木屋後邊溪谷底下走來走去。最近，又走——去另外一邊的截水道附近，就在涼亭到大浪灣那——條步道的右邊。奇怪！是不是訊號會漂移？現在接收器要調到十二——才收得到，而且比以前更清晰。」

這下子糟糕，繫放的赤麂不是在原地打轉，就是一走了之，聽起來實在不合乎邏輯。

「叫呂國樑試着下到溪谷去追踪。過兩天，巡陷阱比較輕鬆的時候，我們再分頭支援他。」

我只好先把問題畫上句話，待考。心裡覺得挺彆扭。

唉——！悶悶不樂。

○○○

聖誕節快樂。

天氣報告，說是氣溫驟降。

十二月二十六日，聖誕節的第二天，氣溫遽跌，攝氏十一度八。香港仔郊野公園布力徑的陷阱區，毫無發現。欸——！動物也不喜歡這種氣溫驟降、灰雲密布的鬼天氣！樹林黑壓壓一片，敵我難分。

十二月二十七日，氣溫再往下跌，攝氏八度二。十一點鐘，我得要到香港電臺直播室，這天要當特別來賓被訪問。開車先把許俊勇送到龍仔悟園，決定由他巡視悟園，中午我來接應，再去大東山巡陷阱。

天，下起毛毛細雨。車，照例停在截水道旁邊避車處。人，甫一下車，冷風颼颼，已經僵硬得像枝冰棒，全身打哆嗦，哈氣直冒煙。

我眼見許俊勇那張臉，黑裡透紅，由紅變紫，活像塊豬肝。

「你行嗎？」

「行——。」

我看他是凍僵了，懶得說話，點點頭，各顧各。調個頭，我開車走了。

○○○

十一點鐘，我準時出現香港電臺的直播室。

車淑梅一邊作節目，一邊向我在揮手。我隔着玻璃窗打量她，認識二十年，風韻猶存，實在不簡單。天生麗質，看着，看着，我差點就忘記今天要講的題目是什麼？『潛水樂』？嗯——，這個節目強調『健康的人生』。

自從自己寫完『靜止中的流動』那本書，已經多少年不潛水。我記得書裡最後那段文章，講到的就是自己差點一命休矣，死在他鄉，彷如石沉大海，從此畫上休止符。現在憶及，歷歷在目，覺得真是毛毛的。

唉——！遊戲，就得要有一套必須遵守的遊戲規則，謹記嚴守規則，遇到險境，最起碼還會有一線生機。

我開始和車淑梅搭配，一唱一和，說起潛水樂。我絞盡腦汁，想把潛水和健康的人生結合在一起。

講着，講着，就連自己也會覺得太牽強。

○ ○ ○

攝氏八度二。那表示龍仔悟園的氣溫已經低於八度二。

車，疾疾駛向龍仔悟園。我猜想許俊勇這個時候已經變成冰柱了。

果然，他巡視陷阱，手腳冰冷，鞋襪濕透，感覺自己全身麻木，彷彿已經失去了知覺。毫無選擇，他跑進龍仔悟園那頭的空屋，撿了幾綑枯枝，拿出打火機，燃成一堆營火，心想這樣烤火一舉兩得，襪子乾了，腳也溫暖了。

烤着，烤着，他打起瞌睡。

據説，腳底先冒煙，襪子燒破兩個洞，他這才跳起來滅火，連忙穿起烘得半乾半濕的那雙鞋，一跛一拐，勉強才走下山坡。

當然，陷阱區裡什麼都沒有。攝氏八度二，動物統統躲起來。

○○○

十二月二十七日，氣溫回升，攝氏十二度。

許俊勇豬肝那般的臉色稍微紅潤了。他説，他還得要在香港仔布力徑的樹林多增加幾個陷阱。畢竟那是一塊好棲地。

那天夜晚，我說：是應該結論陷阱的數量與功效了。

「對。我的想法——也是這樣。是應該結論一下陷阱的數量和功效。」

他重複一遍，表示自己的看法和我是一致。

〇〇〇

做陷阱，真的做得很賣力。裝了又拆，拆了又裝。沒有收穫，就得拆。發現死屍，也得拆。反反覆覆，重複再三。那根本就不是人做的事情。那根本就會使人歇斯底里，情緒異常，舉止也失常。

大東山，河谷以北，陸續增加至四十九個陷阱。赤麂破壞兩個。現在還有四十七個陷阱。

南大嶼，龍仔悟園山坡，五十個陷阱。野狗破壞五個，赤麂損毀四個。十二月中旬，賸餘十八個。月底再增加十一個。現在還有三十四個陷阱。

石澳，五十一個陷阱。野狗破壞三個，赤麂損毀兩個，麝香貓破壞一個。十二月中旬再增設十五個。現在還有六十個陷阱。

鶴嘴，三十七個陷阱。赤麂破壞一個，豪豬損毀一個。現在還有三十五個陷阱。

香港仔布力徑，三十四個陷阱。

做陷阱，真的是做得很賣力。根本不是人做的事情，還會讓人歇斯底里，真的很可怕。

○　○　○

氣溫逐漸回升。

十二月三十日，氣候溫暖，天氣晴朗，動物四方遊走。不幸的消息卻來自鶴嘴，一隻豪豬死了。

意外死亡的豪豬，居然是被自己身上的箭刺死的。

二○○二年，十二月三十一日，除夕。

二○○二年，畫上句點。

二○○二年，真的是全年無休。

○ ○ ○

二○○二年，十二月三十一日，公務員事務局局長王永平，選在這一天，曉以大義。

他說：

「公務員無權選擇，大家都必需接受減薪建議。」

大東山北側黃龍澗峭壁巨岩磊磊

大東山北側黃龍澗峭壁全貌

黃龍澗河谷的巨岩

黃龍澗河谷的岩塊

準備釋放的八十六號赤麂

乖巧的八十六號母赤麂

年輕的八十六號母赤麂

八十六號母赤麂眉清目秀

釋放前八十六號母赤麂拍照存檔

八十六號赤麂與許俊勇

靜如處子一動也不動的八十六號赤麂

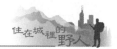

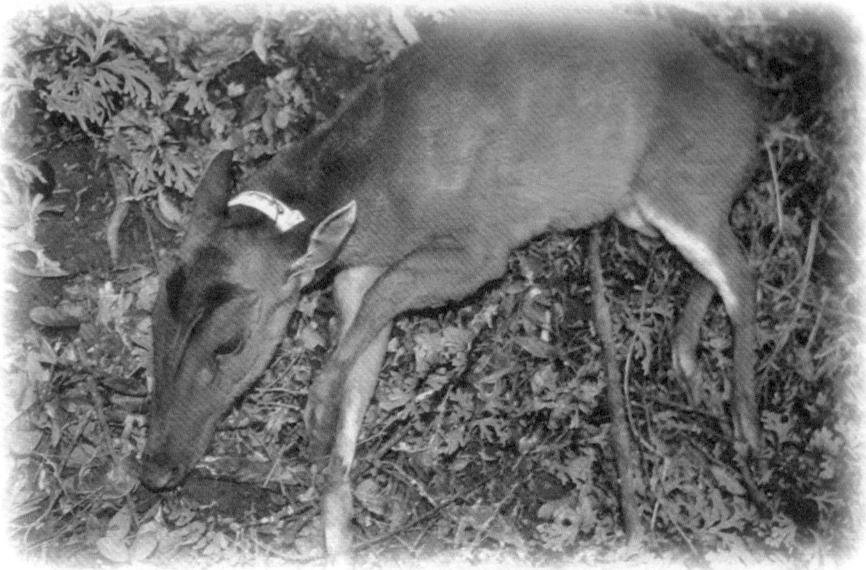

八十六號母赤麂準備釋放

以為樹幹就是敵人的豪豬用尾端利箭（翎管）攻擊樹幹

準備要釋放的繫放母赤麂拍照存檔

都想制服對方

○○○

公務員事務局局長，在除夕寫了一篇意味深長的公開信函給全香港公務員，那表示香港正式踏入財赤過度時期。

減薪、裁員、刪除預算，在所難免。看來，香港的好日子過完了。九七回歸，必然拉低生活水平的序幕，無聲無息，悄然拉開了。

低迷的氣氛，讓我想起當年東西德合併的時候，德航班機頭等客艙的早餐，就連雞蛋也欠奉。空服員不忌諱地說：

「東西德合併，的確拉低我們的水準，非常抱歉。」

○○○

新年，沒有帶來喜悅感。除夕夜，倒數與我無關。

喝瓶紅酒，倒頭就睡。矇矇矓矓，聽見樓下維多利亞公園廣場聚集的人群，齊聲吶喊，聲嘶力竭在呼應：

「十——！九——！八——！七——！六——！五——！四——！三——！二——！一——！新年快樂，Happy New Year！……」

熱烈歡騰，普天同慶。

我蒙頭大睡，實在搞不懂環境那麼惡劣，每況愈下，人群為什麼還是那麼歡欣鼓舞，幾近麻木不仁。

想着，想着，我糊里糊塗，稀里呼嚕，也就再次睡着了。

○○○

二○○三年，一月二日，元旦第二天，香港仔布力徑有發現。

咦──？新的一年，有發現就是好開始。

我們在一個彈開的陷阱，撿到赤麂的一隻鞋。丟了鞋子的赤麂，跑掉了。

那是一隻完整的蹄鞘，是一隻前蹄的角質蹄鞘。

蹄鞘，証明布力徑的樹林是有赤麂在走動。踢掉玻璃鞋的灰姑娘，始終應該會被找到的。

我們侃侃而談，重新布置被彈開的陷阱，朝前走。在這裡，我們還釋放一隻誤觸陷阱、滿臉不耐煩的大豪豬，牠回頭看了看，好像在投訴：

「你們怎麼來的這麼遲！」

○○○

環境保育基金ECF的楊秘書來電話：

「收到『香港蝙蝠的多樣性及保育』計劃書。看過預算表，有些細節想要澄清一下。一、你寫四百個蝙蝠屋需要訂製，為什麼不租？二、預算表上記載有油費及隧道費開銷，為什麼不搭乘公共交通工具？」

我平心靜氣，不厭其煩，逐一解釋，告訴他。

楊秘書，誠懇熱心，我認為他有心促成蝙蝠保育生態調查的計劃。畢竟，香港沒有人做。畢竟，香港就連近十年的資料也沒有。

楊秘書，繼續召集他的審核會議。我，則繼續翻山越嶺，浸淫在無法自拔的『香港麂屬動物野外調查』計劃裡面，忘我出野外。我憂心忡忡，儘管自己親力親為，『葡萄酒王國』這本雜誌的廣告，依然非常不理想。就連酒商也有危機意識，這絕對不是好現象。我盡量利用空檔，在港臺航線飛來飛去，嘗試盡可能接觸臺灣葡萄酒的進口代理商。

○○○

風塵僕僕，裴家騏來到香港。

裴家騏在臺灣參與的計劃已經多到不勝枚舉，總是把自己繃得緊緊，一點彈性也沒有，搞到和他合作的夥伴個個緊張兮兮，如坐針氈，無不憂心忡忡。看他忙忙碌碌那副德性，真像一面照妖鏡，我何嘗不也是見縫插針、見機行事的異形分子。和他？物以類聚？半斤八兩？也就見怪不怪了。

○○○

這一天，清晨。四個人決定先到石澳，再去龍仔悟園，例行去視察。

裴家騏決定複驗呂國樑一路以來所作無線電追蹤定位。我和許俊勇照例巡視陷阱區。

清晨，石澳的登山步道，人來人往，高居不下的失業率，令登山客有增無減。沿山路晨運的那些人都在好奇觀看，滿臉問號，不知道那兩個手舉八木天線、聚精會神的人，究竟都在尋找些什麼東西？有人問：是不是找金礦？也有人在問：是在找鳥嗎？

○○○

山頭傳出壞消息，一隻母山羌死了。

母山羌，全身冰冷。臀，被扯掉一大塊肉。會是被捉到以後，掙扎死亡，然後被野狗啃咬？還是被捉到以後，野狗即乘機獵食？不得知。只知道，我們又來遲一步。

對講機在呼叫。裴家騏說：

「用無線電追蹤，八十一號真的找不到了。……很奇怪！十號的訊號會漂移到十二號位置，居然更清新。」他以為有蹊蹺，接着說：「先去看看龍仔悟園的情況，晚上再研究。」

也是好辦法，而且是目前惟一的辦法吧。

去大嶼山，車程起碼一個半小時，一來一回，就得需要大半天。四個人在石澳收隊，上車，匆匆趕路，直指悟園，奔向大嶼山。

車，停在截水道旁邊的避車處。

人，分為兩隊朝龍仔悟園逼近。

裴家騏帶着呂國棵，戴起耳機，且聽且走，直説八十六號和八十八號的訊號混淆不清，有重疊。

我和許俊勇疾速奔走，進入陷阱區，生怕八十六號赤麂又被重複捕捉；而且，後山坡的陷阱，幾天以前已經特別移向悟園後花園和大門右邊的那塊林。路程縮短，困難度降低，左穿右插，沒有多久，我們來到平臺這一邊。

許俊勇一馬當先，急行軍，無影無踪，又是不知去向。

○○○

「孫先生。」

對講機傳來許俊勇熟悉的聲調。

「收到。」

「山羌，公——的。」

「位置？」

「繼續向——前走，偏右。」

「孫啟元，你們在哪裡？」

對講機裡的聲音是裴家騏，他聽見許俊勇說是有赤麂。

「龍仔悟園大門右轉朝上走。」

我急着要往前去，又不得不回應，一邊走、一邊說。

「孫先生，裴老師問你們的位置在哪裡？」

那是呂國樑，對講機傳來陣陣跑步聲和喘氣聲，混合裴家騏一再催促、得要問清方位的督促聲。

我急着向前衝，在一個獸徑的叉路迷失了方向：

「俊勇，位置？」

「你看見階梯右邊有——一條獸徑，往上走，穿過蘆葦——就是。」

「孫啟元，請重複一遍位置。」

裴家騏在那邊焦急，繼續問。

「在龍仔悟園大門右邊順路直上，再右切獸徑。」我氣喘吁吁，鑽着蘆葦，且跑且說。

「孫先生，請重複。」

那又是呂國樑。

「順道直上，右切獸徑，鑽過蘆葦——」

我重複回答，上氣不接下氣，終於看見許俊勇。

許俊勇壓在赤麂的屁股上，拿起童軍繩，繞呀、繞呀，用心綁着前蹄。只聽見對講機裡亂成一團，呼叫聲、腳步聲、喘氣聲、咒罵聲、樹葉唰唰作響聲。

我瞄見那隻公麂的塊頭頗大，和壓在牠屁股上的那團不顯眼的許俊勇的黑影極不相襯。

我快步過去幫忙，死命按着公麂的屁股，一邊擦拭額頭豆大的汗滴。

唰——！唰——！唰——！呂國樑出現了。

劈里啪啦！裴家騏也踩着大步，跟在後面。

兩個人，用心的綁，用力的按。大塊頭的公麂完全不肯配合，死命踹着後腳，一切看起來都很不協調。兩個人和那隻麂，都想制服對方，各出奇謀，旁若無人。看傻了裴家騏和呂國樑。

九牛二虎之力，大費周章，赤麂四隻蹄子被綑在一塊，瞠着牛眼，噌着鼻，活像倒臥地面，五花大綁，罪不可赦，身型彪悍的要犯。

「快！有沒有布？把牠的頭蒙起來！」

裴家騏一邊張望着大家的臉，一邊說。學者就是學者，做什麼事都得一板一眼，這樣才不會出紕漏，這樣才不至於遭人質疑吧。

我想起背包裡裹着鏡頭，有一件全新的T恤，丟給裴家騏。他抓起T恤，一個箭步趨向前，小心翼翼，將T恤把赤麂的頭罩起來。隔着T恤，只聽見牠老兄氣吁吁，噌着鼻，一聲又一聲。

遮起臉，山羌就不像山羌。

○○○

許俊勇手忙腳亂，做起什麼都不像在做什麼了，反正什麼都是不對勁。他邊做邊耳語：

「有裴老師在，就——覺得很緊張。」他瞅着那個聚精會神凝視赤麂、又不時用手摸摸赤麂，像在安撫自己的兒子似的裴家騏：「以前，在屏東，我當裴——老師助理的時候，做什麼都不對。不是被——罵，就是不理睬。」

唉！難怪他七手八腳，動作竟然是那麼遲頓。

「你不覺得嗎？以前，兩——個人做完一隻山羌繫放，才花費六、七分鐘。現在，二十分鐘都——還做不完。」

他喋喋不休，有些在埋怨。

我忙於拍攝，拍裴家騏指導，拍他參與，拍他繫放。呂國樑也急忙掏出數位相機，拍赤麂、拍老師、又要許俊勇拍自己和赤麂的合照、和老師的合照等等。

我又請呂國樑拿起我的相機，拍一些我和裴家騏與赤麂的合照。

一時間，大家圍住蒙着T恤的公麂團團轉、擺甫士。蒙着白色T恤的赤麂不明就裡，成為當今主角，被拍個不停，沒完沒了，很無辜。

花費很久的功夫，幾個人總算盡興，這才想到應該要把理應會受驚吓、但是幸好罩起頭罩的赤麂速速釋放。

「七十五號，公的。準備釋放。」

抱到平臺邊緣，一邊解開繩結，一邊將牠頭上的T恤扯掉。赤麂重見光明，看見眼前居然有四名大漢，牠顯現一副驚愕的表情，一躍而起，踢着腿，像個瘸子，一跛一拐，朝龍仔悟園大門那頭的方向，奔之夭夭。

為了確認七十五號公麂的腿能夠行動，裴家騏緊跟着牠往下坡走。龍仔悟園門口的那條步道，卻傳來一群欲過路下山的登山客，帶着一陣高談濶論的嘈雜聲。赤麂停住腳步。裴家騏在後面也停下來了。等到談天説地的聲音越走越遠，裴家騏往前走，驚覺的赤麂一溜煙，越過步道，就在悟園大門旁邊的竹林，涉溪而上，朝龍仔悟園後花園走了。

大功告成，有相片為證。四個人雖有倦容，卻面帶微笑。繫放這隻七十五號、蒙着頭罩的公赤麂，可真是一件傑作啊！

「明天再回來作無電線追踪定位。吶——！如果覺得覺得哪一隻赤麂的位置有疑問，譬如説：不怎麼移動的赤麂，那就要走進樹林去找牠。赤麂的死亡率相當高，不怎麼移動，代表有可能牠已經死了。」

裴家騏望着車窗外面倒退飛去的一排排樹林，在回憶往事。他又説：「我認為石澳的那隻十號赤麂，應該有問題。我後天要進林子去找找。」

這樣的野外調查，真的不是人在幹的事。我想，裴家騏老早就知道，只是不説，而且他自己還在重蹈覆轍。難怪他的臉，總是毫無表情，看不出所以然，也問不出所以然。

林育如來電話，問我有沒有打過電話給她？她説：一整天都在開會，不然就是接待外賓，根本沒有辦法接電話。我說：那個她沒有時間接聽的電話，不是我打的。

忙的時候，沒空。

不忙的時候，睡覺。

唉——！我怎麼淪落到這樣的田地？生活毫無品質！人生毫無意義！滿腦子想着赤麂！整天混在山裡！不折不扣，已經形同野人了！

○○○

天曚光，四個人再度出發。

就在中上環蓮香茶樓，喝盅香茗，吃碟炸春卷，感覺很滿足。

裴家騏開車載着呂國樑先往石澳跑。像這樣的無線電追踪定位，每天都得作。日復一日，枯燥無味，而且十分無趣。他說：

「資料收集越精緻，資料的分析也就越有說服力。」

我諾諾連聲，踩着油門，載着許俊勇，開車前往大嶼山，要去大東山河谷北面的山坡繼續巡陷阱。

彼此分道揚鑣，約定中午大東山腳黃龍坑再見面。

一山比一山高的山景之一

一山比一山高的山景之二

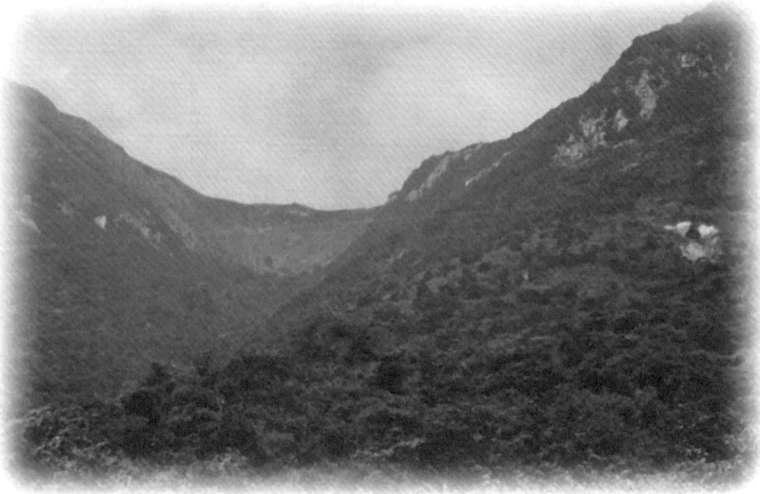

一山比一山高的山景之三

一山比一山高的山景之四

好大的一隻公赤麂

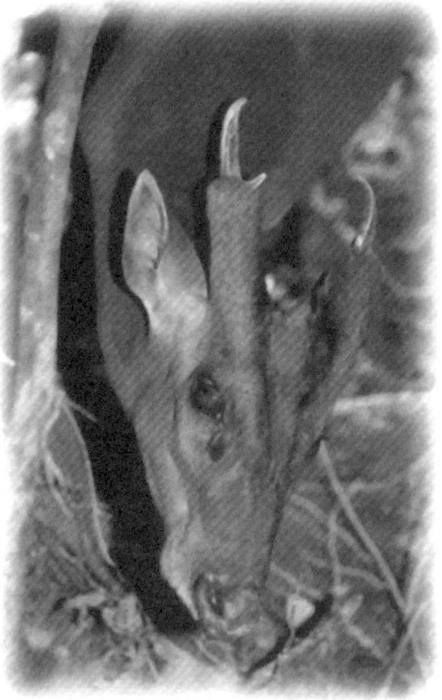

七十五號公赤麂

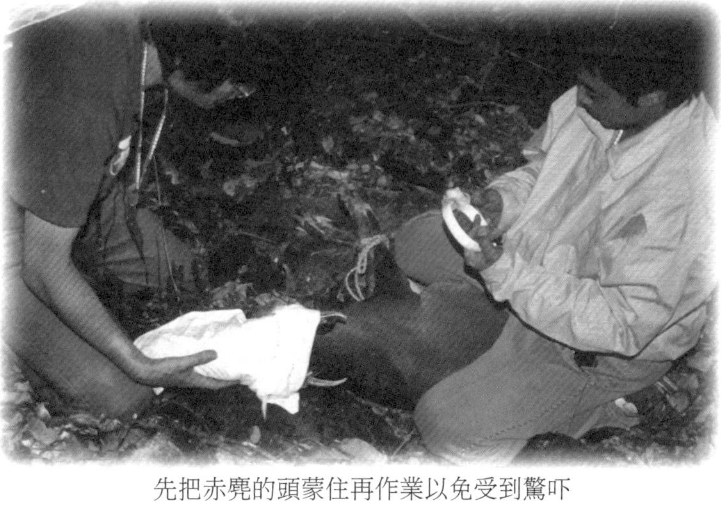

先把赤麂的頭蒙住再作業以免受到驚吓

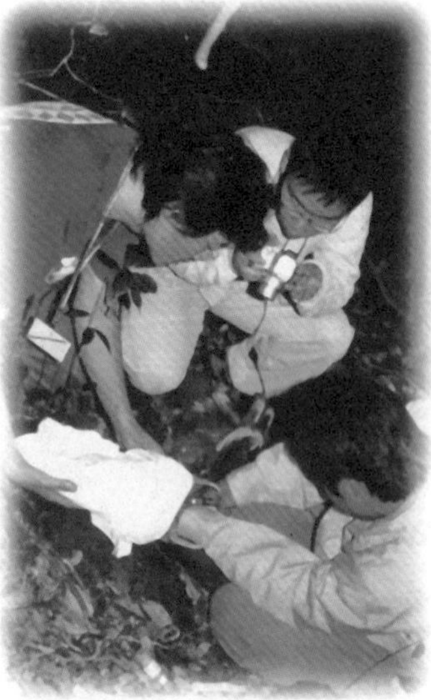

裴家騏（左）、呂國樑（右）、許俊勇（下）、繫放赤麂

許俊勇（左）、七十五號公麂、裴家騏（右）

孫啟元（左）、裴家騏（右）、繫放赤麂

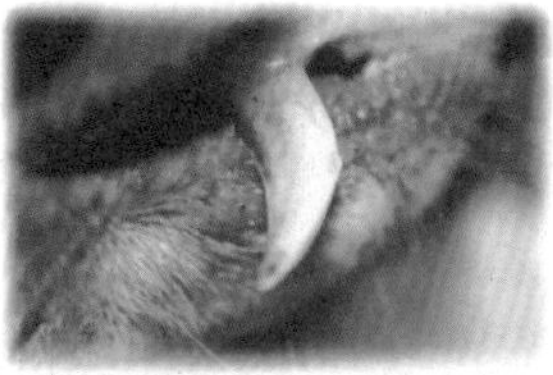

公赤麂銳利的犬齒

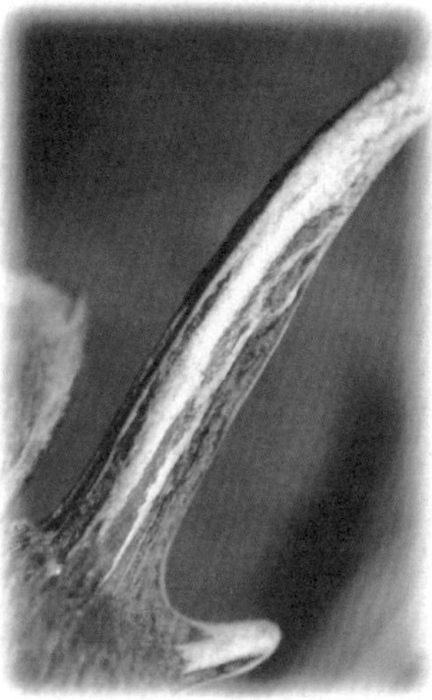

公赤麂頭上角柄長出來
的角

大嶼山常見的階梯式集水道

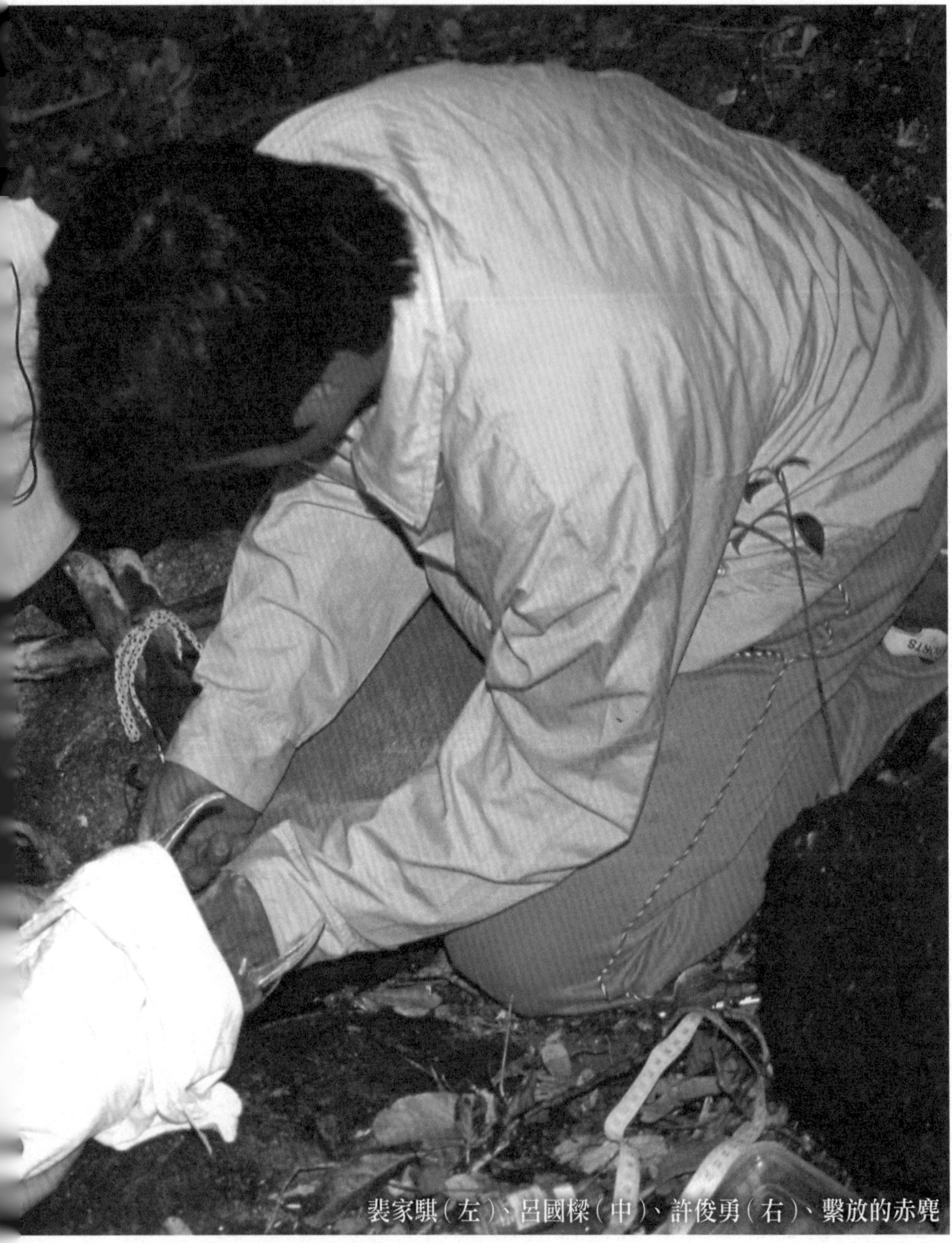

裴家騏（左）、呂國樑（中）、許俊勇（右）、繫放的赤麂

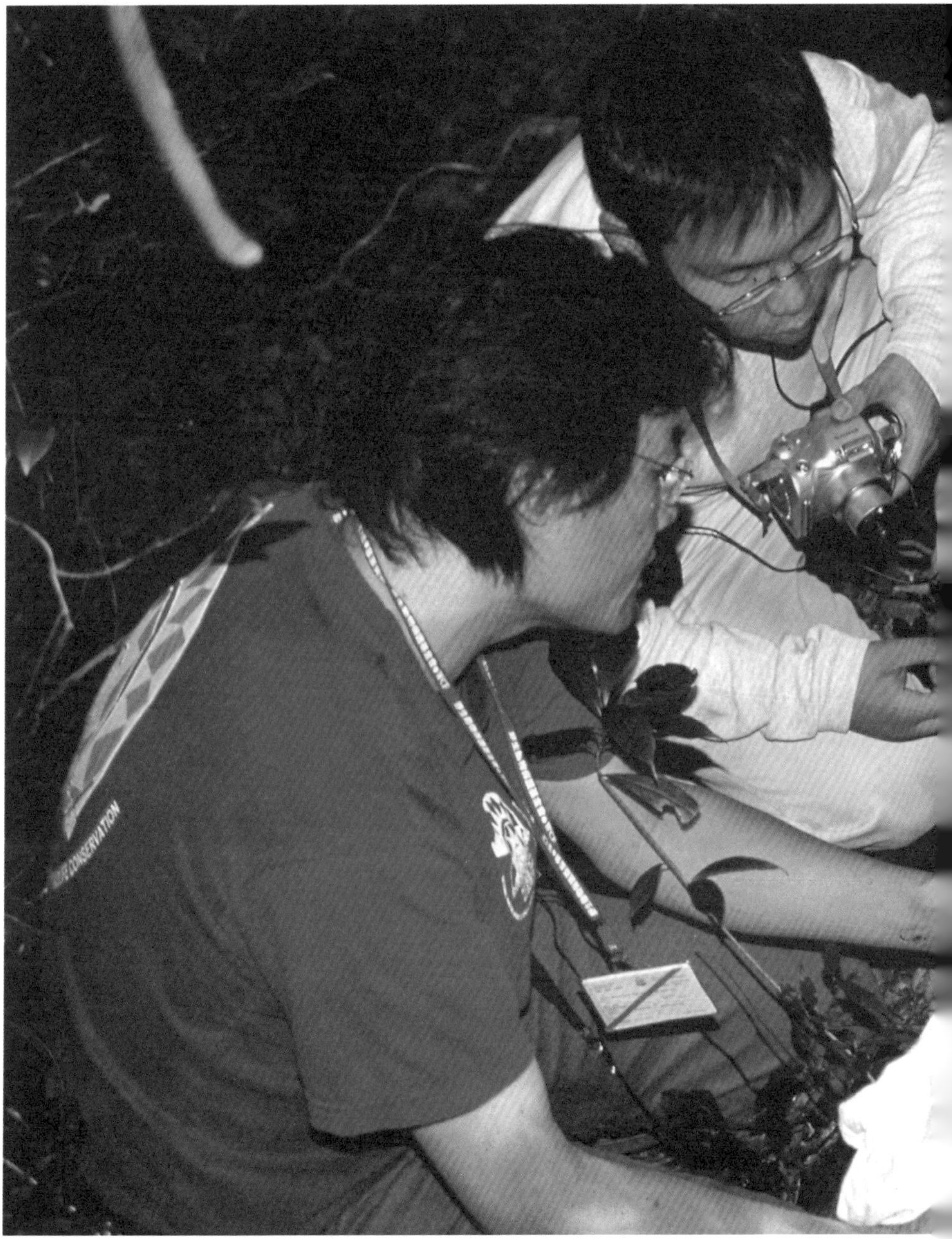

摸不着頭腦

○○○

大東山腳黃龍坑，有一條單線車道，沿山下河谷邊緣綿亙延伸。路與河，隔着草和樹。全程兩公里的路面，沒有避車處，令人費解。果真遇到對面來車，得要看誰能夠率先橫鼻子豎眼，誰比較像大哥。所幸，進入這條羊腸車道，需要許可証，又要鑰匙開閘門，車少之又少。

早晨，八點鐘，這裡顯然沒有車。八點鐘，黃龍坑的路面，冰冰涼涼，冷冷清清。八點鐘的冬天，看不見鳥影，也聽不到鳥啾唱。八點鐘，只有自己的車聲隆隆，緩緩向前駛。

今天的感覺不一樣，今天早晨八點鐘，黃龍坑路面揚起一股死亡的氣息，感覺就是不一樣。

我一眼看見路面斜臥一隻血淋淋的動物，我一看就知道那是一隻母赤麂。

「山羌！」

我不由自主脱口而出。許俊勇已經從旁邊坐位跳起來，奪車門而出，朝向赤麂跑。我一邊停車，一邊撥打電話，通報裴家騏：

「赤麂，母的。死在黃龍坑路面，滿地鮮血，初判可能是受襲致死。」

走近一看，果然！是一隻成年的母赤麂，吐着長舌，像隻吊死鬼。肛門到右大腿的肉，被扯掉一大片，血淋淋，應該是被囫圇吞。腹腔的腸子，不見一大截。腿部和口鼻，有十幾處深可見骨的犬齒牙印。右耳，被拽掉一半。喉嚨，被咬開一個大洞，血流如注。母赤麂身體的下半截，方才泡過水，濕答答。五十公尺遠的那邊，血跡從河谷旁邊的草叢，沿路面，淌至現場。

牠，體有餘溫。

○ ○ ○

三十分鐘以後，裴家騏飛車趕至。

我們在完全沒有被破壞的現場，推理狀況，想辦法欲還原事實的真相——

一、是謀殺。發生在清晨七點鐘左右。

二、有凶手。三至四隻中高等身材的野狗。

三、看過程。野狗群遊蕩獵食，見赤麂在河谷對岸山坡樹林休息，立即展開有默契的突襲行動。

赤麂受傷突圍，被迫渡河。身高略同赤麂的野狗鍥而不捨，窮追猛打。水流湍急，赤麂行動不如想像中迅捷，在河堤這邊再度被狗群追咬。赤麂情急生智，不得不奔向路面求救，欲藉晨運登山客勢力阻擋野狗知難而退。孰不知，路面不見人影，野狗卻凶神惡煞蜂擁而至。赤麂只顧奔逃，傷痕累累。野狗哪肯放過，一不做二不休，一隻咬住牠的右腿股，一隻咬住牠的右前腳，一隻跳過去咬住牠的脖子又拽又扯不肯放。赤麂僅僅移動五十公尺，已經絆倒在地，僅能垂死掙扎。

咬的咬，吃的吃，啃的啃，嚼的嚼，野狗食髓知味，就地現場狼吞虎嚥，津津有味。此時，汽車引擎聲由遠而近，野狗一哄而散，意猶未盡，躲進樹林，伺機而動。

懸案好像是解破了，凶手卻逍遙法外。

測量、收集、拍照，該做的也都做了。

許俊勇一手提起赤麂，走進樹林，放進乾溪的一個洞穴，堆些石塊，算是埋葬了。

熟不知野狗全都在樹林窺伺，相視而笑，東倒西歪，笑得合不攏嘴。

最後，連肉帶骨，照單全收了。

〇〇〇

這真是一項重要的發現。

喜憂半摻。一直以為野狗有組織獵殺赤麂，現在總算找到證據了。

無能為力。只好繼續巡陷阱。巡視陷阱，卻又沒有任何新發現。

心情沉重。惟有繼續追踪定位了。十二號，不怎麼移動。八十七號和三十三號，一前一後，再也找不到。

喜憂半摻，無能為力，心情沉重。

我開始懷疑大嶼山赤麂族群數量究竟有多少？我開始相信大嶼山野狗族群量應該超過自己的想像！

大嶼山野狗族群量增加，應該就是赤麂族群數量無法遞增的主要原因吧。而且，野狗最後還會導致赤麂滅絕，要把赤麂吃精光。

○　○　○

裴家騏開車載着呂國棅駛向龍仔悟園，他想要知道昨天繫放的七十五號赤麂的正確位置。

中午，四個人再度會合。

許俊勇語氣平和，臉無表情：

「死了——。」

「誰死了？」

我沒好氣的答腔。

「七十五號死了——。」

「死了？」我的頭嗡嗡作響，耳朵咿咿叫，像吃記悶棍：「不會吧！」

他拿出一條頸圈。那確實是七十五號的頸圈。頸圈用油性筆寫着『南大嶼』，發報器寫着『75』。

「——，在哪裡發現的？」

我軟了半截，有氣無力，不想問，但是又得問。

「你記不記得龍仔悟園裡——面的那條大河溝？」

「嗯。」

「一直往上——走，牠就死在河溝裡。」

「淹死的？」

「牠泡在水裡。」

「會不會是腿可能扭傷，過河溝不小心，在水裡跌倒，冷死了。」

「有——可能。」

他撇着嘴。

想起昨天白忙一趟，四個人像是鬥敗的公雞，垂頭喪氣，沒有人說話。

唉！我僅覺得生靈塗炭，死氣沉沉，絲毫無希望可言。

夜晚，打邊爐。

啖廣東火鍋，大口大口喝啤酒。

四個人，又在講一些有的跟沒有的嬉笑怒罵。夜晚，都在混。

酒過三巡，裴家騏突然正經八百。

「樂觀一點吧！作研究就一定會有犧牲了。換個角度看，研發出來的無線電接收器和發報器都還不錯，很精準。好！明天早晨，我就帶呂國樑到石澳，進去林子裡面找十號。」

薑是老的辣！經驗多，看事情也就宏觀了。

○○○

進去樹林，用無線電追踪繫放赤麂頸圈上的發報器訊號，還得要成功找到赤麂正確位置，那絕對不容易。理論上，行得通。執行起來，很困難。

進去樹林追踪定位的方法是這樣的——

兩人一組。前面，負責開路。後面，負責手舉天線，接收訊號，指揮方向。樹林裡面的狀況特別多，前面負責開路的人可能得不斷繞路逼近，後面負責接收訊號的人就得一手抓住前面那個人的褲腰帶，盡量貼近，一面仔細聆聽和判斷。隨時接近可能正在移動的訊號，不斷糾正方向，繼續前進。這樣，才有機會找到目標物。

裴家騏就是這樣抓住呂國樑背後的褲腰帶，兩個人，一前一後，在石澳山頂涼亭截水道旁邊的那片林裡面，找到了一直以為是訊號漂移的發報器位置——那是一個老早被遺忘，遺漏拆除的 CollarumTM 頭套式陷阱。繫在鋼圈上面的發報器，從未間斷，還在繼續發射 246.12 頻率的訊號，嗶嗶作響。所以，十號赤麂自從遠走高飛一段時間之後，就又被認為是訊號漂移來到了十二號，從此誤判是留連在山頂涼亭附近，來回走動，幾近一個多月。

大家搖頭苦笑。薑，真的是老的辣！老師就是老師！從此以後，只要繫放赤麂的定位是徘徊原地，我們馬上就緊張起來，枕戈待旦，準備隨時執行無可避免的貼身戰術，進去樹林找赤麂。

時間就是那麼緊湊。當天，夜晚的班機，裴家騏風塵僕僕回屏東。明天，一整天，他還要教課。

○○○

趕緊核對 CollarumTM 頭套式陷阱拆除的數目與位置，原來還有那麼多的漏網之魚。

我決定清晨自己去拆除。許俊勇為了配合我，就在另一邊的山坡巡陷阱。

一個人闖進樹林，那確實需要胆識過人。在樹林，風吹草動彷彿風聲鶴唳。任何聲響，都足以令人血脈噴張、心跳加速，大有可能會導致驚惶失措。但是，對於許俊勇來說，樹林就是他的工作坊，進出二十年，易如反掌，習以為常，鑽進樹林好像是回家。

我當然不是許俊勇，踩進樹林，總覺得自己像是Intrudor，如同入侵電腦的駭客，專門搞破壞，非得踩死些什麼，打死些什麼，弄死些什麼。行不驚人死不休，像闖進東京的酷斯拉，像走進紐約的大金剛，像電影裡面的巨蟒與大鱷，像天外來客。自己，看起來，就像是存心破壞大自然協調的大怪獸。

蚊子，叮我。

蜜蜂，螫我。

蜘蛛，築起防線。

螞蟻，衝出堡壘。

蛇，也跑來吓唬我。

反正，但凡是住在樹林裡面的原住民，都想把我轟出去。

所以，闖進樹林，必需無時無刻，眼看四面，耳聽八方，行為迅速，但求全身而退，一如叢林作戰。

叢林作戰，就得遵守叢林作戰手則。闖進樹林活動，就得依照闖進樹林活動的遊戲規則了。

○ ○ ○

「孫先生。」

對講機傳來呼叫聲。

其實，像是這樣的呼叫，大家都應該有一個代號。裴家騏說：應該是什麼『灰熊』呼叫『老鷹』啦、『山羌』呼叫『野豬』啦、『眼鏡蛇』呼叫『基地』啦，等等的啦。

「收到。」

「是狐——狸。」

「狐狸？」

丈二金剛摸不着頭腦，我在樹林裡困惑。

「狐——狸，死了。」

「那怎麼可能，香港沒有狐狸。」

「真的，是狐——狸。」

許俊勇説得很誠懇。

「現在呢？」

我有點心動，六十年代，新界地區曾經是被描述有紅狐，不過早已滅絕了。

「我準備去埋起來。」

聽起來像是若無其事，好像不值得大驚小怪。

「等等！我過去看看。位置在哪裡？」

我被搞到半信半疑，非得要去看看不可了。

「高——地，再向前五十公尺。」

「收到。我現在就來。」

我放下手裡尚未拆完的陷阱，彎腰弓背鑽出樹林，沿獸徑朝高地走。

狐狸？果真在石澳發現狐狸，那會是一件轟動的大新聞！

我覺得不可思議，興奮莫名。越走越快，連走帶跑。越跑越快，連跑帶喘。越喘越快，我氣吁如牛。兩腿酸軟，臉色蒼白，大汗小汗的上坡下坡，下坡又上坡，終於來到高地了。

許俊勇已經等在距離五十公尺的地方，蹲在那裡，凝視地面一條像是臘肉那樣硬邦邦的毛茸茸動物。

我上氣不接下氣，逐步邁近，一邊迫不及待盯着那條臘肉，上下打量。我忍不住朝向他，幾近興師問罪：

「喂！這哪是狐狸？這是果子狸呀！」

他擡起頭看我，像是挺無辜：

「在我們那——邊，這樣的動物，就叫做狐狸呀！」

我像啞巴吃黃連。嘿！這也叫做狐狸？我想着那天裴家騏說：魯凱族原住民，但凡鼬科、獴科、靈貓科的動物，統統叫做『臭臭的』。

魯凱族的土話——『沙娃密亞』，意思就是『臭臭的』。

我只好相信許俊勇，因為許俊勇就是魯凱族的原住民。我看着那條硬邦邦的臘肉，啞口無言，好氣又好笑。

「好啦！等一會，我先拆完那兩個頭套陷阱，再一起上稜線追踪定位，去找十號和八十一號的位置吧。」

我只好轉移話題，沒好氣着說。

○○○

石澳的山，就是綿亙山脊，一個山頭接着一個山頭。地形狹長的石澳郊野公園裡面，就有兩條這樣的山脊在區域平行縱走。山脊和山脊之間，形成地勢險惡而又高低不平的縱谷，依山傍水。

我們有理由相信，十號和八十一號兩隻赤麂，就是躲進縱谷，無從追踪。縱谷死角何其多，故沿稜線在山脊的一個接着一個的制高點追踪，成為惟一可行的辦法，但又未必行得通。

我從來沒有走過石澳的稜線。

一般，稜線極少有樹林。即使有樹林，也是年輕的灌叢。根本無法在這樣的林型，裝設紅外線熱感應自動相機，收集物種的數據。

所以，我一向捨稜線而走山腰。

所以，我無法想像，在山頂鳥瞰海邊的大浪灣是這麼的美麗，碧海青天，白浪拍打峭壁，水花四濺。

所以，我從來無法想像，在山頂俯視縱谷是這麼的宏偉，綠野青翠，葉浪迎風搖曳，生氣盈盈。

腳底的石澳，一片驚艷。

我歡欣鼓舞，我替生於斯、長於斯的野生動物拍掌叫好。

石澳，生態環境是連接延續的。

石澳，並不缺乏生態廊道。

我現在才知道，赤麂活動的範圍，大到難以想像。我對無線電追踪定位能否找到十號和八十一號赤麂的位置，雖然充滿信心，但又有點動搖了。

「嗶——！嗶——！……」

訊號隨着陣風，忽強忽弱。

十號的訊號，來自老太婆木屋的方向。

八十一號，卻來自縱谷往大浪灣途中。

縱谷太深，死角太多，即使在稜線，也找不到適當位置作三角定位。我們只得憑着極度窄狹的銳角，概略猜測兩隻繫放的赤麂在哪裡。

天色逐漸昏暗，不得不匆匆下山。結局如何，看來只能有待下回分曉了。

○○○

像古代的鬥士追逐太陽競跑，像在和時間競賽。八月至翌年一月，為期六個月的『麂屬動物野外調查計劃』，眼看接近尾聲。

香港本島和大嶼山離島，預期各繫放五隻赤麂，顯然還是有一段距離。我如熱鍋螞蟻，急得團團轉。就算現在繫放十隻赤麂，勉強完成不可能的任務，無線電追踪定位卻肯定無法圓滿交差了。我知道，再怎麼辛苦，再怎麼賣命，也交不出令人滿意的完整報告。

我急於去找黃始樂，希望能夠繼續再做六個月的麂屬動物野外調查，增加新界地區繫放個體，進行香港三地物種基因比對，了解隔離程度，擬出具體的赤麂保育建議，同時進行赤麂族群數量估算。何樂而不為？

儘管香港政府財赤問題和公務員減薪方案定奪，猶如燃眉之急。黃始樂卻認為這個主意確實不錯，當機立斷，願意撰寫報告，申請經費。

我莫名感激，畢竟繫放赤麂前置作業完成大半。何況，頸圈無線電發報器的電量足夠維持十八至二十四個月的訊號發射量，不堅持更多樣、更廣泛、更細緻的調查，實在太可惜。何況，這六個月的時間，即使黃始樂是申請到三十萬元港幣支持計劃，我個人也付出三十萬元港幣彌補經費之不足。

Dr. 蘇炳民表示全力支持，說是樂觀其成。

我知道，當今惡劣的財赤問題，沒有人能夠保証後續調查可以進行。人人自身難保。大家自顧不暇。

被野狗群圍攻的母赤麂前腿也有深可見骨多處牙痕

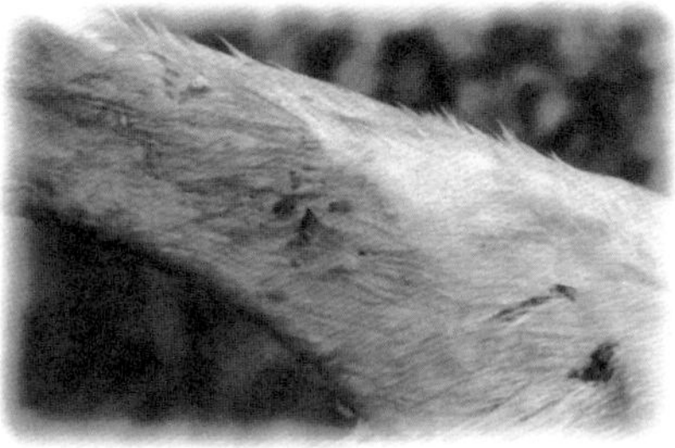

被野狗群圍攻的母赤麂後腿有深可見骨的牙印多處

裴家騏小心翼翼檢視被野狗咬死的母赤麂

無言以對一命休矣可憐的母赤麂

赤麂被野狗追咬的現場　　果子狸爬樹的爪痕

石澳山景之一，遠方是大浪灣

石澳山景之二，最遠的山頭是鶴嘴

石澳山景之三，左角的沙灘是大浪灣

石澳山脈連亙，左前方是石澳村

石澳山頭俯視石澳村，左前方是后海灣

石澳山頭俯視大浪灣，
右上角是懲教所監獄

石澳后海灣風景美不勝收

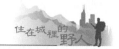

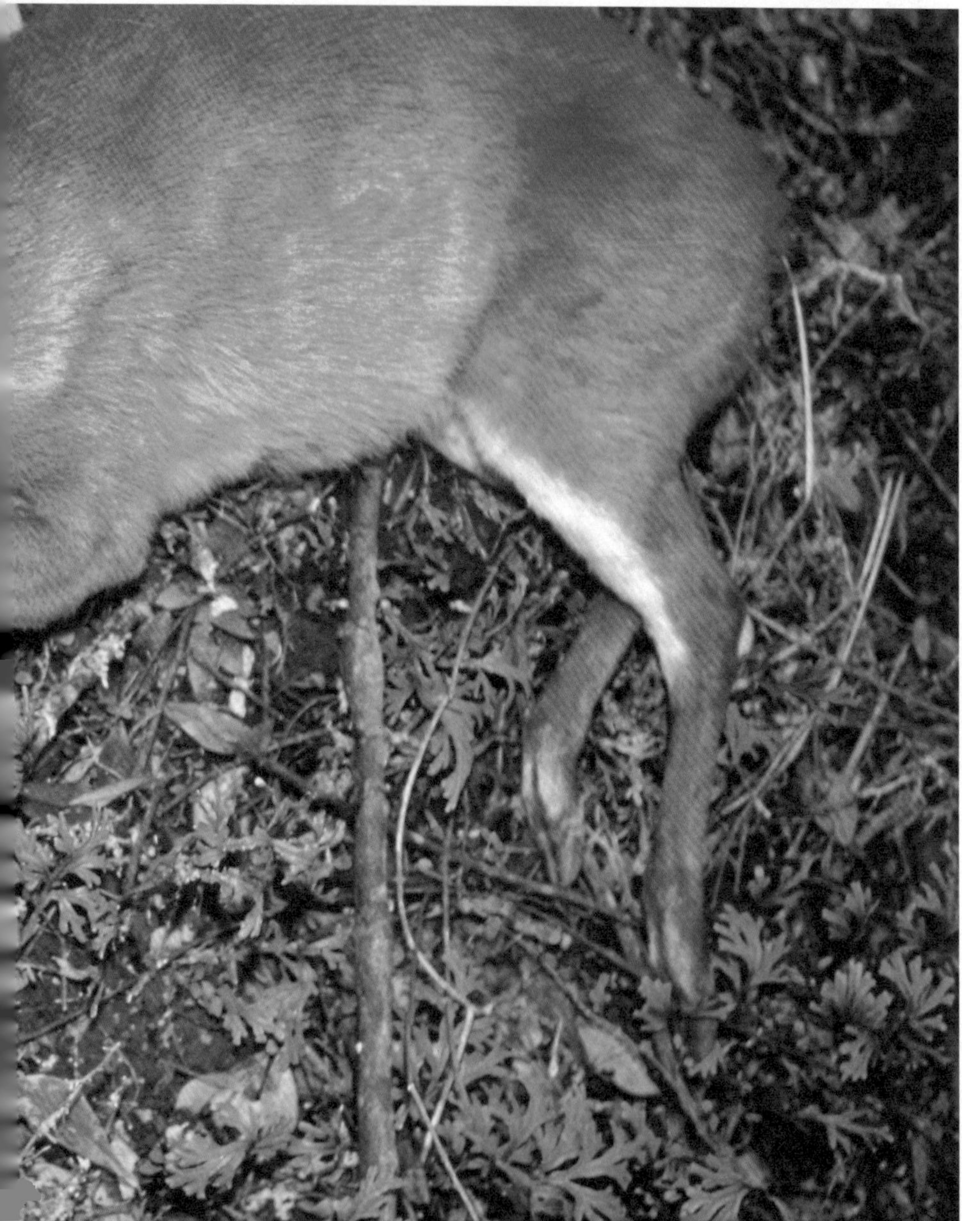

正準備釋放的繫放母赤麂臨行一刻

城南舊事

○○○

點算繫放赤麂的數目，屈指可數。

香港本島石澳兩隻。大嶼山離島大東山三隻，龍仔悟園四隻。

論數量，九隻，距離目標還差一隻。

論地區，香港本島只有兩隻，顯然不足。從陷阱區的捕獲率來看，鶴嘴的陷阱理應拆除，石澳南區、香港仔布力徑就應該加強。

隔天，我和許俊勇，一前一後，就在鶴嘴拆掉所有的陷阱。嘿！臨別鶴嘴，居然還逮到一隻誤闖陷阱的豪豬。豪豬，當場釋放了。

○○○

蘇炳民說：

「紅外線熱感應自動相機，追踪野生哺乳動物的第三個年度計劃，已經批准了。」

他語重心長告訴我，這是最後一年的計劃了，是應該結束野生哺乳動物分布狀況調查的時候了。

第三個年度計劃名稱，更新成為——「香港野生哺乳動物多樣性分析」。顧名思意，這是一個總結，總結香港特別行政區的野生哺乳動物族群分布與分析。

我感觸良多，悲喜交集。

悲的是，利用相機收集資料的計劃在第三個年度完成之後，就會畫下句點。

喜的是，利用相機收集資料的新階段即將開始。

蘇炳民直截了當告訴我，生態學術研究固然重要，政府的立場是只需要了解物種分布，以備不時之需，方向略有不同。

我由衷感激蘇炳民對我的器重與照顧。我知道，這已經是他的底線。

火速調動人力，在未曾安裝過相機的區域迅速定位裝相機。忙得不可開交。廢寢忘食，聞雞起舞，精神恍惚。

我已經完全忘記自己究竟為何而戰？在為誰而戰？

○○○

這一天，龍仔悟園大門右側山坡平臺的那片樹林裡，死了一隻公赤麂。

兩人不發一語。說話，只會把氣氛搞得更僵。彼此指責，只能將人與人的距離，越拉越遠。

兩人，都在自責。他自責找不到更好的方法，而且來遲一步。我自責對整個捕捉過程的了解不夠深入。

其實，那並不是陡坡，那只是一塊平平無奇的平地。不過，被利用作為陷阱彈簧的小樹，周邊還有幾棵樹，樹與樹櫛比鱗次，產生障碍作用。有理由相信，被捉住的公麂，自己以為是絆到什麼不起眼的蔓藤，只想一腳踹開，卻越踹越緊。越緊，也就越緊張。越緊張，也就越驚懼。

牠，驚惶失措，死命踢踹，亡命奔跳，拚命繞圈，纏住一棵小樹，再纏住另一棵小樹，小樹和小樹扭成一團。

牠，自己和樹與樹糾纏不清，最後被勒得動彈不得。

牠，心臟爆裂，顯然是被吓死的。

○　○　○

「八十八號，已經下——到河谷底，就在左邊的涼亭附近。」

許俊勇手握天線，站在截水道，截收訊號，開口打破沉悶。

「給我聽聽看。」

「嗶——!嗶——!嗶——!……」

訊號叫個不停。清晰響亮，耳膜震得還真會有些痛。

天線的方位，正指向就在竹林裡面，那座久已失修的廢棄涼亭。涼亭，隱蔽在荒煙漫草。惟一通向涼亭的斷橋，也被厚厚的蔓藤裹得像是木乃伊。

八十八號，走了一公里，來自山頂，踽踽而行，坎坷走到山腳下。

「為什麼會是這樣?」

我自言自語，狐疑着。

○○○

孫大程來香港，還帶來一包白米。他穿梭美國與臺灣，跑得挺動快。

他說，在臺灣籌備幾場重要佈道大會，順便來香港開會，研究在新界元朗體育場佈道可能性。

這已經不是他第一次準備在香港佈道。在九龍紅磡體育館，在香港政府大球場，他都曾經佈過道。他周遊列國，歐洲、非洲、美洲、亞洲，足跡遍布。他說：他是神的僕人，佈道是他終身的職務。

他把白米交給我。他說：這是特地由臺東帶來的池上米。據說，池上米煮出來的飯特別香，非常有彈性。這包白米，他說：昨天去臺東開會，今天先搭飛機帶到臺北，再從臺北搭飛機帶到香港，專程送來的。我當然高興，沒隔幾天，白米已經被吃個精光。

那只不過是一包迷你裝的小包白米。

我不明白他為什麼要傳教？他說，那是經過神相得，挑選出來，得作僕人的。

噢！原來他是屬於基督教。

我們一邊吃晚飯，一邊話家常。

都是陳年舊事，不着邊際，講起小時候。

那年，兄弟兩人如何得在星期假日要幫父親挖地除草整理後花園。

那年，兄弟兩人如何種菜養鴨烤蕃薯。

那年，兄弟兩人如何到溪邊釣魚、釣青蛙、黏蜻蜓、摸蚌殼。

那年，兄弟兩人如何逮到機會為非做歹，如何又被抓着，死處揍，狠狠被修理。

反正，在鄉下，別人家的小孩都做些什麼，兄弟二人也都做些什麼；別人家的小孩都玩些什麼樂子，兄弟二人也都在玩些什麼樂子。

不知不覺，那已經是很久很久以前的城南舊事了。

現在，他成為有收入的義工，佈道傳福音去了。

而我，成為還得自己付錢開銷的另類義工，鑽進荒山野嶺，追踪動物，想要找到野生動物保育的方法和配套。

我覺得這是冥冥當中有注定。

母親卻嘮嘮叨叨，說我這就叫做迷途的羔羊。

父親呵呵笑，說這都叫扯淡。他老氣橫秋，一把年紀，還是那樣粗獷，還在繼續我行我素，不知所以然。

○　○　○

我行我素？大無畏！

父親就給我這麼一個放蕩不羈的基因。

母親又給我那麼一個大無畏精神的基因。

我，就是喜歡我行我素，大無畏。

「咦？嫂夫人沒有來？」

我說。我在問黃始樂。

「她昨天回加拿大了。」

「不是才來的嗎？」

我又說。

「哎呀！已經來了一個月。」

光陰，果然瞬間即逝。一寸光陰一寸金，寸金難買寸光陰。

「那又得開始過寂寞的人生了。」

我只好黯然。

「嘿嘿——，早就習慣了。老夫老妻，無所謂。」

滿臉忠厚，童叟無欺。我看，他說的是實話。

「那——，當初為什麼要移民？」

我想想，又說。

「還不是為了小孩升學的問題，……」

東拉西扯。吃着清炒蝦仁，啜着起加州白葡萄酒。黃始樂和我，就在香港金鐘太古廣場北京樓，邊吃邊喝，談天說地。他是一個有風度的官員，他有識英雄、重英雄的那股俠義之風。我感激他樂於與我見面。大家成為好朋友，上班的時刻，論公事。下班的時間，朋友就是朋友。

我說，郊野公園，野狗問題日益嚴重，吃香喝辣，無所不為；野狗族群，日漸茁壯，來勢洶洶，勢如破竹。

他建議我，不妨找到郊野公園高級主任張國偉見面，再討論。

抽絲剝繭，我現在才知道政府架構這麼精緻，各司其職，互不干預，彼此依賴應有的通訊管道，互補不足。

我決定要儘快拜會張國偉。

箔刀峒山景之一

箔刀峒山景之二

箭刀㟁山景之三

箭刀㟁山景之四

箔刀屻山景之五

箔刀屻山景之六

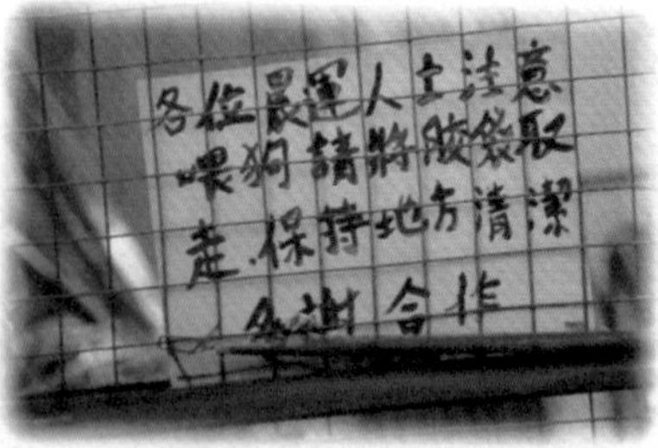

無可奈何的無言抗議

遠眺高山而山中有山

村民心聲根本就是一肚子怨氣

草生地混雜人工種植的針葉林

許俊勇準備釋放繫放的母赤麂

他沒有答腔

○○○

忙——，忙——，忙——，……

許俊勇帶着呂國樑，一邊巡陷阱，一邊作無線電追踪定位，忙——，忙——，忙——，……

「野狗的腳印很清楚，還很多嘢。看起來都——不只是一隻。」

他開始抱怨。有野狗，赤麂就會躲起來，就不會走動，甚至就會離鄉背井，說走就走，一走了之，不回頭。

這一天，石澳陷阱區，不同的山頭，各捉住一隻野狗。野狗沒有釋放，我們決定要把野狗留在原位。放牠？對野生動物不利。殺牠？於心何忍。荒山野嶺，人道？就是不人道。不人道？可能就會是人道。我徘徊在良心的十字路口，很矛盾，在掙扎，而且屢屢猶豫不決。

哪裡會有天敵比率這麼高的地方，不是嗎？赤麂，一個個，肯定凶多吉少！

我想，事不宜遲，趕緊拜會郊野公園高級主任張國偉，提綱挈領，將郊野公園野狗為患的事實，一五一十告訴他。

○　○　○

張國偉，神色凝重，心事重重，在聽。

他開口說話：

「在大潭郊野公園的步道，我有過這樣的經驗。十幾隻野狗齊齊衝過來，張牙舞爪，差點被咬到。」

「張Sir，那些在步道上面的狗，其實還都只是流浪狗。」

「流浪狗？你看，牠們會不會咬人？」

「當然會。野狗比流浪狗還要兇，更有機會攻擊人。特別是萬一落單的孩童。」

「唔——」

「我有一個建議。」

我開始推銷已有的腹案。

「哦——？」

張國偉稍微把身子向前湊上來。

「我們先寫一個『香港野狗族群數量估算計劃』，進行十二個月。一方面密集調查，一方面捕捉安樂死。用人力控制山頭野狗的數量。」

「唔——，」他想了一想：「這樣需要多少經費？」

我想也不想，毫不猶豫：

「每個月，象徵性就收兩萬元。其餘我負責。」

想到保育野生動物，人人有責，我擺出一副像是準備好慷慨赴義的樣子。

張國偉覺得有道理，經費又不多：

「那你就寫個計劃，我拿去和其它部門的同事開會商量，試試看。」

他被我感動了。

○○○

下班的時候，偏偏許俊勇走進辦公室，垂頭喪氣：

「死了一——隻山羌。」

「啊！又死了一隻？」

我簡直就不相信自己的耳朵。

「嗯，是公——的。」

「在哪裡？」

「老太婆木屋過去那——邊的山坡上。」

「哎呀！」

「這隻山羌的下頦是白毛的，臉比較短，好像也比較寬。」

「埋起來了？」

「埋了，用石塊壓住。」

「明天去看看，把牠挖出來。」

我說。

他點點頭。

○○○

迂迴前進。兩個人在樹林穿左插右，鑽來鑽去。

老太婆木屋前後左右，好像就是我們的後花園。我們完全知道樹林裡面的哪一條河溝的位置在哪裡，哪一塊岩石的位置在哪裡。我們清楚每一棵樹木，每一片草地，每一個陷阱位置。

在這之前，老太婆木屋周圍，就是我們安裝紅外線熱感應自動相機收集動物出沒資料的樣區了。

我們對地形，瞭如指掌。

我們對動物，一無所知。

走着，走着。

咦——？陷阱左邊，不遠的那簇樹叢底下，怎麼會有兩本書？

嘿——！居然還會是兩本圖文並茂、不堪入目的成人性雜誌。

雜誌被翻閱過，然後被棄置在樹林。不可思議。究竟是誰會坐在密不通風的樹林裡面閱讀黃色書刊？究竟又是誰會有這般興致攜帶黃色書刊到荒山野嶺？會是偷渡客？會是越獄的囚犯？

耐人尋味。

我比一個過來的手勢給許俊勇。他走過來，看看我手裡拿着的成人性雜誌，臉上沒有什麼表情，一把就將兩本雜誌搶過去，放進自己的褲袋，好像在不齒那個不知道是誰的不恥作為，準備要把雜誌帶出去扔掉。

「真是奇怪。這個人厲害啊！居然可以在山裡摸到這個地方來休息，還自備黃色書刊。真犀利！」

我神情迷惘，在說。

「——」

他表情奇怪，板着臉，好像在生氣。

「是不是郊野公園巡邏員？還是什麼登山老鳥？」

我正經八百地用心在思索。

「——」

他沒有答腔。嘿——！嘿——！嘿——！

哼——！原來就是他！

○　○　○

曲折迴繞，越過河谷，上上下下，左左右右，來到一塊高地。

向下望，那可真是陡坡！陡坡光禿一片，彷彿是僅能供人憑弔的古戰場。

他指指古戰場：

「山羌就——死在這裡。」

「屍體呢？」

我像巴頓將軍，插着腰，望向古戰場。

他手指陡坡底下的河谷：

「在那——堆石塊下面。」

步步為營，下陡坡，來到河谷。兩個人翻動一塊又一塊的石頭，我終於看見龐大的軀幹僵臥在洞穴裡。

許俊勇握住牠的頭角，一把就將牠提上來，放在地面，像是輕而易舉。

屍臭，迎面撲來，緊跟着他的手勢。

蒼蠅，遮天蓋地，從洞穴先後揚起。

兩個人像瘟神似的，就蹲在令人窒息的惡臭和揮之不去的蒼蠅之間，檢視起這隻顏面寬短、下頦白毛的高大赤麂。

幫牠擺甫士的人，絞盡腦汁擺甫士。

為牠拍照片的人，大費周章拚命拍。

難以置信的恐怖工作，終於告一段落。兩個人，七手八腳，合力提起笨重的赤麂，準備重新埋葬，希望牠入土為安。

「咦——？」

我看見洞穴底下，有一雙外科醫生開刀才會使用的白色膠手套。我一眼就認出來那是我們取組織、拿樣本，才會使用的白色膠手套。

「俊勇！手套是你的？」

我望望洞穴底下，再調頭看看他。

「是。」

他看也不看，想也不想，知道那就是他的膠手套。

「我的媽呀！不是講過現場不能留下任何證據嗎？你隨便就把手套丟在山羌屍體底下，那不是自找麻煩，不打自招嗎？」

「我認為沒有人會——看見啊！」

「拜托啦！」

我有點火大。

「好啦！我下次會小心。」

他也表示不耐煩。伸手拿出那雙血跡斑斑的白色膠手套，就往背包塞。割取胃囊就得開膛破肚，白色膠手套當然血淋淋。

裴家騏説過，死掉的山羌，胃囊、睪丸、卵巢，統統要採集。睪丸和卵巢，那是作生殖研究的材料。這次的計劃，我們只作食性和初步食源鑑定。單單採集胃囊，已經足夠，而且已經很恐怖。

「下頦的體毛是白色，只是毛色變異，反正作完基因比對就知道。」

我安慰許俊勇。畢竟這根本就不是人幹的野外調查。兩個人幾乎就處在精神崩潰的邊緣上。

○○○

一月二十日，又有令人不悅的消息傳來了。

石澳，一隻誤觸陷阱的鼬獾死了。

香港仔布力徑，捉住一隻公麂，也死了。

事情被輕描淡寫。談論的時候，也是輕輕帶過。事實就是這樣，有時歡樂，有時愁。

「生態調查，就會有犧牲。」

裴家騏那番意味深長的話語，我現在才領悟。

○○○

實在令人興奮，找到八十一號了。

八十一號，自山頂老太婆木屋那頭，沿縱谷走向海邊大浪灣的山腳下。彎轉曲折，高低不平，全長兩公里。

大浪灣，無線電追踪定位八十一號，訊號清晰而響亮。牠的位置，應該就在山腳河谷左邊的樹林裡，離村屋不遠。

欸——！牠難道不怕狗？這裡除了野狗、流浪狗，還有家家戶戶必養、但又時常出來蹓躂的家狗。

○○○

念念不忘山野的老鼠。

裴家騏有空就想起老鼠，我老覺得他無鼠不歡。老鼠在他的周圍，扮演着模糊的角色。

「囓齒目的老鼠是初級消費者。從牠，可以瞭解被隔離的棲地之間，動物與動物的關係。」

他說。

「哦——？」

「較大型哺乳動物都懂的七七八八了，偏偏囓齒目的動物就是搞不清楚。」

他又說。

「哦——？」

依我看，人好像對什麼動物也沒有弄清楚吧，不是嗎？

「捉老鼠！香港島、大嶼山、新界，各捉二十隻老鼠，交給林良恭作DNA比對，看看香港究竟都是什麼鼠？」

「好。」

我答得有些勉強，感覺很困惑。

我想起那一年的美汀和阿志——

×月×日。

裴老師來電話，要求順便設籠捉老鼠，好像對我們的表現不滿意。

我想起哭哭啼啼的美汀，她非得要在第二天一早到機場，立馬離開香港，趕回臺灣去。

○○○

「走！」

他率先裝了一背包的Shirman，走在山脊樹林的邊緣。

我們打開這種命名 Shirman 的鋁質摺疊式老鼠籠，把一顆顆切好、裹着花生醬的番薯粒，丟進籠裡去作餌。

老鼠籠，每隔十公尺，挨着草叢放一個。現在，就等隔天清晨去收成。

午夜出巡覓食的老鼠，最受不了這種極具致命吸引力的番薯粒。踏進 Shirman，只要踩踏機關，門板即自動彈起，老鼠就會和番薯粒一樣，統統都被關得死死的。

這是一種廣受歡迎的野外調查捕捉工具，輕巧方便。至於設計這個老鼠籠的德國人 Shirman，他的名字也就跟着琅琅上口，成為產品的名字。

番薯粒，色香味俱全。老鼠，紛紛入籠，欲罷不能。

老鼠組織，被迅速送交林良恭在臺中東海大學的實驗室。

林良恭作出來的基因比對，結論香港的山野只有刺毛鼠和褐毛鼠。毛色不一？只能說是一般的毛色變異吧！

裴家騏點點頭，滿意極了。我們已經釐清香港山野的老鼠。荒山野嶺的老鼠，不再混淆不清了。

○ ○ ○

氣氛好像熱烈起來了，七天之後就是農曆年。

有人在盤算，如何去旅行。有人自以為，應該待在家裡吃吃喝喝才像是過年。我們全身緊繃，加倍工作量，因為過年象徵『香港麂屬動物野外調查』的結束。六個月過程，瞬間即逝，是到了大家說些珍重再見的時候了。

許俊勇和我，一前一後，努力巡視陷阱，希望臨門一腳，為香港生態野外調查寫下光榮的一頁。

大嶼山石壁水塘次生林的左後方是狗牙嶺

大嶼山石壁水塘次生林的後方是鳳凰山

石壁水塘山景之一

石壁水塘山景之二

石壁水塘山景之三

石壁水塘山景之四

這就是果子狸

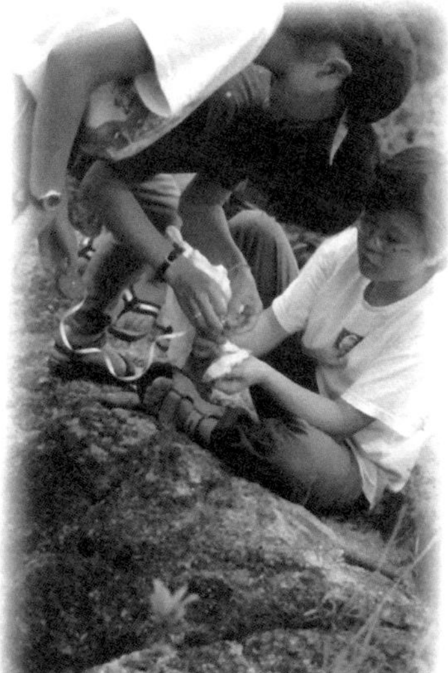

正在為捉到的老鼠記錄測量值

荒山野嶺的褐毛鼠

這就是鼬獾

食環署在山區也放置毒鼠藥

山區放置毒鼠藥極有機會毒害野生動物

鼠籠裡的刺毛鼠

準備釋放中的繫放公赤麂

腦滿腸肥的胖子

○○○

野狗，又是野狗。越深入蠻荒，越看得清楚野狗醜陋的一面。

一月二十五日，龍仔悟園後花園，一左一右，距離五十公尺，各捉住一隻誤踏陷阱的野狗。

那隻黑色的母狗特別凶悍！左後腳被纏得死死的，還是一再撲向我們，一心只想要衝過來。奮不顧身，鬥志強烈，好像非得要較量較量，拚個你死我活，才算數。

相距五十公尺，那隻黃色短毛的公狗，顯然冷靜得多，坐在樹下，眼睛直視前端，擺出一副毅然決然慷慨赴義的姿態，甚至是和我差不多的那種臭德行，好像知道周圍無論發生任何事情，已經與牠無關了。

兩隻野狗，都繫在原位。我們並沒有釋放狗。

「你剛——才看見沒有？」

許俊勇調過頭來。

「嗄——？」

「還——有一隻野狗在附近逗留。」

「噢——？真的嗎？」

「那——是牠們的同伴。你等着看，兩天之內，就會捉住牠。」

「喔。」

我才在石澳見識過被捉的野狗。我知道所有的陷阱，都是設在獸徑的交叉點。

我毫不懷疑他製造陷阱的功力。

輪到我滿腹牢騷：

「哪裡會有那麼多野狗？」

我看見一隻野狗，正坐在山坡岩石上，低頭俯視，留意我的動向。牠紋風不動坐在那裡，極度冷酷，不叫，也不走開。

山林裡的野狗，就是生於斯、長於斯，遊走獵食的野狗。

山林裡的野狗，並不是那些只懂得嚷嚷不休，裝腔作勢的流浪狗。

○ ○ ○

還有三天就是大年除夕了。我變得多愁善感，像年關在即，惟有坐以待斃，毫無希望的那種人。

不幸被言中。龍仔悟園後花園那隻徘徊不去的野狗，真的被抓到。

野狗，身型中等，但腿長掌厚，活像是隻小獅子。在非洲，路過的獅群無論數量多寡，你永遠只能有機會看見牠，卻永遠聽不到牠的腳步聲。

天敵，有天敵先天的條件。這隻高挑的野狗，就有擔當天敵的十足條件。

山坡傳來陣陣屍臭，許俊勇掏出打火機測試微弱的風向。不遠的樹腳下，我們找到一隻才死去不久未成年的公麂。

公麂的後半截被吃個精光，只賸下胸腔和前腿，不成比例，被丟棄在那邊，牠的頭上的雙耳也都不見了。腐爛不久的屍體告訴我們，遇難的日子，就是一左一右、各捉住一隻誤踏陷阱的野狗的那一天。

像是憤世嫉俗的青年，將狗留在陷阱原位，決定把一切錯誤都推到不得不各據一方，卻又動彈不得的三隻狗身上。兩個人，一前一後，悻悻離去了。

○○○

農曆年，炮竹像不知從哪裡放來的冷槍，偶爾響幾下。

臺北市，不知何故冷清清。是回鄉過年了？還是提不起勁湊合着熱鬧？炮竹聲少了，表示市道蕭條了，如意的人未必會再如魚得水了。

可不是？

每年大年除夕，我就會回臺北吃年夜飯。年夜飯，總是要吃的，一年才和母親、父親見不到幾次面。是忙嗎？不，是在掙扎吧！每天掙扎生存，掙扎如何獲取別人的認同，好像只有在這樣的生活方式裡面，才能找到自己。

大年初一下午，我會回香港，然後轉機飛出去度假，每每如是，年復一年。

今年不成了。

今年的錢，都支付給生態調查了。

今年的時間，也都耗費在生態調查了。

今年，只有呆坐家中，度日如年。

可不是？王小二過年，一年不如一年。

○ ○ ○

我們的『香港野狗族群數量估算計劃』，已經拿給張國偉，送審了。

我們的『香港蝙蝠的多樣性及保育計劃』，楊秘書也偶爾來些電話，斷斷續續，問這問那，問得真是有夠仔細了。

裴家騏悶悶不樂，不作聲。

因為，野放四角隅的獼猴，都得要抓起來，帶回野生動物收容中心了。

雖然，兩年前獼猴野放無人小島的計劃空前成功，倍受肯定。獼猴，早已熟能生巧，一個個擠在四角隅的珊瑚礁群，挖貝殼，撿海產，吃得津津有味，個個自得其樂。

澎湖縣長，非得要在這個時候，指定四角隅這個猴島必需開放生態觀光，決定要開放遊客登陸參觀，分明就和獼猴野放的原意背道而馳了。雙方弄得極不愉快，不歡而散，幾成僵局。後來，就在一名老婦執意登島摘採海草，遭受猴群蓄意攻擊，澎湖縣長主張立即收回四角隅，命令小島上的獼猴必需限期遣返回臺灣。

野生動物收容中心，愁雲慘霧，功虧一簣，人人愁眉苦臉，極不開心。

我打抱不平，還特別致電農委會高官方國運，表達肯定四角隅的獼猴野放計劃成功，並且關切澎湖縣貿然收回四角隅的作法相當霸道。我認為，澎湖縣長藐視生態，利用政治手段打壓生態。方國運表示理解，但又無計可施。

我說：那就趕緊另外找一個小島吧。

事情不了了之。四角隅的獮猴結束蜜月期，一隻隻被打回冷宮，抓起來，帶回去，再度關進野生動物收容中心，那些獮猴看起來就很熟悉的獸籠裡。

搔癢，理毛，日復一日，沒事就只好抓抓自己的生殖器。

○○○

許俊勇春風得意，從霧臺搭車到高雄，自高雄乘飛機到香港，由香港機場坐車回公司。

他可是真真正正放了一個長假。吃香喝辣。不知怎麼了，忽地變成腦滿腸肥的大胖子。

他像一個話匣子，回來，一開口就沒完沒了。

過年嘛，先說在家鄉如何如何風雲際會，又說在香港一段時間如此這般的風流韻事，像是什麼天上掉下來的禮物啦，有的跟沒有的，從天空講到地面。不知道怎麼的，又說到攀山越嶺應該要穿什麼鞋。

「哎呀！鞋子，最——重要就是鞋底要薄。鞋底薄，腳掌的握力就夠強，抓力就會扎實。你看我，」他拿出那雙像是兩條獨木舟似的白布鞋：「薄！腳掌踩——在地面的感覺就強烈。薄！特別是走——在長滿青苔的濕滑河谷，越是知道應該踩在哪裡和走在哪裡。記住！永遠要——用腳掌走，這樣才會四平八穩。就——算走在冰上，也能化險為夷。哈——！哈——！哈——！」

他環視在座每個人，得意到不行。

聽他一席話，鴉雀無聲，半信半疑，大家都在思考了。

這會是什麼謬論？那麼，全世界的鞋廠豈不都得要關門？哪一家的鞋不是越做越厚，而且厚到有彈性！籃球鞋、網球鞋、跑步鞋、休閒鞋，皆然，全然。登山鞋，還非得要設計成為高筒狀，特別講求保護腳踝呢。

只有我，盯着那雙白布鞋不放。對嘢！我總覺得自己腳上穿的那雙登山鞋既笨且重。假如他說的對，一旦我穿上白布鞋，豈不如虎添翼？搞不好還羽化登仙！我滿腹密圈，心裡在暗忖。

「香港有得賣嗎？」

我問坐在一旁發呆的呂國樑。

「這不就叫做『白飯魚』？五金舖都有的賣。」

他覺得一點都不稀奇。

「五金舖？」

「對呀！一般都是賣給裝修工人在穿的。」

他反而認為我在大驚小怪了。

我想，許俊勇説的一定有道理。裝修工人不就都穿着『白飯魚』，踩在梯子上面高空作業？鞋底薄，感覺敏鋭，動作不就都越來越敏捷？

「多少錢一對呀？」

「十幾塊錢就有了，很便宜。」

呂國樑不懂我問來作什麼，皺起眉，歪着頭，在想。

○　○　○

明天，是個重要的日子。必需在北大嶼山頂那幾片林，安裝十五部紅外線熱感應自動相機。

從鳳凰山昂平寶蓮寺朝北走，一直通到赤鱲角機場對面的山坡地，理應是一片不錯的棲地。長途跋涉，由南到北，這會是在大嶼山離島安裝紅外線熱感應自動相機的壓軸戲。

我決定要買一雙『白飯魚』。

荒郊野嶺枝藤交錯彷如蠻荒非洲

即使被捉到依然鬥志強烈的野狗

腳粗掌厚活動荒山的野狗

又是一隻被野狗噬食而尸體殘缺不全的赤麂

荒郊野嶺風景之一

荒郊野嶺風景之三

荒郊野嶺風景之二

荒郊野嶺風景之四

許俊勇正在保定方才捉到的公赤麂

看誰走得快

○○○

兵分二路，每路兩人。

四個人，分乘兩部車。

一部車，駛向北大嶼，就停在我們指着地圖，紙上談兵，認為是最可能作為集合地點的深屈山腳——深屈灣。停妥預估今天下午即會翻山越嶺來到深屈灣而準備好要接應的車，四個人這才坐着另一部車，直指山的那一邊——昂平寶蓮寺天壇大佛，開上了山頂。

車，停在廟宇旁，從此兵分二路，下車就往山裡走。

兵分二路。

第一路：從東邊稜線往北，沿縱谷，走向赤鱲角機場對面山腳，再到集合地點深屈灣，途中預計安裝八部紅外線相機；路程艱險，故由許俊勇和呂國樑負責。

第二路：沿西面山坡登稜線，直取山頭，一路走到赤鱲角機場對面山腳下，再到集合地點深屈灣，準備安裝七部紅外線相機，由我帶曾綺雯執行任務。

兩條經過模擬討論的路線，地圖標示着附近都有樹林。有對講機聯絡，隨機應變，應該是不成問題。

我低頭欣賞着自己腳上那雙嶄新的白布鞋，感到很自滿。哼！這下子，看誰走的快！

○○○

十五元港幣一雙的『白飯魚』，果然發揮功效，剛才開始爬坡，已經渾身輕快自在，飄飄然。我神采奕奕，帶着曾綺雯快步沿西面山坡步道走，準備要在第三條乾溝往下切，嘗試安裝第一部相機。

那是一條爛木橋，斷成兩截，就胡亂堆砌在路面的乾溝上。我抽出開山刀，跨過爛木，跳下滿布石塊的深溝，往下探。

溝，藤蔓交織，枯木東倒西歪。溝的兩邊，灌叢四竄，枝葉遮天，密不透風。五十公尺以內，找不着一棵像樣的樹幹安裝相機，也找不到任何一條獸徑得以通往河溝兩岸。我帶着曾綺雯，繼續探底，往下走。岩塊磊磊，草木橫亙，一邊揮刀前進，一邊左右張望，就在距離一百公尺的地方勉強找到一條獸徑，在溝谷的右側輾轉進入一簇蘆葦，不知去向。逮着了機會，迅速作出決定，裝妥相機，匆匆順原路折返，這才感覺腳板傳來陣陣痛楚。原來，一路尖銳的岩塊早已透過薄弱的鞋底，狠狠鎚刺着許俊勇昨天才再三提醒必需腳掌着地——我的這雙可憐的腳板。

這點小痛算什麼！心裡盤算。還有一大段遙遠的路，我不得不故作鎮定，一再勉勵自己。

爬出乾溝，走上爛木橋，繼續向前走。路，並不難走。路，卻望不見盡頭。頭頂炫耀的冬陽告訴我，這只不過是一個小小的開端，才開始。

〇〇〇

我想起來了。

嘿！我看見右手方向，距離一百公尺的那邊，有一片樹林。林，枝葉茂盛，欣欣向榮。此時此刻，我認為這真像在沙漠裡遇到了綠洲。我手指着樹林最高、最大、冠層最厚的那棵樹：

「曾綺雯，我們就去那棵樹。」

曾綺雯，香港大學環境生命科學系畢業，嫻靜，個小，卻是一個意志力絕對不輸給我的小女生。從事陸生動物野外調查工作，就成為她的人生第二個階段的第一個志願。她從來不說不。她只好跟着我腳上穿着的那雙『白飯魚』，邁開大步，朝樹林前進。

過程，往往不是那麼理想。過程，就像是人生，必需接受一個接着一個，連續不斷的考驗。高可及腰的芒草堆裡面，高低不平，有水潭、有岩石、有洞穴、有蔓藤，表面是那麼祥和平靜，走起來卻是那麼艱辛困頓。

我的白布鞋，已經泥足深陷，變成泥水交融的黑布鞋。

○○○

左騰右騰，終於來到惟一得以進入樹林的狹隘，我看見草叢那邊居然有一張狀似潔白的衛生紙。

「曾綺雯，妳進去，大概十點鐘方向，朝那棵大樹走。看看獸徑、環境、地貌，如果位置不錯，就用對講機呼叫。」我想順便測試她的胆量與機智。其實，我就站在那張衛生紙的位置，朝着曾綺雯移動的方向，靜觀其變。

「孫先生。」

那是曾綺雯。

「收到。」

「樹上已經有一部相機。」

「請重複。」

怎麼可能？我認為我是聽錯了。

「這棵樹上已經裝了一部相機。」

「什麼樣子的相機？」

怎麼可能！我覺得很震驚。

「是我們的相機，一模一樣。」

她回答的很肯定。

「有鎖嗎？」

「有。」

「等我，馬上就到。」

我飛奔過去，為的是想瞧個究竟。嘿！那還真的是我們的相機。被人截了胡，我有點惱羞成怒：

「俊勇，請回答。」先找他問個清楚再說，我在想。

「——」

「俊勇，收得到嗎？」

「——。收到，請重複。——」

嘶嘶嘶——收訊不良，斷斷續續。

「芒草旁邊樹林裡的相機是你裝的嗎？」

「——是山坡溪流那——片林嗎？」

「是。」

我確定他是在講這片林。

「是我裝的。」

他說。

「那張衛生紙也是你丟的？」

我想重複確認地點是否吻合。

「是。」

哼！真可惡。

「那根本就不在你應該走的範圍呀！」

他多裝了一部相機，也就等於我少了一個安裝相機的機會。我低頭看了看我腳上的黑布鞋，與師問罪，問他。

「是。」

哼！這算哪門子的答案。

「那為什麼？」

我追問他，要知道真相。

「稜線到後——來沒有路走了，我們只好向下走，看見那——片林不錯，就切進去裝相機。」

他理直氣壯，在解釋。

「現在的位置？」

我想一想，先求證他的方向再說。

「就——在你們前面大約八百公尺的隘口，正往縱谷方向走。」

「你裝了相機，也不通知一聲，讓我白進去一趟，路又那麼難走。」

我在抱怨，因為腳板在抗議！

「哈，哈。這樣你——才能體驗我裝相機的高難度。」

他很樂，因為很得意。

「——」

我很不爽，行程明顯落後，卻又無可奈何。本來以為穿着白布鞋，如虎添翼。現在不然，穿着黑布鞋的腳板，痛得有點受不了，簡直就是插翅難飛。

「走。」

我無從選擇，只有發號施令，帶着曾綺雯，繼續向前進。

炫耀的冬陽，又在頭頂高高曝晒了。烈日告訴我，這只不過是一個小小的開端，才開始。

○○○

走啊，走啊！

我看見右邊懸崖縱谷底下的那一片綠林，那是大嶼山難得一見的綠洲，那可是沙漠裡樹林茂密的綠洲，不是嗎？。我呼叫許俊勇，我認為非得要在那裡裝兩三部相機才可以。

「俊勇，位置？」

「在底——下。」

「你走到河流左邊那塊岩石了嗎？」

「我就在岩石這——裡。」

「走到河流，讓我看見你。」

我要確定他的位置，我朝着河流方向說。

他真的走出來，就站在河邊，向我揮手。

「右邊那片林，切進去看看，應該不錯。」

「收到。」

「前後各放一部相機。這樣就可以了解整個樹林的動態。」

我說。

「收到。」

許俊勇帶着呂國樑，鑽進樹林裡。

我指着左前方的山頭，告訴曾綺雯，繼續前進，向前走。

○
○
○

真的是墜入五里霧。

走高走低，一個山脊接着一個山脊，像是毫無止境，只好在稜線順着羊腸小徑邊走邊摸索。

咦？左手邊的山坡底下居然有一片樹林！林，沿壑谷向下蔓延，密密麻麻，苒苒薈萃。

我引頸張望，曾綺雯也順着我的目光向下望。假如從這裡走去那片林，距離只有三百公尺。三百公尺範圍裡面，卻有得是陡坡、草叢、灌木、斷崖和難以預料的突發危機。

我看看她，她流露猶豫的眼神看着我。我已經走向陡坡，揮刀大步邁進。

五十公尺，草深及腰。

一百公尺，草深及胸。

黑布鞋底，凹凸不平，像上刀山，腳板痛得又像下油鍋，仿如置身煉獄，寸步難行。

炫耀的冬陽，像奪命使者，窮追猛打，告訴我，這也只不過是一個小小的開端呀！

那片林，還是可望而不可及。

看看錶，已經下午三點鐘。三點鐘，當初沙盤推演理應接近赤鱲角機場對面的山坡地。山坡地，現在卻遙不可及。我陷入兩難。

「還有兩百公尺才能走進這片林。時候不早了，妳明天和許俊勇再來一趟，在林前林後各裝一部相機吧。」

我轉身往回走，很無奈。畢竟我只穿着一雙已經不再是白色的鞋底薄弱的白布鞋。

沿着稜線繼續往前走。那又是另外一個山頭，寸草不生。兩個人站在山頭向前看，那又是延續不斷的山頭又山頭。山，似乎永無止境。

「不如回頭走，應該比較近。」

曾綺雯沉不住氣，忍不住說出悶在心裡折騰了老半天的焦慮。

我搖搖頭。

從寶蓮寺走到這裡，就得好幾個鐘頭。回頭走？路也好不到哪裡去！顏面盡失不得已，何況另外兩個人還在縱谷底下向前走。

我沒有理她。苦不堪言，埋頭向前走。

終於，走到一個山頭，看得見機場了，也看得見起降頻繁的飛機在跑道移動。我也同時看見了腳底的稜線，在山脊接着山脊的脊背上，像是舞龍的波紋，滾滾向前，沒有絲毫頭緒。起碼，這應該還算是好的開始吧。我安慰自己。

炫耀的冬陽，在頭頂跳着舞，像張牙舞爪的撒旦，一再告訴我：這也只不過是一個小小的開端啊。嘿！嘿！嘿！

○　○　○

「俊勇，請回答。」

到了制高點，我嘗試聯絡他。

「收到。」

「位置？」

「縱谷底下的河流。但是，這——裡有一條瀑布，是斷崖，沒有路，很危險。我們繞回樹林，在找路下去。」

聽起來，他們的處境好不到哪裡去。

「收到。我們從山頭稜線開始往下走，在山腳的河流碰頭。」

長話短說。腳板告訴我，自身難保，愛莫能助，只有自求多福，硬起頭皮，繼續走。

瞿然一驚。

前面，是峭壁。

峭壁，似金字塔上的花崗岩、層疊堆積，像巨人國裡的階梯、粗製濫造、如同積木往上砌。

我就站在積木頂端，怵目驚心，一方面還得慢條斯理，半蹲半坐，用腕抬着腿，用腳就着手，一步一步朝下挪。

曾綺雯，跟在後面，像在溜滑梯；用手支撐，慢慢往下蹭。

顧不得什麼腳掌先着地。痛楚不堪的腳板命令我，用腳尖着地，利用腳跟來移動。懸空的腳掌，像煎鍋裡炙熱的鍋貼，黏在不再是白色的白布鞋薄弱的鞋底，痛如刀割。

我認定，我是光着腳板在攀爬。

曾綺雯，還在建議，應該回頭走。

我擡頭瞅向西斜的冬陽。我想，煎熬的過程，應該已經結束了。

並沒有所謂的柳暗花明又一村，困難重重。

痛楚，就像是折磨完了再折磨，接二連三。

我們終於下到一處小平臺，但那卻不是山腳下的大平臺，那只不過是山腰旁邊的另外一個山腰上面的小平臺。

我呼叫許俊勇：

「俊勇，位置？」

「還——在瀑布附近的樹林，很難走，找不到路。」

聽起來，他像是還困在迷宮裡，在作困獸鬥。

我看看地圖，手指指那條位置應該還算是不太遠的河流，決定捨棄左邊的捷徑，朝右走下坡路，朝河流逼近。人，接近彼此。萬一，也能彼此有個照應吧。

○○○

那又是一坡接一坡。幾乎連滾帶爬，幾經波折，忍着痛、咬着牙，像傷兵、一瘸一拐，來到河流了。這個時候，已經是薄暮西山，天色昏暗，樹影朦朧不清的時候了。

「俊勇，位置？下來沒有？」

「已經下來，在河——流了。」

「左邊有一條小溪，我們從溪谷切下來。我繼續沿河流往前走，先到先等。」

這會是天黑之前必須作出的明智之舉。

「收到。」

○○○

河流的出口，有條村。村，聚集有幾十戶人家，卻門庭深鎖。村，像曾經熱鬧繁華過來，像是不可一世的大村落。

學校，殘簷頹壁。田園，廢棄荒蕪。偶爾的狗吠，象徵還是有少數落地生根的村民依然如故在居住。告示牌，斗大的字，寫的是磡頭村。四個人，就在磡頭村碰頭了。

「你說白布鞋好穿？白布鞋一點也不好穿！你說攀山越嶺一定要穿白布鞋，你看我的腳板都腫了，腳指頭也都起水泡。」

我一看見許俊勇，灰頭土臉，忍不住劈頭就問，很生氣，手還在指着自己腳上那雙已經不是白色的白布鞋。

三個人，不約而同，望着我的白布鞋。

四個人，又不約而同，一起專注看着許俊勇的那雙腳。許俊勇，他居然穿着一雙嶄新的厚底高筒的草綠色登山鞋！

那三個人，同時抱着肚子哈哈大笑，滿臉幸災樂禍的表情，幾乎就要跌倒在磡頭村爬不起來了。

白布鞋，第二天，被我狠狠甩進垃圾桶！

次生濶葉林與草生地明顯分隔

曾綺雯意志力絕對不輸給任何人

前面的林木枝葉茂盛欣欣向榮

花崗岩地質堅硬而這棵樹硬是要撐出頭

這就是山脈起伏的北大嶼

這不過是一個小小的開端

這也不過是一個小小的開端

走進去會是一片好林地

即將成為野狗的流浪狗甲

即將成為野狗的流浪狗乙

赤麂凡事謹慎

赤麂躲躲藏藏

赤麂難以捉摸

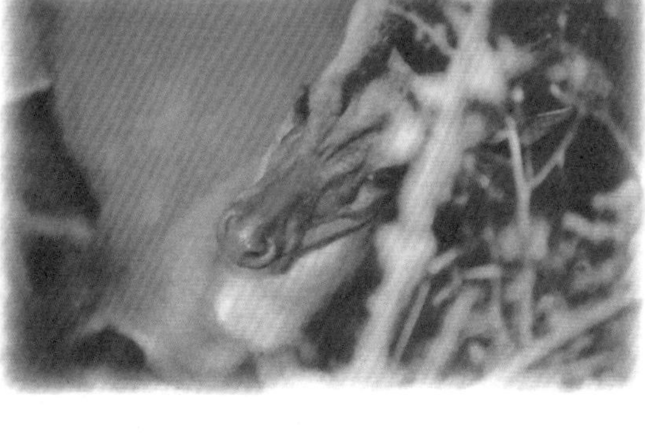

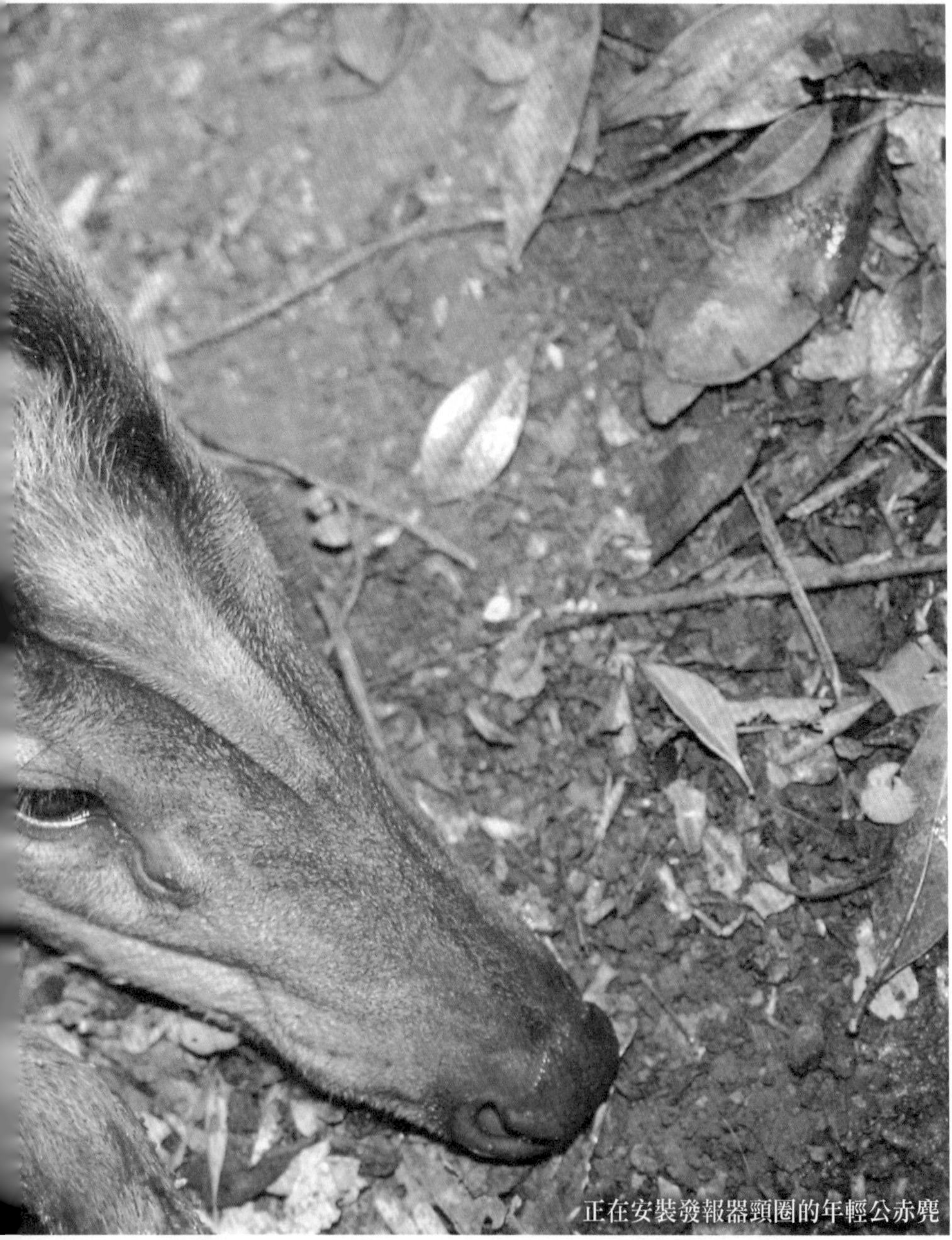

正在安裝發報器頸圈的年輕公赤麂

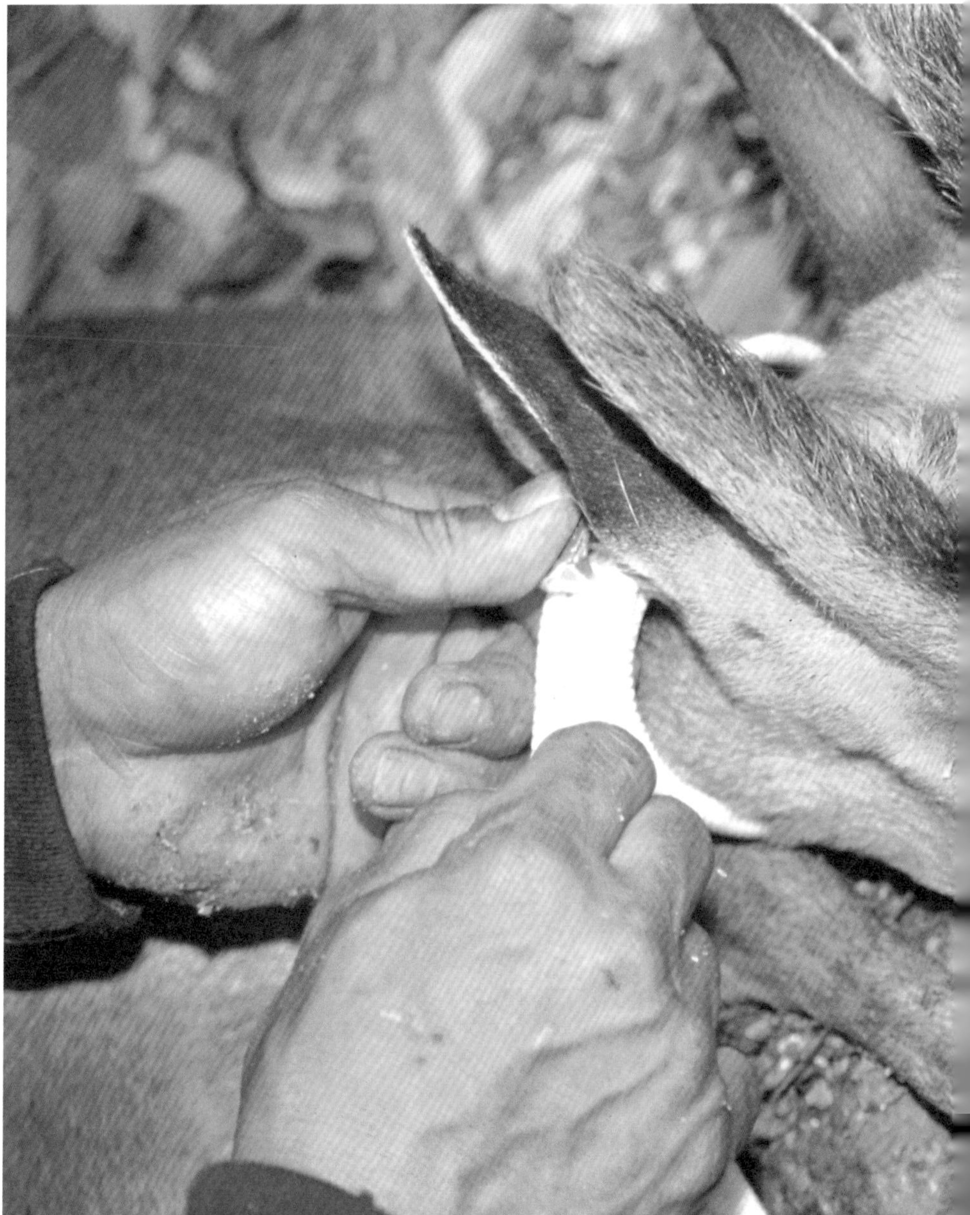

這怎麼可能

〇〇〇

很多人回鄉。

過年，是香港人回鄉探親的大日子。人山人海，從羅湖越過深圳河，四散廣東家鄉。

過完年，人群又像漲潮的濕地生物，從羅湖回流，擠進香港，又回到應該要安分守己的崗位，默默工作。

這些天，鄉下打來的電話響個不停，千吩咐，萬吩咐，就是千萬不能回大陸。

呂國樑說：

「人言可畏，謠傳廣東出現怪病，碰上的人非死則亡。」

怪病，無聲無息，在蔓延，如瘟疫，像災難。人心惶惶。人言嘖嘖。

搶購潮包括——

板藍根，口罩，酸醋，抵抗病毒口服液……

一掃而空，價格上揚數十倍！

怪病四竄，謠言四起，人求自保，足不出戶，廣州形同死城。

消息傳至香港，怪病反而成為茶餘飯後的八卦話題了。

指指點點，半信半疑，反脣相譏，閉關自守。

二月，就是這樣，過的不了了之。

○○○

過的不了了之。

本來應該已經結束的『香港麂屬動物野外調查』還在繼續不斷，拖條尾巴，苟延殘喘。

因為，裴家騏說：盡量多收集一些無線電定位數據，用來充實期末報告的內容。

因為，黃始樂說：期末報告，得在赤麂活動範圍方面，加強火力。

因為，蘇炳民說：香港本島的繫放數目，似乎稍嫌不足。

總之，大家都希望我們繼續做，大家都希望我們不要停。

所以，過年前已經逐一破壞的陷阱，又被重新布置起來。

所以，我們又再幹起那種根本不是人在幹的活，忙進忙出。

所以，我不得不再過着不了了之的不知何時了的野人日子，不知所以然。

○　○　○

人在山野蠻荒，難免自吹自擂，自我膨脹，稍作鬆弛，以為這樣才能夠平衡自己在幹根本不是人幹的工作，心理壓力大。

動物捕捉緊放，這是一種必需凝神聚氣、聚精會神、全神貫注、既費體力且又大動腦力的枯燥工作。

動物捕捉緊放，這是一種望天打卦、聽天由命、碰碰運氣、但又不得不挖空心思按圖索驥、按部就班的瑣碎工作。

這種根本不是人幹的工作，很快就會讓人陷於矛盾、陷入苦思、陷進不斷自我掙扎的深淵，無法自拔，得不到解脫，形如野生動物，形同野獸那般的野人，在形如蠻荒的樹林裡面，周旋於動物之間，互相較量。人，只能夠在荒山野嶺和動物鬥智，分身不暇。

所以，人在山野，難免要自吹自擂，自我膨脹，藉以平衡自己在幹根本不是人幹的工作，心理壓力大，周而復始，根本無法克制。

這種自吹自擂的說話，也總是由許俊勇開頭：

「在我們那——裡，每一個人都有每一個人的地盤。也就是說，有屬於自己的獵區。獵區和獵區之間，還——會有共同使用的路徑。但是，假如有人越界，偷偷在別人的地方放——陷阱而被發現，大家就會一起抵制他，甚至不——准他再走共同使用的道路。他得要重新開闢道路到自己的獵區，道路還不——准經過任何人的獵區。」

「咦——？山裡還真有山裡的一套法規？」

我覺得話題蠻新鮮，開始有興趣。

「對——！就連到山裡幫忙擡——獵物回家的人，怎麼分，分多少，都——有規定的！」他眉飛色舞，開始自我膨脹起來：「通常——，我上山打獵，獵物都——是最多。都——是我分給別人的！」

他自吹自擂，回憶當年，得意起來了。

「怎麼分？」

挺有意思的，我越發想知道答案。

「那——！有兩種情況！」

他停頓一下，想一想，嘸了嘸口水。

「然後呢？」

我像專心聽課的學生，屏息以待。

「假——如是你放的陷阱，有人經過。那——個最先看見被捉到獵物的人，就有責任殺——死獵物，而且要把牠——放進陰涼的洞穴，鋪上枯葉，作記號指示獵物所在地。這——樣，他可以擅自作主，割——一條前腿帶走。那——就算是他應該得到的報酬了。」講到打獵，他眼睛就閃亮起來：「獵物太——多，而一個人沒有辦法扛回家，你可以請別——人來幫忙擡。在現場，先要清理內臟，在——體腔抹鹽。如果是死掉一兩天的動物，還——要燒一下毛皮，盡量讓肉保持新鮮，不要腐壞。內臟，都——是在現場吃掉。那——幫忙抬獵物的人，回到家，可以拿——走脖子上面的頸肉。路上，遇到有頭目，頭——目還可以分獵物的頭顱、一條前腿、和一條後腿。對了，擡獵物進到村莊，第一個看見你和獵——物的人，也可以走——過來分到一條尾巴作裝飾。」

「那麼，是不是無論多大的獵物，都是這樣分？」

「我——爸爸告訴我，體積在野豬以下的動物，就——是這樣分。」

他認真的想了想，又認真在回答。

「那麼，像水鹿那麼大的動物呢？」

「如——果是我，需要別人幫我扛，我就——會分給他半條水鹿。」

他想一想才說，不如就表現自己的慷慨吧。

「就算獵到水鹿，你大概也是搶着自己扛。比較小的動物，才會交給別人揹。哎呀！這就是人之常情嘛！」

我說。

「嘿——！嘿——！嘿——！」

他傻笑，卻笑得很認真。

〇〇〇

香港仔布力徑那頭，有一段路面兩旁，全是竹林。嫩竹，細細長長，柔軟且富有彈性，密密麻麻，卻起不了任何阻擋作用。

撥開竹、鑽過去，彈回來的竹像原封不動，依然挺立。竹，嘖嘖稱奇。

竹的邊緣，盡是草生地。草，連接前面不遠的一片樹。樹不斷延伸，向山谷挺進。

這樣一片青翠碧綠裡面，想必然應該有些動物在走動、在嬉戲、在發呆，或者正在小憩片刻吧。

兩個人，靜悄悄，順着左邊的山澗，朝上爬。撥開竹，向前走，再撥開前面的那片竹，再向上走。左轉，右轉，再左轉，並不很遠，一塊小小的平臺隱隱若現，就在竹的另一邊。手，撥開竹。身，側向穿過竹。眼睛，已經在平臺上搜索。平臺的草地，居然端端正正坐臥一隻母赤麂。

這怎麼可能？

牠卻像一隻溫馴的狗，就坐臥那裡，在休息。

赤麂看見我們了，牠準備站起來，牠正想嘗試快點跑。許俊勇已經一把捉起牠的前腳，像綁粽子那般，熟練地綁起牠。然後，再綁起牠的後腳。赤麂並沒有反應，好像順其自然在等待，等待一會很快被繫放。

過程就是這樣，和以往如出一轍，和以往同樣就是那麼快。

「母山羌，二十九號。準備釋放。」

「釋放，二十九號。」

唰——！的一聲，牠忽地消失，不見踪影。彈回的竹，依然挺立，像原封不動，彷彿這裡什麼事情都沒有發生過。

「很年輕。」

「對，一——歲多。」

「原來山羌的腿那樣有彈力。」

「對——！才站起來，已——經不見了。」

我們像看表演，驚嘆着，讚美着。

「那——天，公司樓下的一個管理員，看見我掛——着工作證，知道是野生動物，就跟我說個沒完沒了的。」

「哪一個管理員？」

「矮矮的。理個平頭，臉白白的那——個。」

「嗯，我知道這個人。」

「他——說，豪豬最好吃。麝——香貓的味道也不錯。」

「噯！別胡說了，他怎麼會吃過。」

「欸——！他說他——以前在大陸是鐵路工人，常常在山——裡。」

「噢？那一定是放陷阱捉的嘛！」

「我也是那——麼認為。」

「那——，他說豪豬怎麼吃？」

「他說，先用熱水燙一下，箭和毛很容易就——會脫落。」

「咦——？那麼又怎麼煮？」

「用燉——的。」

「麝香貓呢？」

「沒有留意，不——記得了。」他根本不吃這類臭臭的動物，怎麼煮？當然一點興趣也沒有，像是耳邊風，有聽沒有到。

「——」

「在山——裡，有什麼就只好吃什麼。山裡頭，他——還能怎麼樣？當然就會覺得很好吃！」講起來，像是很有哲理，他笑起來了：「我看見他對我在講，忽然感覺他——就很像以前的我，像一面鏡——子，我以前原來是這——樣。」

他這才覺得自己以前俗不可耐，很無知。

「因為，我看見那——個管理員在講吃動物，看起來很沒有感情，很——可怕。」

「哈——，哈——，哈——。」

「哈——，哈——，哈——，……」

兩個人相視而笑，笑的有點莫名其妙。站起來，巡完陷阱，拍拍屁股，就走了。

「這片竹林還不錯，明天早晨來追踪定位吧。」

「我也是這——麼認為。」

這是他表示認同的口頭禪。

是晚，他說：捉到二十九號是有預感的。他又夢見有女人。

車，才駛至布力徑那片竹，還沒有來得及停住。

○○○

「呼——！」的一聲。一隻野狗從左邊山澗的陡坡飛躍而下，凌空越過。「啪——！」的一聲。跳進右邊山坡底下的竹林，一路向前衝！

「咻——！咻——！咻——！」

前面那隻動物在狂奔！亡命似地在逃脱！

劈里啪啦！後面的野狗在追捕！不分青紅皂白。

「野狗！」

我指着竹林。

「有看見。」

他已經跳進竹林，想要去追趕野狗。

「快！俊勇。前面那隻動物，會是二十九號！」

我一邊在找無線電接收器，一邊塞着耳機，舉起天線，朝竹林的方位企圖接收訊號。

「嗶——！嗶——！嗶——！……」

訊號清脆，劃破天空。耳機傳來響亮的聲音，就連站在底下的許俊勇也聽得一清二楚。兩個人，緊張兮兮，都在替二十九號捏一把冷汗。

「咻——！咻——！咻——！」

前面的動物不知去向，像一支箭，筆直穿透竹林，已經到達竹林那頭的邊緣，繼續跑。

野狗，劈里啪啦，邊嗅邊追，且退且進，但憑蛛絲馬跡，走在竹林，朝那頭的邊緣步步逼近。

許俊勇只好跳上路面，兩個人連走帶跑，舉起天線，忽前忽後，跟在野狗和赤麂後面，想要一窺究竟，順着路面，也走向竹林那頭的邊緣。最後，無線電訊號消失了，野狗也似乎只能在原地打轉了。

兩個人方才作罷，敗興而歸。

「山羌跑——的真快！」

「野狗也很快嘢！」

「不知道有——幾隻野狗？」

「不清楚。」

「希望野狗追——不到山羌。」

「——」

走回山澗的陡坡，那裡確實遺留好幾處野狗衝下斜坡造成的足印與爪痕。

○○○

我告訴蘇炳民。

我告訴黃始樂。

當然，我也告訴張國偉。

大家都沒有什麼表示。

大家也都沒有什麼意見。

畢竟，野狗窮追猛打的也只不過是一隻不關痛癢的赤麂罷了，不是嗎？

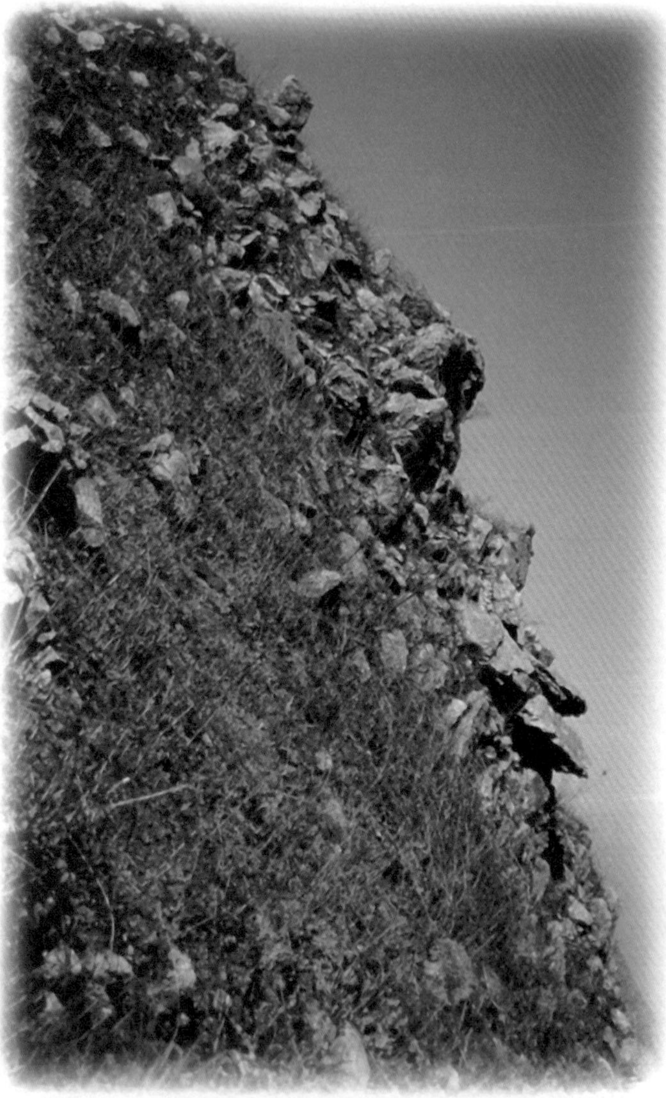

這麼陡峭的山坡而且岩塊磊磊

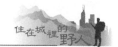

這麼陡峭的山壁而巨岩排列居然像人頭

放生的山龜在龜背刻有黔明寺
96．4．25

來自貴州黔明寺的山龜是有人故意放生

餵水喝既降壓又能夠降溫

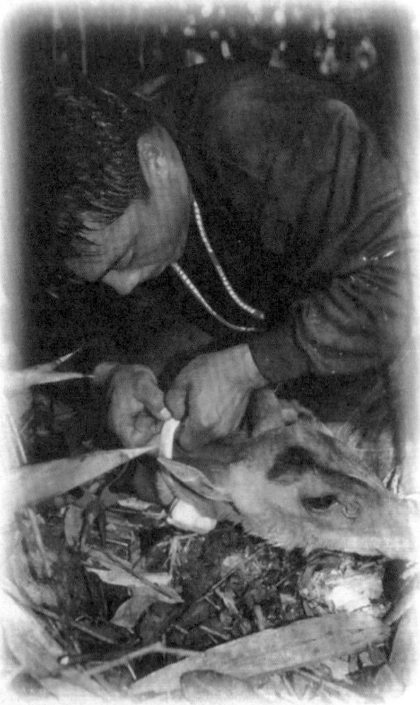

細心安裝具備有發報器的頸圈

香港山野風景之一

香港山野風景之二

發報器二十九號的年輕母赤麂

荒野與文明只是一線之隔而正前方是舊啟德機場

手握天線探測發報器訊源追索赤麂遊走範圍

又是都沒有

〇〇〇

繫放赤麂，忙碌。

無線電追踪定位赤麂，更忙碌。

需要把赤麂的毛髮帶給李壽先，還得要將乾燥處理過的赤麂排遺糞便交給裴家騏，那又是非常忙碌。

同時進行其他不同類型的野外調查計劃，必須兼顧進度和資料整理，那真的變得非常複雜，忙碌加忙碌。

我們沒有辦法忙裡偷閒，只得忙不迭地，忙碌得不可開交。

我們彼此見面都黑着臉。

我們按章工作，卻還是很努力。

我們忙到後來，一個接着一個，都辭職不幹了。

「孫先生，我們幫你算一算計劃裡面的經費，根本不夠用。你怎麼撐啊！」

盧諾欣義憤填膺，不過最後還是忍不住遞辭呈，顏面鐵青，滿臉怨恨：

「三年裡面，來來去去，走了四十多個同事，你知道原因嗎？就是因為你對他們太壞！對他們太嚴格！太兇啦！」

人，進進出出。人，面目全非。

○○○

人，如輪轉。人，新陳代謝。人，長江後浪推前浪。

交給李壽先作基因比對、鑑定物種的體毛，整理並不困難。我們把每一隻赤麂所收集的帶有毛囊的體毛，一袋一袋標記代號、性別、日期、地點，交給李壽先。

為了充實林良恭實驗室的研究數據，我們也分出一些體毛，交給林良恭。

交給裴家騏作含氮元素、分析食物品質的排遺糞便，處理就需要時間了。撿拾的新鮮糞便，用紙包裹，放進專業烤箱，以攝氏六十度溫度，經過四十八小時乾燥處理，直到糞便重量不再改變，這才表示處理過程完成。一袋一袋，標記代號、性別、日期、地點的乾燥糞便，我們就交給裴家騏。

這些時候，真的是非常忙碌。

〇〇〇

龍仔悟園，二十七號、五十五號、八十六號、八十八號，四隻赤麂全都不見了。

「走遍南大嶼這片山脊，怎麼追蹤，就是找不到。」

呂國良很絕望，什麼都不想再說了。

這怎麼能夠接受啊！四隻赤麂全都不見了？好歹截水道附近那隻依依不捨的

八十八號，應該還在河流那頭才對呀！

呂國樑只是低頭不語，又是搖搖頭。他什麼都不想再說了。

○　○　○

夜半，月黑風高。

我和許俊勇開車駛向大嶼山。車，就停在龍仔悟園山腳截水道旁邊的避車處。我們一廂情願認為赤麂夜間活動量應該比較大，夜晚進行追踪定位理應方便得多。我們決心來找四隻已經不知去向的赤麂，究竟是銷聲匿跡？還是遠走高飛了？

風，呼呼叫嘯。

葉，沙沙作響。

兩個人分頭上山，裝備齊全，各自手裡拿着手電筒。

龍仔悟園，如數家珍。誰留意這邊，誰聆聽那邊，出發之前都作過討論。在山野待過半年的時間，默契是絕對充足的。對講機，可以彌補臨時不足。兩個人，胸有成竹，放心地各自前進，分道揚鑣。

腳，拾階而上。左手，揮着電筒，聽說有些毒蛇夜間才出動。右手，調撥無線電頻率，轉換頻道，仔細聆聽，專心尋找飄忽不定的一線希望。

沒有，就是沒有。二十七號沒有。五十五號沒有。八十六號沒有。八十八號也沒有。耳機傳來盡是嘶嘶啦啦的沙啞噪音，模糊不清，即使是丁點漂移的微弱訊號也沒有。

「俊勇，位置？」

「龍仔後花園上面的山頭。」

「有沒有？」

「沒有，都——沒有。」

龍仔悟園，漆黑一團，四隻不知去向的赤麂就是不知去向，都沒有。

赤麂啊！赤麂！你究竟在哪裡？

我又想起滿臉淚水的美汀，哭哭啼啼，幾近崩潰，恨不得馬上就得回臺灣。

抱着希望，換來的是失望。

充滿希望，得到的是絕對。

唉——！這種野外調查，根本就不是人在幹的工作啊！

○○○

夜半，烏雲密布。

我們又駛向大嶼山。接二連三的夜晚，車就是停在龍仔悟園山腳截水道旁邊的避車處。兩個人就是執迷不悟，一心想要知道銷聲匿跡的赤麂是不是已經遠走高飛了。

人，分道揚鑣。腳，拾級而上。這已經是第四個夜晚。

兩個人依然得在山野揮着電筒，鍥而不舍。耳朵，聽着耳機嘶嘶啦啦，亂七八糟的雜訊。眼睛，聚精會神，隨電筒的光束，直視看也看不透的黑漆痳烏，不時又瞧瞧正在迂迴山谷的腳。腦，不由自主，想起還沒着落的晚餐與美酒。

夜晚十點鐘，我怎麼還淪落在荒山野嶺，毫無頭緒地摸索前進。

風，越颳越強。

風，黑暗澎湃作響。

風，醞釀一股勢不可擋的強大勢力，氣勢洶洶。

驀地！不知道是從哪裡來？是什麼方向來？究竟是有多大範圍？

風雲起！山河動！

風，狂飈而起，四面八方，颼颼作響。

忽地！一道白光！不，應該是連續不斷的白光！白光，來自天空！不，應該是環繞周身！籠罩整片樹林！

閃電，恍如刀光劍影。

樹，無不俯首稱臣，三跪九叩。

樹葉，颯颯飛颺，任憑擺布。

說時遲，那時快！

「劈啪——！」「劈啪——！」「劈啪——！」……

緊跟着滂沱大雨。

「嘩喇！嘩喇！……」

豆大的雨珠，就在周圍看不透的烏漆麻黑，肆無忌憚，傾盆澆淋下來。

我只感覺自身周圍的狂風和暴雨都在角力，在毆鬥，在砍殺，在不顧一切地硬幹，火冒三丈，水火不容，誰都想把對方置於死地而無後生。

我只感覺到自己就是這樣，被夾在疾風勁雨的夾縫中間，吹得東倒西歪，全身濕透透。手抓住電筒，手又緊握天線，手還緊扣風衣，手又得不斷擦拭滿臉涔涔雨水。手和手在打架。器材與器材在碰撞。一團混亂，手忙腳亂。凄風苦雨，卻得奮不顧身，掙扎前進，繼續執行根本就是不可能的任務，幹着根本不是人在幹的事情。

耳機，傳來的依然是陣陣噪音，沒有一絲訊號，死氣沉沉。

「俊勇，位置？」

「在龍仔悟園大——門外。」

「有狀況嗎？」

「沒有，都——沒有。」

唉——！又是都沒有。

「——」

「——」

就是這樣。風雨交加的夜晚，我們完全絕望了。我們認為四隻銷聲匿跡的赤麂，已經離鄉背井，遠走高飛了。

○ ○ ○

事隔多日。

有一天，黃始樂給我看了一張相片，他表情很嚴肅。相片，真的令我大吃一驚，讓我吓得跳了起來。

脖子上的頸圈，清清楚楚看得見的大字，寫的是『南大嶼』、『88』。

哎呀！完了！在截水道河流那頭一度徘徊不去的八十八號，原來是死尸。

尸體，沒有人理。

頸圈，倒是被人拆下來，拿走了。

四隻迷走的赤麂，顯然三缺一。

瀑布景觀之一

瀑布景觀之二

瀑布景觀之三

瀑布景觀之四

瀑布景觀之六

瀑布景觀之五

瀑布景觀之七

瀑布景觀之八

許俊勇（左）、黃子健（右）於野外裝設紅外線熱感應自動相機

maxell

牠真的很厲害

○○○

黑冠麻鷺，一公一母，在樹林散步，一前一後，狀似親暱。香港，在這以前，會是聞所未聞的事情。紅外線熱感應自動相機，卻在龍仔悟園山坡樹林，發現牠們的踪影。

這是香港未嘗記錄的林鳥，大家都興高采烈。我告訴林良恭，並請他確認物種。

「黑冠麻鷺？臺灣多的是！」

他輕描淡寫，不以為稀奇，反而覺得奇怪，為什麼香港不曾記錄這種再也普通不過的鳥種？

○○○

石澳，老太婆木屋那頭的陷阱區，又捉住三隻野狗，有大有小。

公狗，不理不睬，也不叫。

母狗，凶神附體，呲牙咧嘴，想盡辦法撲過來，要咬人。

小狗，四肢粗壯，面無懼色，目光炯炯，一心一意向人狂吠。

野狗繁殖，快到不可思議。荒山野嶺的野狗，多到無法估計。野狗，不可理喻。捉住的三隻狗，並沒有被釋放。畢竟，族群量太大的野狗，直接影響其它野生動物的存活與繁殖。

我認為，人為的控制乃有必要。就像是非洲的生態保護區，發現五天以上尚未進食的獅子，就會特別照顧，餵牠吃牛肉。畢竟，非洲獅子的族群量也實在少得可憐。

這個世界，已經再也沒有什麼真正的物競天擇。維持生物多樣性平衡的生態保育理念，就是要監督不適當與不合理的物競天擇，扶持弱勢族群，令其得以有足夠的棲息空間，繼續生存與繁衍。

○○○

積極參與野外生態調查，我發現自己的思維與行為起了變化。

早睡早起，我失去交際應酬的機會。

體能消耗，我對慾念的追求失去原動力，寧可放棄。

精力不繼，身心疲乏，活動的範圍越來越小，馬桶、書桌、堆滿資料的床鋪、沙發角落，都成為我離開山野，回到人間，喜歡窩在那裡的小小格局。

我躲進狹窄的空間，自以為是，根本就在苟且偷生了。

想法，單純了。

感覺，遲頓了。

勇氣，萎縮了。

情感，脆弱了。

行動，直接了。

顧慮，增多了。

我簡直變成與城市格格不入的野人，不知道究竟是應該蜷縮一角逃避現實？還是應該隨遇而安去面對現實？

我變得模稜兩可，變成沒有原則，變為缺乏安全感。我，疲於奔命，迷失於山野，迷惘在城市裡。

「喂，我是育如。阿——你剛才有沒有打電話給我？我在開會，沒有接電話。」

她，懷疑。

「有吧，不記得了。」

「什麼事？」

她，好奇。

「不記得了，沒事。」

「阿——沒事，打來幹什麼？」

她，不解在問。

「我想來高雄。」

「來高雄幹什麼？」

她，莫名其妙。

「來高雄吃鮪魚肚。」

我想，我真的應該出去走走，哪怕僅僅是高雄。

「唉——！」

「——」

……

○　○　○

半信半疑。

本來只是茶餘飯後的傳聞，悄悄然，在香港拉開序幕，居然上演了。

三月十日

難以置信。威爾斯親王醫院突然爆發十一名職員集體感染呼吸系統疾病，被認為是怪病入侵，估計是蔓延香港的開始。

三月十二日

刻不容緩。世衛以急性呼吸系統感染個案，發出全球警告。

三月十四日

事不宜遲。確認威爾斯親王醫院疫症的源頭病人，怪病也即時命名，冠稱——『非典型肺炎』。

三月十五日

鄭重其事。世衛將疫症正式命名——『嚴重急性呼吸系統綜合症』。

新聞，如火如荼，在炒作。

我們，卻置若罔聞，置之度外，嘻皮笑臉，肆無忌憚，依然在山野欲所欲為，我行我素，捕捉繫放，追踪定位，充滿使命感；滿地找牙，在找成就感。

「什麼叫——做『非典型肺炎』呀？」許俊勇終於鼓起勇氣，在問。

「就是搞不懂的肺炎嘛！懂的，就叫它典型。不懂的，就叫做非典型啦！」

我煞有其事，故作鎮定，在胡說八道。

「哦？奇怪！這麼簡單的肺炎，怎麼現在還——搞不懂？」

他若有所悟。覺得這些專家的反應，未必太慢了一點。

我們在山裡遊走，邊走邊討論。

「還是山裡的空氣最——清新，最——乾淨。難怪『非典型肺炎』都——是發生在城市。」

他一副像是真的想通的樣子，在作斷語，作結論。

就是這樣。就在石澳山頂的涼亭。我們舉起八木天線，遙向四面八方，就在右邊的山頭，聽見十號赤麂發出的訊號了。

「嗶——！嗶——！嗶——！嗶——！……」

清晰響亮。

「在那邊。」

我指着山頭。

「牠真的很厲害。從老——太婆木屋下面的河谷，繞了一大圈，又回到木屋那——頭，再越過截水道那——邊的山，翻兩個山頭，才可以到達這個山頭哪！」

可不是？許俊勇也讚歎不已。

撲朔迷離的十號，就在上回走稜線、強風陣陣、收到斷斷續續的微弱訊號以後，首次被証實正確的位置。而且，這還是一個出人意表的位置呢。

兩天以後，由河谷那部紅外線熱感應相機拆下來的底片，我們看見十號的踪影，牠正在經過河流，謹慎地登着斜坡，準備向老太婆木屋那頭繼續前進。同一卷底片，還看見有大大小小的五隻野狗，也在攀爬陡坡，賊頭賊腦，經過相機底下的獸徑，浩浩蕩蕩，邁向老太婆木屋方向，都在搜索前進。

那天下午，照例巡視陷阱，於木屋那邊竹林的一個獸徑十字路口，我們和十號碰上了。

牠就停在竹林，就站在我們的身邊，隔着稀疏的細竹，在窺測。情況就好像相遇在十字路口的紅綠燈前。

我們，綠燈先行。

牠，站在那裡等候紅燈變綠燈。

「山羌！」

明明已經走過去了，他還是回頭指着牠就奔。牠見苗頭不對，一個轉身，「啪噠！啪噠！」蹄子踢起泥地的枯葉，不見了，動如脫兔。

○○○

夜晚。吃完飯，我們嘰嘰咕咕在習慣性回憶，就像牙縫裡明明沒有塞些什麼，偏偏習慣性扶着牙籤在剔牙。

「那——隻山羌，肯定是十號。」

「對。那隻公麂，應該就是牠。」

「紅外線相機還——真有用，它就拍到十號。連頸圈上的號數都拍的那——麼清楚。」

「我看，明天就去龍仔悟園，多裝個五六部相機，看看能不能拍到什麼？四隻山羌會不會還躲在什麼死角裡？」

我又想起龍仔悟園找不到的赤麂，重新萌生一線渺茫的希望。

○○○

三月十九日

紙包不住火。衛生署終於公布，並且承認，九龍旺角京華國際酒店發生過一連串『非典型肺炎』感染個案，同時宣布這波看來已經無法抑制的疫症源頭病人的資料——那是一個廣州中山大學教授，三月初抵港，入住京華國際酒店九樓一個房間，不久發病，入院之後即不治死亡。

這是毀滅性大災難，房客逐一病倒；沒有病倒的房客，一窩蜂，統統搬走了。

京華國際酒店，恍如空城。

『非典型肺炎』病毒，從此散播至各個角落，蓄勢待發。

○○○

石澳，久未謀面的老太婆推着娃娃車，臉色蒼白，自山腳一步一步慢慢朝上走。

她携帶更多的賸菜和賸飯，刻意夾些豬肉。一處一處，她將飯菜與豬肉，分放在幾張舊報紙上。蹲下來，小心翼翼，又一份一份擱在路邊樹叢下。

她說：這都是要餵狗吃的。她說：過年的時候，胃出血，進醫院，有好長一段的時間了。她說：狗，大概都已經餓壞了。

我實在很反感，她總是拿些飯菜來餵狗。我又不便說什麼，反正說些什麼也都沒有用，說些什麼也都不會聽進去。

唉——！在香港，賸菜賸飯提上提下的老人多的是。

○○○

踮着腳尖，又去竹林那頭巡陷阱。自己好像正在做一些永遠做不完，千篇一律，枯燥乏味，不知所謂的單調工作。

透過參差不齊的竹，引頸張望。我看見那隻沒有被釋放的野狗死了。我看見一隻素未謀面，沒有被捉住的野狗，正在啃食那隻死去的野狗。

死狗的頭顱不見了。

死狗的屍體，也殘缺不齊了。

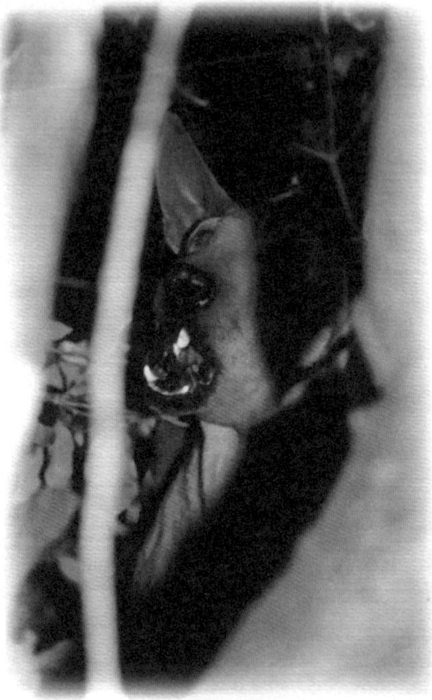

這就是山裡的野狗

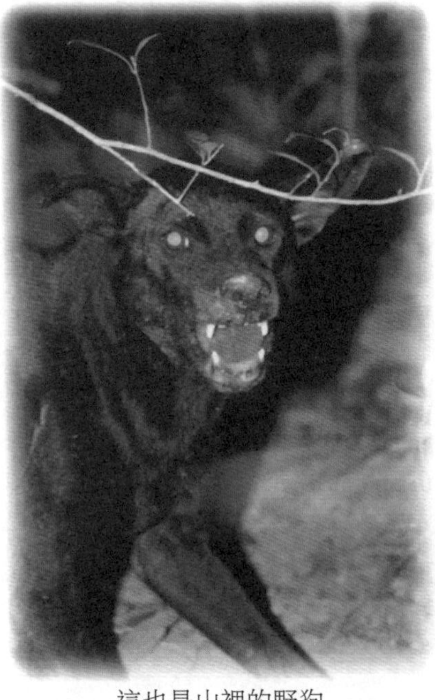

這也是山裡的野狗

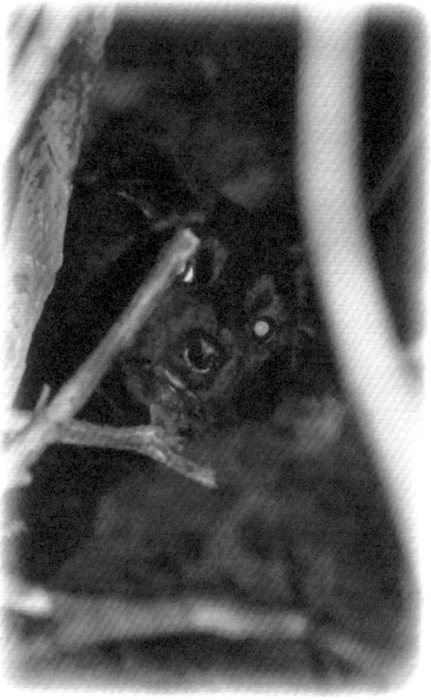

這還是那一隻野狗

這還是另外一隻野狗

荒郊野嶺究竟藏匿些什麼野生動物

荒郊野嶺究竟有多少野狗在活動

這就是山野典型的人行步道

方才被捕捉的一隻不知所以然的公赤麂

勝利者的姿態

○○○

我有一個願望。

願望是黃種人的生態環境能夠由黃種人自行保育，由黃種人自己管理，而非由白種人指責，或者是由白種人發號施令。

裴家騏培訓本地人員，栽育當地人材，餘勇可賈，這也是我最欣賞他的地方，所以彼此有共鳴。

「是不是可以設立一兩個名額，給在你那裡凡是接受野外調查訓練而又品學兼優的原住民，獎勵他來香港，出國工作兼考察，為期一年。當然，住宿差旅由我負責。用以聊表心意？」

我有所感慨，培訓原住民，知易行難，原住民向來的狩獵習俗，委實不容易改變。

我又有所感嘆，培育香港本地野外助理員，可能比上青天還要難，香港本科畢業生對於生態保育的觀點和其樂於參與的程度，微乎其微，少之又少，往往又會因人而程度不一，普遍興致缺缺，確實不容易矯正。

「可以呀！聽起來就覺得可行。」

裴家騏認為提議頗有建設性。他正在進行幾項計劃，每個計劃都在針對原住民培訓，以及日後參與生態野外調查工作的可行性。

○○○

我終於有機會實現這一個願望，開始踏出實現願望的第一步。

我告訴許俊勇有關這個自以為很有作為的兩全計劃，很欣慰，以為他也會歡欣鼓舞，拍手贊成，共樂樂。

許俊勇大眼睩睩，心事重重，心不自主，心不在焉。我竟然不以為意，反而越講越投入，欲罷不能，手舞足蹈。

「孫先生，我有——一個徒弟，在霧臺表現一直都不錯。既然你以為原住民是可以提拔，那——我就推薦涂正盛來香港幫忙。」

第二天清晨，許俊勇單刀直入。他好像有難言之隱，非得要為涂正盛爭取到這個機會不可了。

○ ○ ○

是倦怠？是迷惘？是顧及安全？是覺得沒啥好學的了？

呂國樑決定辭職不幹了。

他要立馬辭掉根本不是人幹的工作，準備到廸斯尼樂園去學點別的技能。

看來別無選擇。

我匆忙去高雄，面試涂正盛。

我和裴家騏達成共識，假設這就是原住民出國服務的試金石。

像是三贏的局面，涂正盛準備第一次出國了，出國的目的是投身香港野外調查兼香港生態環境考察。

高頭大馬的涂正盛，初至貴地，躍躍欲試，準備要大顯身手。

○○○

清晨。天邊正泛起魚肚白。

三個人，摸進香港仔布力徑的那片林，沿左邊山澗朝上走。

涂正盛，垂直向前攀。

許俊勇，由右邊繞道，穿越竹林去會合。

我，坐在路口的岩塊，只有靜候消息了，腦筋一片空白，反正就是非得要捉到赤麂，才算是有個交待。

才蹲下來坐在岩塊上，對講機響了。

「@#$%&*——！」

「+－*——/abc?」

「abc@#$%&*！」

「*——#@！」

「——」

「——」

哇噻！這是哪一國的方言？我居然一個字都聽不懂！對講機裡面，語調低沉，聲調卻急促，兩個人像在緊急通報一些什麼訊息。

對講機恢復寧靜。

對講機又響了。

「孫先生，山羌！從山澗垂直朝上走，左邊一百公尺位置。」

涂正盛一個字一個字，在唸。

「收到。」

我立刻起立，朝山澗頂端，踩着岩、扒着石，蹬着一塊岩、攀着另一塊石，瞬間來到一塊高地。

我聽見「咆！咆！咆！……」像是爆竹那般的爆炸聲音在左前方響起，分不清楚那是哀號？是憤怒？是爭論？還是在抗議？但是，我知道，那就是赤麂的咆哮！

我看見山澗左岸有一棵大樹，我認為有大樹必然有獸徑。

我奮不顧身就朝圩岸往上跳，在大樹底下沿獸徑朝山頭，一味地往前走。先是彎腰前進，後來只能蹲着走，逐步移動，最後來到一片乾枯的竹林前。

我聽見赤麂踹着涂正盛，像是打架那樣子的聲音，就在竹林的另一端。

我選擇向前衝，就在枯竹陣裡面又掰又擋、且踢且踩。

嘿！就像在過時光隧道一般，我終於看見涂正盛蹲在那裡，正在綑綁那隻頑強的年輕公麂，像是一個無微不至的男性護理員。

許俊勇已經由右面山坡跑過來。七手八腳。五分鐘，赤麂就被釋放了。

「四十二號，公麂，準備釋放。」

「釋放四十二號。」

年輕的公麂當然聽不懂三個人在嘰哩咕嚕盡在說些什麼話，只知道腳被鬆綁，趕緊起立，背背耳朵，夾夾尾巴，穿過竹林，頭也不回，牠朝山脊跑去。

涂正盛，旗開得勝。

「香港的山羌比較大哪！」

他搖晃他的大頭，汗涔涔，瞪着深凹的牛眼，在回憶。

「我早就跟你講——過的呀！」

許俊勇顯然在吃味，愛理不理，四十二號的赤麂居然會讓徒弟拔頭籌，心裡在生氣。

○　○　○

起了個大早。

涂正盛，被調派和曾綺雯去新界作紅外線熱感應相機拆裝底片的工作。我和許俊勇，負責在香港島巡視陷阱。

兩個人，就在山裡鑽來鑽去，忙的很。他，一心不二用，埋頭苦幹，絕口不提涂正盛。我，跟在後面，大汗小汗，顧左顧右，光是擦汗拭汗已經夠嗆，哪有功夫問東問西，更何況會扯到涂正盛。

這些天，涂正盛就像透明似的，在許俊勇與我之間根本起不了什麼大作用。在我的感覺裡，他也就不過是另外一個呂國樑。

○○○

石澳，捉到一隻鼬獾，跑掉了。

緊接着，我們來到布力徑。

無線電追踪定位告訴我們，四十二號的位置在捕捉點左邊的山溝裡，二十九號又回到路面頂端的山頭上。

車，停在曾經拍攝赤麂的那部紅外線熱感應相機的路邊涼亭外。

兩個人，由樹間隙縫，習以為常，魚貫溜進樹林裡。羊腸獸徑，幾乎被踏成康莊大道了。一前一後，我們像競走比賽似的，穿過來又鑽過去。橫跨於乾溪，攀緣於涸澗。轉了幾個彎，如往常一般，我又失去前面那個熟悉的背影，只好自己摸索向前去，反正這裡就和老太婆木屋附近的環境差不多，已經成為我們私人的後花園。

「孫先生，山——羌，快來！」

「位置？」

「等高線，向前走，在河——流這邊。」

我全身緊繃，瞪起雙眼，一邊搜索，一邊向前衝。在這個山坡地，即使是等高線，獸徑還是高高低低，忽起突落，上上下下，曲折離奇。

「唰——！」

一個不小心，摔了一跤，我一個踉蹌，死命由山坡往下滑。

我下意識換個姿勢，利用屁股的重力在滑動。

我撐開雙腿，想盡辦法要鈎住些什麼。

我張開手掌，想要一路能夠抓些什麼。

背包墊在背脊底下，藉着凹凸不平的坡面，摩擦得呼呼作響。

二十公尺。咦——？居然停下來！

根本顧不了那麼多，我猛然站起來，回過頭來，拚命朝上爬。想盡辦法也得回到那條獸徑啊！因為回到獸徑才能繼續向前走。

「俊勇，叫兩聲！」

我抓起對講機告訴他，想要確認目標方向。

「嗚——嗚——嗚——」

他利用動物的聲音在呼喚。真的很像是野獸的叫嘯。

我感覺自己彷如森林裡面的泰山，朝呼喚的方向，逕自拔足狂奔。

路程確實是遠。想不到，這小子當初拋離我有這麼一大段距離。

他一定正在一面綁着赤麂，一邊暗自發笑。我得趕快跑。幾經波折，我終於找到牠。上氣不接下氣，喘吁吁。

定神仔細一看，呦——！這傢伙！好大的個體！這是我所看見過最大的一隻公麂！

麂，正在與人搏擊，你來我往，分不清究竟是誰占上風。只見沙塵滾滾，忽人忽麂，在眼前滾動。

「快——來幫忙！我已經被牠踢傷了。」

這般的場合裡，有這樣大的公麂，許俊勇反而像是弱勢族群，忍不住對着我吼叫起來。

「我來！」

我跳近他，加入戰局。

「抓住牠——的腳。」

他把牠的兩條腿交給我，準備要用童軍繩去綁。這傢伙哪裡肯就範，一看見腿是交給我這樣子的一個行外人，不顧一切就死命亂踹。

踹！踹！踹！……！

好大的力量！

又是一陣飛沙走石！

兩個人幾乎亂了陣腳，七手八腳，這才合力又把牠的兩條腿捉住。一團混亂，公麂的後腳好不容易被綁起來了。

沒完沒了。這傢伙還是不肯罷休，揚起前蹄，又是一輪踢踹。兩個人，人仰馬翻，灰頭土臉，然後不約而同朝前，又去捉那兩隻正在使勁揮舞的前腳，再把綁好的後腳用力移到前腳旁邊，像綁豬那般地把牠安頓下來。

牠，很不服氣，還在氣吁吁。

餵牠喝水。幫牠淋水濕身。趕緊做完繫放之前應該要做的每一個動作。

「咦——？你看！」

許俊勇像是哥倫布發現新大陸那般興奮。

「什麼事？」

我累到半死，覺得莫名其妙。

「牠——的左前蹄，少了半邊角鞘！」

「嘿——！真的，就是牠！」

就是牠，牠就是那隻丟掉玻璃鞋的灰姑娘。不！原來牠是一隻糟老頭！

「九十一號，準備釋放。」

「釋放九十一號。」

臼齒磨得差不多，左邊的犬齒也老早斷掉了，糟老頭「噌！」的一聲，朝下坡又跑又跳，越奔越遠，消失在樹叢那端，只見樹枝搖呀搖。

許俊勇這才露齒微笑，擺出一副勝利者的姿態，馬上撥打手機：

「喂！涂正盛？嘿——！嘿——！嘿——！我們剛才捉——到一隻山羌，對，很大，很大，有夠大！……比你那天捉到的四十二號大——一倍，……。」

唉——！這樣也得要較量較量，比個高低，實在受不了。

我看看自己的兩條手臂，哎喲——！傷痕累累。

許俊勇也開始摸着手腳瘀青的關節，呲牙裂嘴，在苦笑。

有些荒野的山頭是這樣

也有些荒野山頭是這樣

四十二號公麂極不情願合照留念

涂正盛(左)、四十二號公麂、許俊勇(右)

準備釋放四十二號公麂

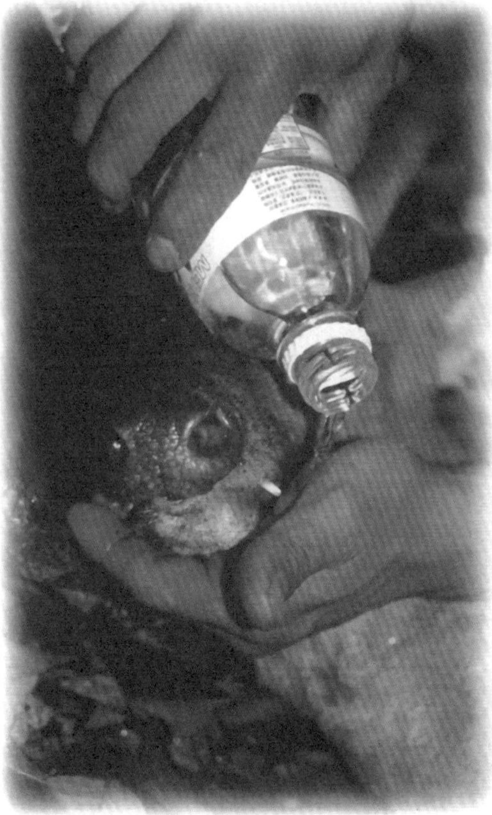

正在為九十一號赤麂降壓解渴

準備釋放九十一號公赤麂

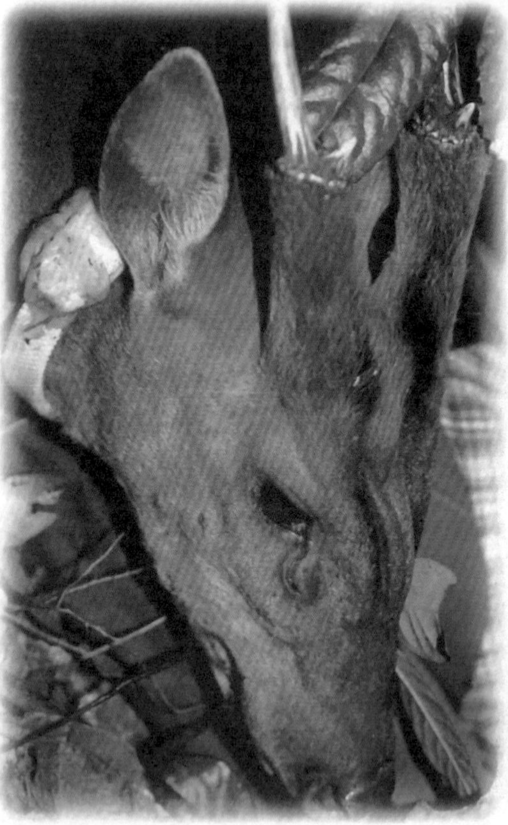

仔細看看九十一號赤麂廬山真面目

許俊勇和九十一號公赤麂

九十一號公赤麂釋放之前臨別合照

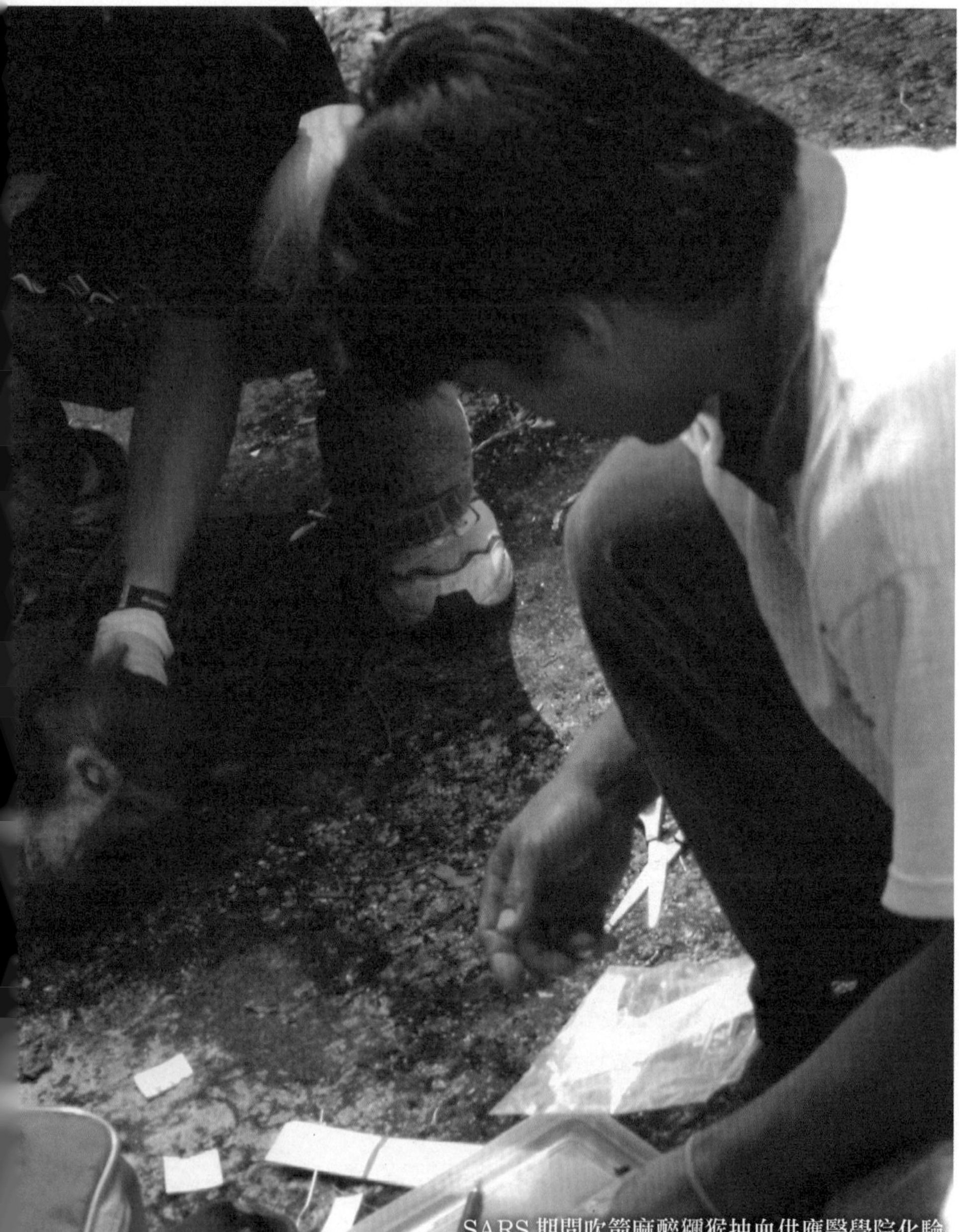

SARS 期間吹箭麻醉獼猴抽血供應醫學院化驗

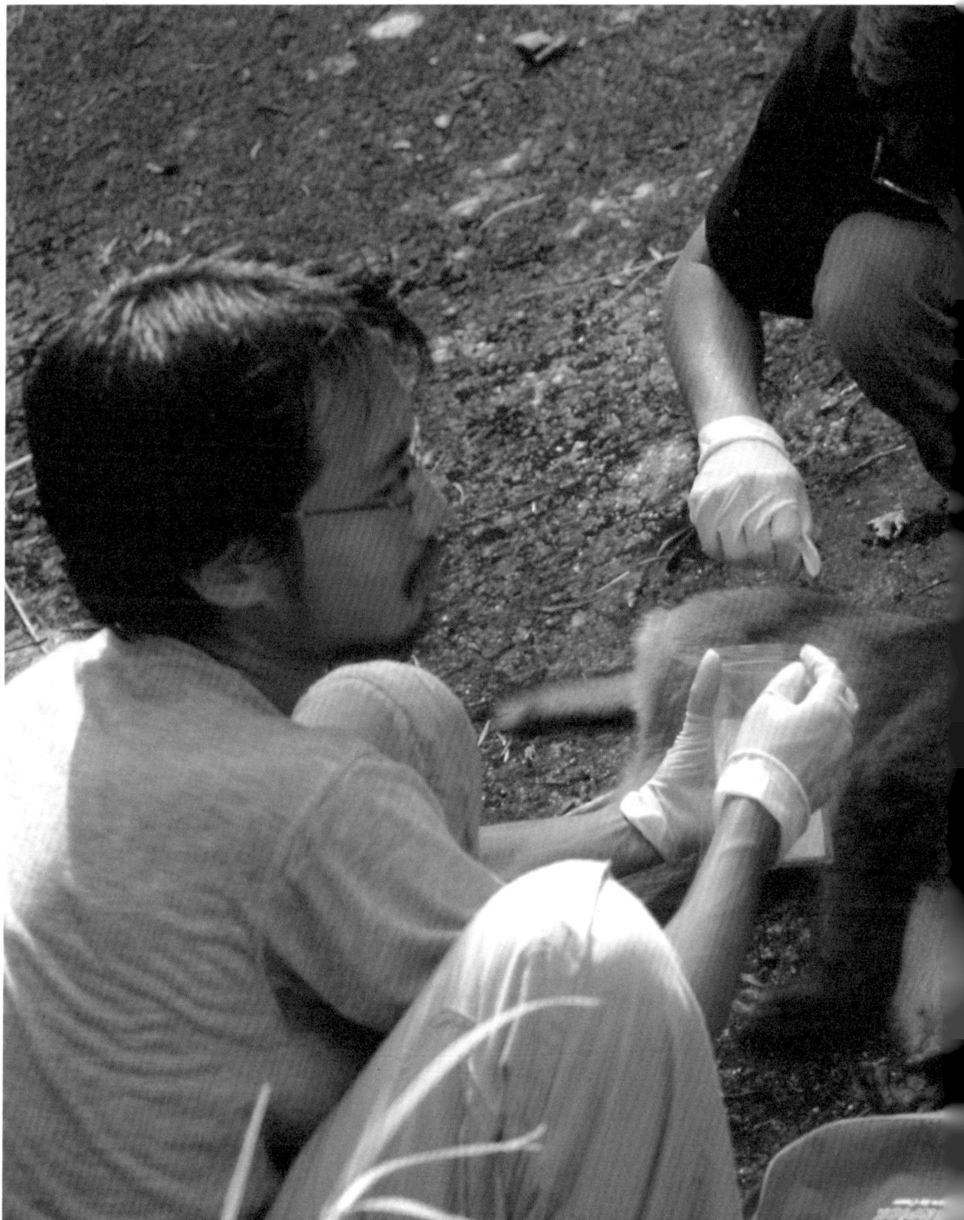

真相大白

○○○香港大學微生物系，迅速宣布引發『嚴重急性呼吸系統綜合症』病原體，原來是發生變異的冠狀病毒。

冠狀病毒，似乎是一種存活在每一種野生哺乳動物體內的病毒。牠，無奇不有，無所不為。現在聽起來，發生變異的冠狀病毒更得以發揮極限，無所不為，而且無所不能。

○○○香港，陷入恐慌。香港人，個個無所適從。

三月二十一日

驚弓之鳥。九龍浸信會醫院，兩間私家診所，先後爆發『非典型肺炎』疫症。例証顯示病毒正突破防線，在市區蔓延。香港，人人自危。

「喂？育如！我記得妳那裡的野生動物收容中心，用的都是N95活性碳口罩，能不能寄一些來救急！」

我情急生智，直接就在電話裡面問。

「那不是問題。我馬上就打電話訂購！」

她回答得很爽快。

事隔一日。

「孫啟元。」

「什麼事？」

「廠商説，貨都被訂光了。缺貨。」

「唉——！那麼，收容中心的口罩，供應會出現問題嗎？」

「他敢？我們是大客戶，供應商保証沒有問題！」

她就是這樣，太信任別人，所以常吃虧。我只好絞盡腦汁，四處搜刮口罩了。

○○○

三月二十六日

迅雷不及掩耳。九龍牛頭角淘大花園社區，接連爆發『非典型肺炎』疫症，一發不可收拾。居民紛紛走避，投靠親友，或入住酒店，甚至出門旅遊避風頭。病毒藉機擴散，多個國家、地區先後淪喪。全世界惶恐不安。香港人，更是歇斯底里。

淘大花園，居民集體感染疫症的案例，並沒有引起政府關注，又或者是採取一些什麼具體的應變措施。

特首，僅僅例行視察。特首夫人，一身防衛裝扮，更倍受市民置疑，一度鼓噪，譁聲四起。

淘大花園居民，先後病倒，排隊入院，反而令醫護人員措手不及，混亂一片。幾乎就是乘這個空隙落跑，一個孰不知已經感染SARS的淘大花園居民偏偏搭機走避臺灣，還順便訪探住在臺中的胞弟，又吃，又住，既搭飛機，又坐火車，令臺灣感染疫症的病例，像炮彈、似煙花，砰！的一聲散開。還在臺北和平醫院炸開一個大洞。

臺灣人，開始對香港人反感。加拿大，也有中國人骯髒似豬的輿論出現了。

○ ○ ○

「喂？我是育如。」

她在線上。

「是。」

「能不能由香港帶兩千個口罩來高雄？」

「香港只有外科手術口罩，沒有N95活性碳口罩。」

「沒關係！反正儘快給我就對了。」

「咦——？妳的供應商不是有保証嗎？」

「哼——！」

真是風水輪流轉。話，總是不能講太滿。

○○○

什麼非典不非典？

我們還是得要上山下山，幹那些習以為常而又根本不是人幹的事情。照例巡視陷阱，照常追踪定位，就像當年鄧小平說的什麼——五十年不變？馬照跑！舞照跳！有的跟沒有的啦。

我覺得自己像是醉生夢死。清晨，機械式出門。入夜，機動性回家。倒是有一件事情卻是不同了，我們開始到中上環的蓮香茶樓喝早茶。

原本人山人海、插針難下，幾乎全是熟人光顧、對號入座的蓮香茶樓，現在門可羅雀。

清晨六點鐘，反而變成我和許俊勇，每人一盅一件（茗茶、點心），談天打屁，順便討論當日進度的好地方。

能夠在蓮香茶樓穩住腳、喝杯茶，那是非同小可。

可不是？

不到二十張桌面，坐的竟是看膩了的老面孔。

那裡，四方臉的中年男人，一本正經，直起腰幹，拿書在端詳，恍若關帝，頷首頻頻，拿筆圈點，不時在微笑。

那邊，應該是一個有錢的老太婆，兩名菲傭，前呼後擁，三人行，吃的眉開眼笑，各人心懷鬼胎。

那頭，兩個上年紀的老人，乾癟，卻口沫橫飛，不知道是在評論什麼世界大事，各自表態，意見多多，發表的也不過盡是在報紙閱讀的每日新聞。

這裡嘛，兩名計程車司機，各自坐在各自的桌椅，背對着背，各喝各的茶，各看各的報，居然像是上網似地，彼此能夠不看對方一眼而扯個沒完。老一點的那位，每天坐下來就拉長了臉，好像茶樓裡面每一個人都欠他些什麼，尤其欠他最多的，可能就是坐在門口那個悶騷的女收銀員。

這頭，還坐着一個總打赤膊，穿條短褲，踢對拖鞋，脖子上掛條起碼五兩重的金鍊，長得像是彌勒佛的漢子，財粗氣大，連叫個茶也大聲得像在宣戰似的怪人。

其餘的茶客，一個一個也都是熟面孔，彼此欲視而不見，或閱報、或吸煙、或喝茶、或吞食，散落在各自的桌面，視同陌路。誰也懶得瞅對方一眼。誰都好像看誰不順眼。

可不是？

『非典型肺炎』疫症疾速蔓延，碰上的人非死即亡。人與人之間的關係，已經陷入最低潮。誰，也都不再相信誰。

蓮香茶樓，除了推點心車的歐巴桑偶爾的叫賣聲，以及不到二十張桌面杯盤碗筷的撞擊聲，能夠聽到最多而又最喧嘩的聲音，大概也就是許俊勇和我、你來我往、有的和沒有的哈啦哈啦。

至於涂正盛，他吭也不吭，只在低頭沉思、或喝茶，即使面對可口的點心，他也不怎麼吃。

〇〇〇

沒有什麼進展。

香港仔布力徑右手邊的樹林，陷阱被破壞，現場遺留一隻鞋。鞋，尺寸較小，那是另外一隻赤麂所留下來——蹄子的角鞘。

無線電追踪定位。四十二號，不見了。二十九號，也不見了。所幸九十一號還在，由右邊越過山谷，在很遠很遠的那片林子裡。

再次陷於兩難，苦惱不堪。好不容易湊足數，赤麂卻落跑，幾乎沒有一隻肯合作，計劃要拖到何時了？我踱來踱去，愁眉苦臉，那又應該怎麼辦？

「俊勇，明天就帶涂正盛進去石澳的林子，去找八十一號，然後再到大東山去找十二號。」

針對徘徊不去的赤麂，就必需貼身肉搏，找答案。我發號施令，想將繫放赤麂

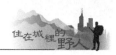

的謎底，逐個擊破，一切必須水落石出。

許俊勇點點頭，沒有意見。回過頭，立刻收拾裝備。

明天，看來會是最長的一日。

○○○

我站在石澳山脊綿亙這頭的大浪灣山腳下，目視許俊勇和涂正盛仿如電影「壯志凌雲」Top Gun的兩位男主角，像『大槍上戰場』那般，走過村屋，穿越山澗，飛也似地鑽進樹林，但卻久久未見動靜。

對講機裡面，沒有對話，無聲無息。

確實，在密林漫草要找到目標物？並不容易！假設目標物不幸死亡，平臥地面，又或者是埋入泥沙，那更是難上難！

師徒二人，怎肯罷休，就在山澗那端的樹林，繞來繞去，研究來又研究去。明明訊號就在這裡，偏偏這裡就是找不到。事情有些蹊蹺，許俊勇不肯作罷，認為非得要仔細搜索不可。

時間就是這樣，一分一秒過去，從清晨過到正午，再從正午過到黃昏，兩個人這才氣急敗壞，垂頭喪氣走出來。

許俊勇手裡擰着八十一號的頸圈，充滿挫折感，沒轍。

「死了？」

我明知故問，總得找個開場白，想要緩和一下當前的氣氛。

「死了。」

許俊勇覺得真的是沒轍了。

「結果在哪裡找到的？」

「在樹——林一條乾溝裡。」

「死了多久？」

「有兩三個星期。」

「野狗咬死的？」

「應該是——。身體前後段，相隔五十公尺。先看見後半段，找很久才找到前半段，在山坡底下那——麼遠。……草又密，藤又多，實在很難找。」

他兩眼無神，有氣無力，拚命在搖頭。

「前半截應該是被動物拖走，不然就是被水沖下去的。」

涂正盛始終低頭在想，終於插上一句嘴。

「這兩個月都沒下大雨呀。只有月初有一場雨，也不大。而且，那還是一條乾溝？」

我分析五十公尺那麼遠，不應該是被大水沖下去。要把這樣的物體拖離現場，那還應該不只一隻狗。

「有咬痕嗎？」

我問。

「都只賸下皮跟骨，根本看不出痕跡。」

他說。

懸案就此打住，只有不了了之。

第二天，涂正盛和曾綺雯又得要去拆底片。我決定和許俊勇先去大東山，要找十二號。

○○○

十二號，盤桓不去，就在大東山的山腰下。

由黃龍坑旁邊的河流，藉着河床無處不在的岩塊，像跳島，逕往山谷去。

距離五百公尺的地方，就可以清楚接受十二號發射的無線電訊號，那是大東山山腰下突兀的獨立山丘。樹木林立，枝葉茂密。從河流這邊昂望山丘，十二號的訊源估計還有三百公尺距離。訊源，可望而不可及。山丘，藤蔓竄織，雜草叢生，像城牆那般，厚厚被圍住，密不透風。僅僅看見一條小溪，在交錯的枝葉底下，若隱若現。

許俊勇說，他要由那條乾溪切上去。

「但是——，林太密，裡面恐——怕站也站不直。不如你在河流監控，我進去裡面找——，機會比較大。」

他斬釘截鐵，在吩咐。

這也有道理。

我想，如果牠是活的，河床可以清楚監測牠是在移動。如果牠是死了，在河床還可以糾正他的行動方向。

畢竟，穿插密林，走的不可能是直線。

「用對講機連繫。如果要確定位置，你就搖樹吧。」

我表示贊同。

他順手抽出自己改裝的鐮刀，跳上陡坡，已經抓起樹藤，揮刀砍着亂草，在探路。像面對九頭怪獸的武士，在作戰，在企圖前進。

進度很慢，那是理所當然。

我聽見一路往上爬去的許俊勇砍砍又停停。劈！劈！劈！在摸索。五十公尺，一百公尺，一百五十公尺，……。咦！凶多吉少。十二號的訊源位置，並沒有因為干擾而移動。

「孫先生。」

對講機在傳話。

「收到。」

「十二號有沒有移動？」

「接收起來，像是完全沒有動。」嗶——！嗶——！嗶——！……聲響依然來自同樣的方位，並沒有改變。

「那——我的位置離牠有多遠？」

他搖起樹來。

「我聽見搖樹的聲音，但是看不樹枝在動。你試試搖大棵一點的樹。」

「現在呢？」

他果然用力在搖一棵足以讓我分辨他的確實位置的高樹。樹，順着他的力量，微微在顫抖。

「看見了。路線偏左了。朝右邊斜上。」

我作出修正，告訴他。

「我在溪谷左邊，那——我必需要跨過溪谷，到右邊去——。」

「溪谷深不深？」

「很深嘢。」

「——」

「——」

對講機又再響起。山頭，又有一棵樹順勢在搖晃。

「現在呢？」

他問。

「對！往上走。訊源大概在距離你五十公尺的位置。」

「——」

「——」

「完全沒有路，我要繞——過去，再——走下來。」

「收到。」

「——」

「——」

「——」

「孫先生，現在——呢？」

對講機又響了，我看見另外一棵樹在搖晃。

「對——！就在那裡。」輪到我斬釘截鐵，在吩咐：「你的背包不是也有一部接收器嗎？拿出來，試試看。山羌應該就在你附近。」

「我早就——在試了。但是太接近，找——不到方向。」

我懂他的意思。那是說：接收器不論朝哪個方向，所接收到的訊號都會同樣清晰而響亮。

「要不要我進去幫忙？」

「暫時不要，我再——找找看。這裡的藤很密，根——本走不動，又看不見前面。」

他邊找，邊抱怨。

「——」

對講機像在睡覺，像是冬眠，一睡不醒，很久了。

「俊勇，怎麼樣？」

「——」

「俊勇，收到嗎？什麼情況？」

我準備要跳上陡坡，去找他。

「死——了。」

聲音聽起來，他已經被打敗了。

「那，我進來。」

「我已經在下來了。」

「——」

「——」

好一會的功夫，他出現在陡坡乾溪的缺口，往下跳，手裡還擰着十二號赤麂的頸圈，活像提着敵方將領的首級，在歸來。

「頭卡在樹叉，搞不懂為什麼？」

他語重心長，看起來很憂心。

十二號，徘徊不去，終於真相大白了。四個星期以前，牠已經死了。

香港郊野風光明媚景一

香港郊野風光明媚景二

山野前方是新界市區

山野前方是深圳市區

山野前方是香港跑馬地

山野前方是新界沙田

山野前方是從前的中英邊界

山野前方是新界沙頭角

大嶼山石壁水塘濾水池

山野前方那片山脈就是烏蛟騰

香港本島大潭水塘

許俊勇小心翼翼為捕捉到的公赤麂安裝發報器頸圈

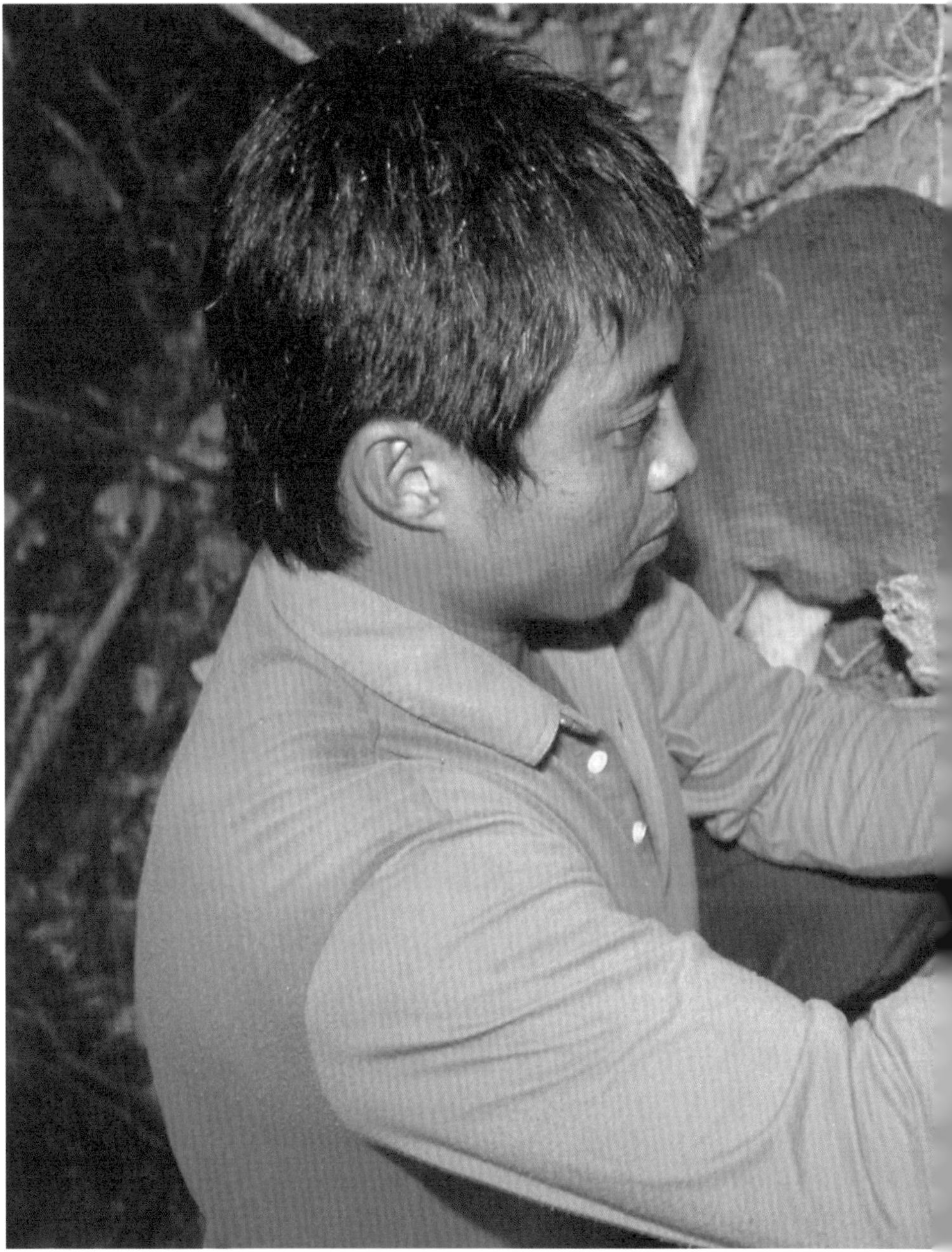

悶得發慌

○○○

談虎色變。

學校不得不停課。『非典型肺炎』，深入社區。『嚴重急性呼吸系統綜合症』，正在擴散。

驚弓之鳥。

香港人，上班一律戴口罩，乘搭交通工具一律戴口罩，進入公共場所一律戴口罩。即使是這樣，依舊災情不斷，仍然人人自危中。

○○○

三月三十一日

遲來的鐵腕政策。政府決定隔離淘大花園社區裡的E座大樓，E座大樓已經全面封鎖。這裡，有三百六十個居民感染『非典型肺炎』。

四月一日

三令五申。勒令淘大花園社區E座大樓居民即時遷出，並由多輛再三消毒的專車，移送偏僻度假村，接受進一步隔離。接報，雅麗氏何妙齡那打素醫院在今天爆發『非典型肺炎』，也就是『嚴重急性呼吸系統綜合症』疫症。

四月二日

世衛，針對香港、以及廣東省，今天向全世界發出旅遊警告。香港被孤立。

四月三日

亡羊補牢。醫管局這才規定，所有醫院的急症病房必須執行不准探訪政策。

香港，形如死城。所有商業行為，幾乎同時叫停。全香港商業機構，均面臨前所未有的挑戰，減薪、裁員，無一倖免。屬於我的「郭良蕙新事業有限公司」亦不例外，受牽連，被牽累。

出版，重創。

設計，癱瘓。

印刷，幾乎停頓。

入不敷出，搖搖欲墜。公司，陷於停業邊緣。員工，眼見大難臨頭，紛紛倒戈，先聲奪人，要求遣散，拿筆遣散費，好過見財化水，後悔莫及了。

我茫無頭緒，失魂落魄，驀地失去重心，形同孤魂野鬼，無所事事，只好硬着頭皮，繼續去幹根本不是人幹的事情，聽天由命，徘徊於山野。

○ ○ ○

「蝦餃，燒賣，鯪魚球，鮮竹卷，……」

矮胖的卷髮歐巴桑在叫賣。

「燒賣！」

我知道蓮香茶樓蒸出來的燒賣，採用古法秘方製做，很好吃。

「豬潤（豬肝）燒賣，豬肚燒賣，雞絲粉卷，牛肉粉卷，……」

戴眼鏡的年輕婦人在叫賣。

「豬肚燒賣！」

這才是蓮香廚房拿手點心，非吃不可。

「鮮蝦腸粉，牛肉腸粉，叉燒腸粉，……」清湯掛麵，那消瘦的歐巴桑在叫賣。

「豬潤（豬肝）腸粉！——」還沒等她唱完，我已經點了只有蓮香才有得吃的豬潤腸粉，不能不吃唄。

每天清晨六點鐘，我們就豁進蓮香茶樓，等吃等喝，又喝又吃，從早就在混。我一心想要混過這個SARS疫症過渡期。我想，也有可能，自己根本就混不過這個SARS疫症的過渡期。

門口收銀那個豐腴的悶騷女人，可真的令我心動起來了。對我，她卻毫無表情。她對每一個清晨來喝茶的茶客也都沒表情。她可能認為一早就來喝茶的茶客多半沒啥作為。她不屑給予這群茶客一絲什麼表情，哪怕只是我連見都沒見過的僅作幻想認為一定會很甜美的一顰一笑。

我不知道長江一號的那個卓寡婦有多美多風騷，但是我認定門口那個悶騷女人，笑起來一定會比卓寡婦還要美，而且還要騷。

每次，都是我拿錢給許俊勇去結帳，我實在很怕她那張沒有表情的臉會傷害我彷如大男人那般的自尊心。

「她真的是沒有表情嘢。」

許俊勇倒反而嬉皮笑臉起來了，自我解嘲，在戲謔。

〇〇〇

石澳，又捉到一隻豪豬，豪豬被當場釋放。可見香港豪豬何其多。

那天夜晚，我們決定還是要在香港仔布力徑分頭追踪定位。

二十九號，被找回來，牠在山頭另一端移動。

九十一號，早就跑到老遠的山脊連着山脊的那一頭。

四十二號，始終沒找着。

○○○

「有蛇！」

涂正盛看見今年第一條蛇，那是一條個體蠻粗的草游蛇，就蜷在林道旁邊的石塊晒太陽。

從此以後，蛇接二連三被發現。四月初的香港，蛇傾巢而出，有在地面快速移動的，有拚命往樹上疾速竄爬的，有潛在水底靜觀其變的，有昂首吐信的，有守株待兔的，有蟒蛇吞食水獺，也有眼鏡蛇吞噬老鼠。蛇，像四月的蟬鳴，在山野無處不在。四月的蟬鳴，令鳥啾淡然失色，居然讓我全然會聽不見自己的耳鳴，很響亮。

蛇，教人提心吊胆。

蛇，也教人無形間就要集中注意力。

我們還是得在荒山野嶺，幹着根本不是人在幹的工作，一天又一天。

「俊勇，在臺灣，你捉過蛇嗎？」

我想，我是悶得發慌才問他。

「什麼——？」

他不相信自己的耳朵，瞅着眼睛在看我，很奇怪為什麼會問這樣不上道的問題呢？「捉很多啊——。」

「捉過百步蛇嗎？」

「當然有。」

「好吃嗎？」

「不知道。」

「怎麼會？」

「那——麼貴，一斤四千塊臺幣，怎麼捨得吃。」

「——」

好吧，言之有理。

「你不——記得，我在香港也抓過很多蛇？」

他覺得為什麼我都沒有在留意。

「嗯。」

我有點後悔沒事在找碴。

「眼鏡王——蛇啦、眼鏡蛇啦、青竹絲啦、三索錦蛇啦、……。對了，那種紅脖游蛇，我抓——的最多了。」

他賣起膏藥，在提醒我的注意力。

我壓根對蛇就沒有興趣，只想到謝鋒和江建平因為ＳＡＲＳ這下子不能來香港了。

原本，兩個人還打算這兩天來捉捉兩棲爬蟲、作作學術研究，順便比對上回在大嶼山捉到的湍蛙。那隻湍蛙，應該還會是一個新種。

『嚴重急性呼吸系統綜合症』的出現，令人與人之間的溝通都出現問題。謝鋒說：

「現在即使在成都，人統統不允許離開四川省。誰都怕感染。」

唉！你說又應該怎麼辦？

陷阱，兩天才出去巡視一次。紅外線相機底片，應該拆換的也都拆換了。卡在『非典型肺炎』肆虐過渡，香港幾乎全線停擺，那該怎麼辦？

○　○　○

「春卷！」

我眇到點心車下層放着有春卷。蓮香茶樓，春卷好吃得出名。鮮蝦，排排坐，個頭大，吃起來，還又崩崩脆。

嘴裡含着春卷，興致又來了，似雄心萬丈，心裡想着：香港有好幾種野生哺乳動物，例如紅頰獴、松鼠、獼猴，以前的記錄認為都是外來種，都有待鑑定，理應有機會平反，為什麼不試試？

「俊勇，捉幾隻松鼠，比對一下ＤＮＡ，看看新界和香港島是不是屬於同一個屬種？以前的記錄以為松鼠都是外來種。」

「那還不簡單？」新計劃，他最有興趣：「把老鼠籠加長，綁在橫向的枝頭就行了。」

「用什麼作誘餌？」

「蘋果啦。在樹幹塗些香蕉油啦。」

他說這種東西，以前捉得多。

「嗯，香蕉油不錯。」

沉默寡言的涂正盛，終於開腔附和了。

「那——準備，準備，下午就去裝。」

大家一致同意，也都覺得今天的春卷會特別好吃。

「她真的是沒有表情嘢。只顧收錢，笑也不笑。跟她說再見，她也不理。連看都——不看我一眼。」

許俊勇這回覺得挺喪氣，他歪着頭，自己在傻笑。

○
○
○

香港島的松鼠，好像特別多。

猶記得多年前和裴家騏決定要作野生動物調查，就是因為在中環半山看見松鼠竄上又爬下。

那個時候，大家都說香港沒有什麼野生動物，紅外線熱感應自動相機裝起來也只不過功敗垂成，不可能會有什麼大收穫。

我們，決定選擇在石澳捉松鼠。

○ ○ ○

山頂涼亭旁邊，截水道側面的樹林，枝藤交疊。擡頭望去，彷如空中的高速公路。松鼠，來來去去，就像在坐過山車。

我們鑽進樹林，爬上樹幹，裝了五個老鼠籠。走到老太婆木屋那頭截水道底下的樹林，又爬到樹上，分別再綁了五個老鼠籠。加長的鼠籠做法簡單，只要將兩個鼠籠背對背，剪開鐵絲網結合即可。

樹幹，抹些香蕉油。工作，算是完成了。

第二天。

咦？鼠籠的門緊閉，裡面有動物。走近一看，嘿！獐頭鼠目，掀着嘴皮，在噌！那是一隻褐毛鼠。

誒！那邊又有一隻。嘜！那邊還有一隻。……

鼠，紛紛上樹，忍不住就吃起每籠各有一塊、色香味俱全、且抹了香蕉油的紅蘋果。

鼠籠，惟獨沒有大家期盼的松鼠。

香港新界與大陸深圳邊界彷如市區

這條水溝就是以往中英邊界

進出邊界中英街都得持有特別通行證至今依然

左邊是新界沙頭角而右邊是著名的邊界中英街

左邊是以往英軍巡邏邊界車道而右邊是近年大興土木深圳市

鐵絲網那頭是狹窄得可憐的深圳河與人口密集的深圳市

新界沙頭角的老舊民宅

新界沙頭角惟一的中英茶樓

這就是赤腹松鼠

準備釋放安裝發報器頸圈的繫放公赤麂

有苦說不出

○○○

『非典型肺炎』？那又怎麼樣！

活着的人還是得按照本子辦事，求生存。最簡單的例子——許俊勇，十四天，得去澳門看看老朋友ＦＢＩ；二十八天，得回到高雄接受搜查行李，面對那些不平等的待遇。

這回？不得了！當局發出警告，勸喻旅遊、又或是旅居在中國大陸的臺胞，暫時不要回臺灣。

消息立即引起大震撼！大陸的臺胞和臺灣的家屬紛紛在反彈！

當局馬上作修正，這回是不允許任何香港人，以及大陸人進入臺灣。臺胞返鄉，則必需先至衛生所報到，在指定地點、又或是住家，自行隔離十四天，還得要天天量體溫。

許俊勇，就是在這樣惡劣的環境裡，回霧臺去了。他與眾不同，他自命不凡，他反叛性太強。他回到霧臺，頭也不回，就往山裡去。

衛生所的人，找不到他。霧臺的鄉長，找不到他。後來，來了幾個屏東縣衛生局的人，也找不着他。大家都很生氣，卻拿他一點辦法也沒有。十四天以後，他又回來香港，繼續幹着我一直認為是根本就不是人在幹的事情，依然如故，上山下山，自得其樂。

涂正盛，就沒有那麼幸運了。他墨守成規，他默爾而息，他向現實低頭。他回到霧臺就被限制在家裡，天天吃泡麵。泡麵，一吃就是十四天。左鄰右舍，非但不再羨慕他在香港工作猶如出國遊學、又或是像為鄉里在增光。現在，反而視他為痳瘋，爭相走避，避之若浼。

涂正盛很沮喪。他還和霧臺鄉長爭長競短，大吵一架，不歡而散，悻悻回香港。

○　○　○

換人做做看。

這回，換涂正盛和我去石澳，在山區巡視陷阱。

這幾個新陷阱，是師徒二人發現八十一號死亡以後，新設立。陷阱區，既遠離山頂涼亭，又不在老太婆木屋周圍，而是位於上上下下幾個山脊那邊的另一端。

樹，依然密集，樹幹筆直，樹蔭稀疏，看起來就是一片年輕的次生林。走進林道，人一前一後，拽着樹藤一躍而起，在左邊登上陡坡。坡，並不好走，土質鬆軟，枯枝遍地，踉踉蹌蹌，翻過這塊形同廢墟的坡，方才柳暗花明又一村。那才是獸徑交錯的樹林。那才是野獸的樂園。

我們，一前一後，腳尖着地，在林裡竄遊。所幸，涂正盛高大威猛，所以他能鑽得過去的地方，我就能鑽得過去；他能避得過去的荊棘、我也能避得過去。我走在後面，如入無人之境。

咦——？他在灌叢的那頭不見了。他忽地蹲下來，不再前進，其實他已經捉住赤麂的雙腳在保定。三兩下手腳，牠服服貼貼，半臥地面，像懂妾婦之道，聽憑使喚。

這是一隻非常年輕的母赤麂。

涂正盛，悉心在照料。

保定、測量、安裝頸圈，快手快腳，同心協力，合作無間。赤麂瞬間釋放了。

「母山羌，七十六號，準備釋放。」

「七十六號，釋放。」

年輕的母赤麂，沿當年應該是採礦洞穴的邊緣，慢條斯理，走了。

山頂的陷阱，逃脫了一隻豪豬。豪豬留下幾枝箭，好像是在派發自己的名片。

哈！哈！哈！

一個月以後，由紅外線熱感應相機拆下的底片，我們看見七十六號在山頭走東又走西。附近，還有一隻從來沒被捉到過的公赤麂，也在山頭走東又走西。

○ ○ ○

風瑟瑟，在吹。

雨瀟瀟，在飄。

四月天氣，變幻莫測，像梅雨，又不似梅雨，模稜兩可。風雨，讓我感覺是應該要畫上句號的月份了。

涂正盛，熬不過去。

『嚴重急性呼吸系統綜合症』疫症，已經令他感覺彼此不再信任彼此了。

人為財死，鳥為食亡，他開始漫無邊際地閒言閒語，說是非。

他認為，許俊勇正在防範他。

他以為，許俊勇準備壓榨他。

他確定，他知道許俊勇的林林總總，遲早會有完結篇。

涂正盛變得心猿意馬，疑神疑鬼，像是被人下降頭。不知道究竟是個什麼原因，最後他還是走了。匆匆忙忙回臺灣，但是並沒有回霧臺。

○ ○ ○

許俊勇，酩酊大醉，不可思議。好幾次醉到不省人事，第二天索性一身酒臭睡在車裡，不可理喻，誤時又誤事。幹這種不是人幹的工作，看來已經在挑戰各人的極限。

疲於奔命，身心疲憊，讓人覺得很厭倦。是到了應該結束『香港麂屬動物野外調查』的時候了。

李壽先，基因比對的報告交來了。證實香港的麂屬動物，全都是赤麂。

林良恭，基因比對的報告也是如是說。

裴家騏，含氮元素的數據出爐了。分析赤麂進食的品質還不錯。

邢福武，植物物種的名稱送來了。從赤麂胃囊分解出十六種不同的葉莖，其中還包括一個哺乳類小動物的胃，和一種真菌。

賴玉菁，ＧＩＳ的檔案傳來了。地圖，可以看見赤麂活動的地點，活動的範圍，以及活動的大方向。

但是，所有的資料，就是不能總結香港赤麂活動的模式。我們完全不知道香港的赤麂來自何方和往哪裡去。

我們只知道，下半年度的研究計劃被擱置，研究經費無着落。

我們只知道，香港麂屬動物都是赤麂，以及香港在哪裡有赤麂。

赤麂，會像非洲草食性動物，在遷徙？不知道。

赤麂，會利用哪一種類型的生態廊道，在移動？不知道。

赤麂，是否需要進行人為保育？不知道。

赤麂，能否繼續苟延殘息？我們完全不知道。

我們只知道，研究計劃會被擱置，研究經費全無着落。

我們只知道，香港在哪裡有赤麂，以及香港麂屬動物就是赤麂。

反正，說來說去，我們只知道，自己一直在幹根本不是人在幹的那件事。

「誰叫你要幹，你可以不要幹呀！辛苦都是自己找的，又沒有人強迫你一定要做！」

育如總是這麼說。每次不如意的時候，我就想起她。

育如的話不無道理，這個世界好像只有她才了解我。

是啊！又沒有人拿槍指着我要幹。我想，難道我真的是在自作賤？

○　○　○

「孫啟元。」

「有。」

「還在捉山羌？」

電話裡的聲音，那是裴家騏。

「是啊，交差呀。」

「辛苦，辛苦。」

「唉！趕快把期末報告交給黃始樂，再怎麼辛苦也值得。報告交出去，我也可以告一段落了。」

我有苦說不出。

「好！那我就加油囉。」

『非典』，熊熊烈火，燒不盡。人，今日不知明日事，如坐針氈。既然不能你來我往，只好互通電話，彼此勉勵求進步。

四月下旬

『非典型肺炎』在北京忽地爆發，疾速感染，快速蔓延，群眾高度恐慌。中國政府宣布解除衛生部長職位，換人做做看，實施一系列嚴格監管措施。

四月二十三日

香港明愛醫院、新界大埔醫院，均爆發『非典型肺炎』疫症。臺北，疫症四竄，一片混亂。

四月二十六日

臺灣高雄長庚醫院發現『嚴重急性呼吸系統綜合症』院內感染。

四月二十七日

香港新界屯門醫院也爆發『嚴重急性呼吸系統綜合症』疫症。

兩岸三地，災情嚴重，同時告急。『非典型肺炎』疫症感染，進入高峰期。

○○○

「孫啟元，還在捉山羌？」

電話裡，那還是裴家騏。

「是。」

「還有沒有繼續作無線電追蹤？」

「有。」

「好。六個月『香港麂屬動物野外調查』的完成期限是到今年一月底。那，我們的報告就以一月底之前的數據為準。這樣比較公道，報告才會交得比較快。」

「好。」

「反正，二月以後的數據也太少，追踪定位的時間根本就不夠。看看黃始樂如果有興趣繼續下半年的調查，再一起交報告就行了。」

「對啊，不然還能怎麼辦？」

「唉！碰上SARS，我也不能來香港。其實，哪裡也都去不了，哪裡也都不受歡迎了。」

「那就盡量花點時間寫報告嘍。哈——！哈——！」

「呵呵——！呵呵——！」

相互調侃，苦中作樂。其實，誰都知道這六個月的報告真難寫，追踪定位的數據不足，收集的資料不理想；就連繫放的赤麂，一個一個也像脫線的風箏，一去不返，無語問蒼天。

赤麂啊！赤麂！你究竟在哪裡？

我想起呆坐像枯木，淚如雨下，痛下決心就要回臺灣，哭得傷心欲絕的美汀。

赤麂出沒的棲地之一

七十六號母赤麂

赤麂出沒的棲地之二

涂正盛和七十六號母赤麂

山野次生林常見這樣的探礦廢棄洞穴

我行我素頻繁出沒遍布山野的豪豬

豪豬的棘刺往往會令其它野生動物死於非命

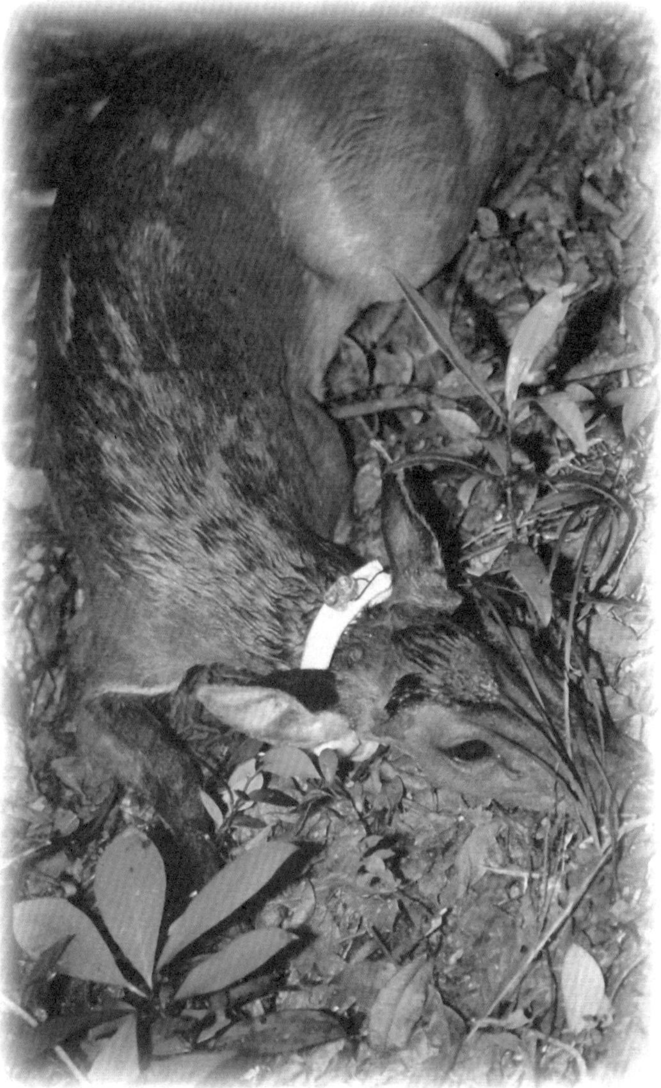

準備釋放之前的七十六號母赤麂

裴家騏（左）、許俊勇（右）、準備安裝發報器頸圈的公赤麂

CONSERVATION

怎麼會是這樣

○○○

石澳，固定在樹幹的鼠籠，客似雲來，每天都有訪客。

褐毛鼠分批到訪，關在鼠籠裡，也吃掉鈎在籠裡抹着香蕉油的紅蘋果，毫不在乎。鼠籠，反覆清理。誘餌，不斷更換。老鼠，被帶走。

終於，枝幹的鼠籠有了新訪客。山頂涼亭截水道側面的樹林裡，鼠籠夾着一條粗得驚人的眼鏡蛇；那頭，還捉到一隻松鼠。

老太婆木屋附近截水道底下的樹林裡，也傳來捷報，捉到松鼠了。

松鼠的體毛，很快就被送到林良恭的實驗室，比對基因，斷定這就是和廣東松鼠雷同的赤腹松鼠。

○○○

鑑定松鼠，不是重點，這只是『非典型肺炎』疫症過渡期裡面，消磨時間的一個小插曲。

百般聊賴，消磨時間突變而來的插曲，層出不窮，真不少——

調查新界錦田七公頃窪地的水牛，居然聚集一百二十隻水牛。水牛，充滿爆炸力。

調查大嶼山石壁水塘的黃牛，牛居然主動攻擊人。黃牛，暗藏危機。

捉老鼠，數蝙蝠，趕野狗，裝相機，熟能生巧，易如反掌，統統是在混，希望能藉這些穿插的插曲，混過香港百業蕭條，青黃不接，以及幾乎完全失控的『非典型肺炎』疫症過渡期。

「孫啟元。」

電話，是裴家騏。

「有。」

「還在捉山羌？」

「是。」

「還有沒有在作無線電追踪？」

「有。」

「那，還有沒有看起來位置像在徘徊、又或者是移動距離不大的赤麂？」

「欸——！有嘢。石澳那隻十號，現在的訊號維持在定點，好幾天了，訊號清楚。應不應該去看看？」

「那就進去呀。」

「噢——。」

我在想，這是一個非常難爬的山頭嘢。我是在毛遂自薦？還是在找自己的麻煩？

○　○　○

石澳，山頭的涼亭，這裡只能說是一塊小平臺。平臺，被四周山連着山環繞着。仰首瞻望，十號的訊源就來自最前面的這座山，就在看起來應該會有三百公尺高度的陡坡上。說這是三百公尺的陡坡，並不為過。我想起來了，這裡確實是有一條岩塊磊磊的山徑，就在遮遮掩掩的灌叢底下，順陡削的山勢朝上延伸，山徑攀過山頭，指向山脊連着山脊的那一頭，路遙遙，很艱險。

我記得曾經在這條山徑，在雷雨交加的天氣，重重地摔過好幾次。

○○○

「嗶——！嗶——！嗶——！嗶——！……」

訊號大聲，而且清晰，天線的方向指着正左方。左邊，就是突出來、凹進去，再突起、又凹陷的大斜坡。在山徑的這頭，完全看不見在斜坡的那頭究竟會是什麼樣。看來，灌叢密布，此路不通。看來，我們正徘徊在非得要找到十號不可，非得要揭開真相不行的不歸路。你看看我，我望望你，誰也沒有在說話。

「劈劈啪啪！……」

許俊勇已經跳進左邊的灌叢，面向漫無止境的密麻枝葉，像是萬夫莫敵，揮刀斬去，企圖殺出一條生徑，且鑽且走，朝前進。我緊緊跟在後面，偶爾補上幾刀，像是在修路。

彎彎曲曲，上上下下，輾轉來到山頭另一邊。

我們站在凹凸不平的斜坡，環視周圍突出來且又凹進去的層疊山頭，手舉天線指向四面八方，仔細在監聽。訊號清晰而又強烈。

「嗶——！嗶——！嗶——！嗶——！……」

人卻渾然不覺訊源究竟是來自何方。回聲令聽見的訊號真假難分，訊源幾乎就跟隨天線移動的指向，清晰而又強烈，而且是來自四面八方。

兩個人愣在一旁，你看看我，我望望你，又同時指向前面山坳裡的一片林：

「會不會在那裡？」

「有可能！」

「先過去看看囉。」

○○○

林，在山澗那端。如果走到那片林，聽見訊源依然在前面，表示赤麂在移動。移動也就是喜訊。就像是看見真理，我們朝着那片林，一面揮砍，步步為營，一面向前去，心中充滿無限希望。

林，果然茂密，獸徑上下左右，四通八達，這裡就是動物必經的交通樞紐了。林，不遠的前面還有一片林，而且是有一條明顯的獸徑通向那片林。

我們迫不及待，一前一後，邊跑邊跳，來到前面那片林。

樹林，豐庶茂盛，密蔭遮天，有泥土的芬芳，有果葉的芳香，有動物睡過覺的草萊，有被囓食過的草葉斷痕，有一些動物模糊的腳印，還有一個豪豬的洞穴。

樹林，看起來就是這麼理想。

許俊勇急忙拿出無線電接收器在偵測，睜大眼睛，眨也不眨，手握八木天線，東南西北，轉不停，活像正在作法的黑巫師。

「沒有嘢——。」

作完法，附體的鬼魂出了竅，突然虛脱，氣急敗壞，他吐出三個字。

「什麼有沒有？」

我實在不願意相信自己聽見的是『沒有』這兩個字。千辛萬苦闖進這塊動物樂園，居然是『沒有』？

「訊號沒有——。」

他果斷地重複。

「收不到十號？」

我明知故問。

「沒有，都——沒有。」

這下子完了。我想起從方才的林轉向這片林，恰巧是一個彎角。

「俊勇，退回剛才的林，再重頭追踪。」

「我也是這樣——想。」

我懶得理他，帶頭就衝回方才那片林。

「沒有，都——沒有。」

他還是那個調調，像是打敗的公雞。

「那，再回到林的入口，也就是那個轉角。」

我指向林的右上角。

就在那個轉角。兩個人站在右上角的缺口，屏氣凝神，搖起八木天線，仔細聽。

「嗶——!嗶——!嗶——!嗶——!……」

咦——?訊號居然是來自山徑的方向，也就是我們從山徑殺進灌叢的同一個方向。這就奇怪了，究竟是怎麼一回事?

「嗶——!嗶——!嗶——!嗶——!……」

訊號響不停。啊!我知道，從這邊追踪定位，面對的方向空曠無比，所以聽見的只是一個訊源；由那頭追踪定位，面向的盡是山連山，聽見的訊號當然是真假難辨的回聲。但是，中間寬度一百公尺的地方，從上到下，既是密不透風的灌叢，又沒有獸徑，莫非牠也死了?我要自己不得胡思亂想，但是偏偏就在想。

你看看我，我望望你，默默無言，兩個人各舉各的天線，一邊定位，一邊往回走。

「嗶——!嗶——!嗶——!嗶——!……」

二十公尺，訊號大聲了。

「嗶——！嗶——！嗶——！嗶——！……」

三十公尺，訊號更強了。

「嗶——！嗶——！嗶——！嗶——！……」

四十公尺，訊號就在腳底下。

我將天線轉向正右方，訊源就來自正前方底下三十公尺的位置，那根本就是放眼無際的灌叢，不是嗎？

「孫先生，只有我在前面開路，你——在後面接聽，這樣才有機會走進去。林太密，根——本沒有路。」

許俊勇收起天線，在建議。

「走！」

我二話不說，準備攻堅。都走到這種地步，是死是活，今天好歹也得弄清楚。灌叢底下，肯定崎嶇不平，我有心理準備。

「砰！」

許俊勇跳下去，淹沒在灌叢海。只聽見他揮刀在砍，卻不見有樹應聲倒地。

「砰磴！」

我也往下跳，瞬間淹沒在灌叢。身邊的灌木，既高又粗，原來揮刀斬的只不過是冠層底下的枝葉罷了。

許俊勇像在挖隧道，膠着在那裡，寸步難行。奇形怪狀的岩塊，不規則，散布在叢底，我們就着地勢，左轉右轉，兜個不停，像走在迷陣。其實，我們也只不過只是在方圓三十公尺的範圍，兜來兜去，團團轉。

繞着，繞着，訊源就在這裡。即使不需要天線，也能接收得一清二楚。耳機，只聽見嗶嗶嗶叫個不停，清脆而悅耳。眼睛，卻看不見任何動靜。鼻子，也聞不到丁點屍臭味。

「嗶——!嗶——!嗶——!嗶——!……」

就連灌木也悄然無聲，在聆聽，像拭目以待，看這兩個傢伙，鬼鬼崇崇，進到林子裡面，究竟想要幹什麼?

「咦?這——裡真的有隧道!」

許俊勇一面揮刀開路，在前面叫嚷。

我就在他身後，一手拽着他的褲腰帶，一手按着耳機接聽訊號，生怕被他一刀揮中，頭也不敢擡。

「在哪裡？」

我低着頭，一邊敷衍他。

「就在這——裡，我先進去看看。」

他放下揮刀的手，指向正前方。

我探頭瞧去，果然有一條不太長，卻足以容納兩隻赤麂同時進入休息的隧道。隧道是人工建造，而且還是水泥敷成的。想不透，像這樣的工程，在以往那樣的環境裡，究竟能起什麼作用？會是什麼用途？山澗既不像山澗，溪流又不是溪流，反而活像是牢不可破的散兵坑。

他彎腰哈背從裡面走出來：

「沒有，都——沒有。」

「我進去看看。」

為了一探究竟，看看有沒有蛛絲馬跡，我這就進去。為什麼訊源在附近？為什麼訊號就是這麼響亮呢？

嗯——！明明就是在這裡！我旁敲側擊，在自以為是。

隧道上方，蔓藤遮掩，密實而又毫無破綻。

隧道裡面，有動物坐臥的痕跡。

隧道，顯然乾爽，顯然非常適合動物到訪留宿或小睡片刻。

但是，隧道周圍，卻沒有獸徑，真奇怪。

訊號依然叫不停：

「嗶——！嗶——！嗶——！嗶——！……」

「這塊地方真不錯，山羌進得來，野狗進不了。」

我說。

「我也是這——麼認為。」

他搶答附議。

可不是？赤麂頭尖腳長，能跑善跳，赴湯蹈火，哪裡都能去。要不是訊號叫不停，証實牠曾經來過，又或是自己正在現場舉首環顧，簡直就不相信擺在眼前的現場就是鐵一般的事實。這可是一大片漫無止境的雜亂無章的灌叢啊。

「應該就在這裡。」

許俊勇繞着一塊岩石，在搜索，在尋找。

沒錯，這裡訊號特別強。

「嗶——！嗶——！嗶——！嗶——！……」

聲音在耳機裡跳躍，彷彿定時炸彈在倒數。

我屏息以待，在判斷，在等候。

我看看在我右邊繞着那塊岩石不停打轉，像搖起尾巴找到兔子的獵狗那般的許俊勇，我直覺判斷訊源應該來自我正前方密密麻麻的這塊灌叢。

他不顧一切在那邊打轉，在找。

我也不顧一切在這頭揮舞開山刀，在斬。

他，完全不理會我。

我，也沒空去理會他。

兩個人，像是即將跑至終點，正在如火如荼比賽的運動員，分秒必爭。

兩個人，又像是携手打劫的土匪看見眼前的金銀財寶，各自拚命在搜刮。

一晃眼，正前方這塊地就被我揮刀狂斬，快刀斬亂蔴，樹全都不見了。

他依然繞着那尊岩石在打轉，頭也不擡，就是不死心。

我也繞着這邊的禿地在打轉，頭也不擡，就是不信邪。

耳機裡的聲音就是叫個不休，在嚷嚷，在跳腳，眼前卻看不見任何的屍塊、頭骨、又或者是發報器頸圈。

就在自己以為前功盡棄，心不甘、情不願，準備要放棄的那一刻，眼前一亮！

我看見那顆熟悉的發報器躺在泥地裡，半遮半掩，像是含羞答答望着我。

「俊勇，我找到了！」

那顆閃閃發亮乳白顏色的發報器，就握在我的手掌裡。

「怎麼會——是這樣？」

許俊勇歪着頭在想，委實不服氣。

十號發報器，被十號的赤麂狠狠蹭下來，就摔在密密麻麻的灌叢裡。

○○○

「孫啟元。」

電話，又是裴家騏。

「有。」

「還在捉山羌？」

「是。」
「還有沒有在作無線電追踪？」
「有。」
「那，石澳那隻十號怎樣了？」
「跑掉了。進到林子，只找到掉在地上的發報器。」
「哎喲，那也就不錯了。証明研發出來的接收器精準度很高。」
「嘿——！嘿——！嘿——！」
「呵呵——！呵呵——！哈！哈！哈！恭喜，恭喜。」

那還能怎麼樣？

人，在『嚴重急性呼吸系統綜合症』疫症過渡期裡面，大概也只能苦中作樂，相互取暖，共勉之。

牛擠牛而正在排隊準備泡澡的水牛

牛擠牛而窩進泥沼泡澡也得要排隊

山火燒掉了好不容易才成長的林地之一

山火燒掉了好不容易才成長的林地之二

柳暗花明又是一片好棲地

看不透也猜不透的綿延山脈

這樣的密林處處可見

這樣的獸穴還真不少

草生地與次生林交界邊緣地帶

許俊勇準備釋放安裝發報器頸圈的公赤麂

快幫我制服牠

○○○

「孫啟元。」

電話裡，依然還是裴家騏。

「有。」

「還在捉山羌？」

「是。」

「還在香港島捉山羌？」

「不是。陷阱才移到大嶼山北邊的礅頭村。」

「北大嶼？你是說，在機場看得見的那塊山坡地？」

「對。」

「我記得了，那片林長得還不錯。」

「陷阱就裝在山腳下。」

我想起那天丟進垃圾桶的那雙白布鞋，腳底依然隱隱在作痛。

「那，還有沒有在作無線電追踪？」

「有呀，你記得那隻十號？你說要我得進去找找看的那隻十號？」

「啊！我記得。你是說在山頭移動距離不大的那隻山羌？怎麼啦？」

「找到牠的發報器以後，也就毫無消息。我們已經多裝幾部紅外線熱感應相機，繼續在追踪。」

「好。那其它的山羌呢？」

「追踪到的，大概也都是過完年，二月以後捉到的山羌了。」

「你是說香港仔的山羌？」

他太久沒來香港，僅能憑記憶摸索。

「是。就在陽明山莊切進去的那條路，布力徑。」

「我想起來了，那是禁區。」

「記性蠻不錯的嘛。」

「怎麼樣了？」

「二十九號還在山頭。九十一號向西走，跑到兩公里以外的山坡地。」

「嘖！嘖！嘖！有夠遠的了。」他情不由衷，發出了出自內心的讚歎：「還有嗎？」

「有。四十二號怎麼都找不到。我猜牠是回頭，進到郊野公園了。」

「石澳不是捉到一隻新的山羌嗎？」

「七十六號？還在山頭上，移動距離大概一公里。」

「不錯。大嶼山呢？」

他像放羊的孩子，在數羊。

「北大嶼的大東山，十二號死了，其它的全都不見了。」

「南大嶼呢？」

「八十八號死了，其它的山羌也都找不到。」

「那，儘量找找啦，加油囉。」

「期末報告的進度怎麼樣了？」

「賴玉菁的圖表都在我這裡。期末報告，這個星期可以 E-mail 過去。」

五月八日

全球『嚴重急性呼吸系統綜合症』疫症感染，增加至一千四百八十五宗。多了七十七宗，計香港五十八宗、新加坡八宗、美國六宗、臺灣四宗、加拿大一宗。越南已經持續一周沒有出現新病例。

○○○

清晨，一如往常，窩在蓮香茶樓裡。

那名打着赤膊，身穿短褲，頸掛金鍊，聲音宏亮，面似彌勒佛的壯漢不見了。沒有人知道他去哪裡，也沒有人關心他是死是活。倒是許俊勇與我在咕噥，猜他是不是也感染SARS？送醫院？被隔離？我們趕緊移動，想要盡量遠離他曾經坐過的坐位，離得越遠越好。

那一桌的茶客，也都迫不急待，趕忙移位，坐到別桌去。誰也沒有説話，誰也不想多説一句話。不知道是不是就是因為SARS氾濫的原因，門口櫃檯的卓寡婦，老是擺出一副晚娘般的臉孔，只顧眼睛盯着鈔票，數鈔票。

「她還是不理我嘢。」

許俊勇使盡全身法寶也沒法令她動容，他實在覺得沒趣又沮喪。

七點鐘，準時離開蓮香茶樓，我們直指大嶼山，車，疾馳而去。

車，飛也似地在奔，不由自主。

人，腦筋轉不停在想，也不由自主。

車，不知道在奔什麼。

人，也不知道究竟在想些什麼。

沒一會功夫，已經來到東涌侯王宮。

車，就停在廟前的足球場。

人，踩在羊腸小道，走向礅頭村。

○○○

礅頭村，藉藉無名。

現在，珠港澳跨海大橋預計要從磡頭村登陸(註：最後政府拍板決定由東涌登陸)，通向赤鱲角機場，再連接北大嶼快速道路，磡頭村一夜成名。

從迪斯尼樂園那頭，沿海而來，通往鳳凰山頂寶蓮寺大佛的吊車，也準備要由磡頭村登入進山(註：最後政府拍板決定由東涌登入)，磡頭村不可名狀，地位顯赫。

磡頭村，前面是濕地，後面是林地，周圍盡是縱橫交錯的山澗與溪流，顯然就是高價值生態區，根本就是具有生態科學研究價值的自然生態區。

這麼大的矛盾和差距，香港政府不得不作出亡羊補牢的決定，欲將這塊瑰寶加緊劃入北大嶼郊野公園範疇，欲使磡頭村保持原貌，令磡頭村的村民無法改變土地使用權。就好像要快速將孫悟空的頭額箍上金箍咒。

磡頭村，搖身一變，成為一處教人嚮往，欲掀其頭蓋，窺其真實面貌的神秘境地了。

○　○　○

磡頭村，幾乎是半個廢村，家家戶戶窗門緊閉，棄置的校舍被砸至面目全非。

偶然，沿途打掃、洗清公廁、那個姣好的女工，和無家可歸、帶着九隻小狗、在路旁戲嬉的母狗，也就成為村裡的當今村民。

磡石頭，過氣的漁村，居民四散東西、各奔前程，村屋比鄰而立、人去樓空。

兩個人，一前一後，恍如孤魂野鬼，飄忽進村，右轉、左轉，依河流旁邊的林道飄飄入樹林。

河流兩岸的林，就是我們卻一窺究竟的陷阱區。

○○○

河流兩岸的林，右邊是一條淤積成為高低不平、人工堆砌的排水溝。

順乾溝入內，梯田處處可見，梯田卻看不出任何耕作或尚在利用的痕跡。參差不齊的林，就是這片廢耕地的新主人。

樹，各霸一方，不甘示弱，在長高，在膨脹，宣誓主權，聲勢浩大。

梯田，遮掩在樹蔭底下，無人憶念，也沒有人理會。

樹林裡反覆走動的動物，都以為這只是僅僅屬於牠們的樂園，是一片非牠們莫屬的樂園。

兩個人，依沿獸徑騰上騰下，跨過倒地不起的枯木，橫過一片又一片的爛地，翻越兩座丘陵，居然什麼也沒有。

「沒有，都——沒有。」

唉——！陷阱裡真的什麼都沒有。一前一後，無可奈何，悄悄然，離開林，走回林道，來到河流另一端。

○○○

河水汎汎流，由寶蓮寺大佛，經縱谷，形成瀑布，直墜而下，濺泬美麗的浪花，跳躍，奔騰，再集水成河，汎汎流。

我坐在石塊，望向腳邊的河，愣頭愣腦在想。我想起那天，那整整的一天，四個人就在瀑布上下，折騰又折騰，那確實是一塊風景怡人的地方，那卻是一處險阻之地，很蠻荒。

「我先進去巡——視。」

就有這點好，他很主動，而且經常自告奮勇，一馬當先幹。

「呼叫我。」

反正這片林不陌生，我坐在石頭發呆，隨口說。

河水汎汎流，咕嚕咕嚕，像是有話說。是打招呼？還是說再見？

我只是坐在石頭在等待。

等待時間咕嚕咕嚕在流失。

等待生命隨時間咕嚕咕嚕飛逝，在苟延殘喘。

我怎麼會這樣？會在一個早應該結束的野外調查計劃的漩渦裡打轉。

我究竟在等待什麼？是等待造物者的審判？還是一隻一隻赤麂的自白？

我低頭沉思，看着腳邊的河水咕嚕咕嚕朝北流。

「咆——！」

像炮仗，又似槍聲。

「咆——！」

不！那是非常不滿！那是在投訴的咆哮。

我機警站起來，奔進樹林，循足跡，朝震耳欲聾的爆炸聲響，疾疾接近。

對！我想許俊勇正在那裡搏鬥，很吃力，根本無暇用對講機告訴我，應該是捉到一隻像是巨無霸那般龐大的公赤麂。

「咆——！咆——！咆——！咆——！……」

巨無霸橫豎是要被綁住，牠不顧一切在叫，豁出去。

許俊勇捉住牠的蹄子，他被踹開。他又去捉住牠的腳，他又被踢得人仰馬翻。

他臉色鐵青，在肉搏。

牠不管三七二十一，在角力。

敵我難分。

不分勝負。

我站在那裡，不知從何幫忙，也完全不知道該幫哪一方。

許俊勇忍不住大聲吆喝：

「快來壓——住牠。」

牠也表示抗議，大吼大叫：

「咆——！咆——！咆——！咆——！……」

……

「六十七號，公麂，準備釋放。」

「釋放，六十七號。」

只見牠瘋狂跑去。停下來，回頭，狠狠瞪兩眼。調過頭去，邊跑邊咆哮。

我從來沒有見過這麼不懂禮貌的赤麂。

○○○

「很大——嘢。」

他欣慰。

「大！」

我同意。

「我明天就——去追踪牠。」

他自告奮勇。

「好！一起去。」

我欣然同意。

這樣的次生林就是香港的後花園

這片次生闊葉林枝葉茂密卻野狗四竄

心不甘情不願的六十七號公赤麂

一群小野狗毫無忌諱有什麼就想拿什麼

堪稱巨無霸的健壯公赤麂

毫無忌諱的一群小野狗連底片盒也不放過

許俊勇和六十七號公赤麂

六十七號公赤麂

準備釋放之前的六十七號公赤麂

風景優美的野生動物棲息地

新界八鄉觀察早年廢耕野放水牛群棲地與行為

真是一場夢

○○○

「喂！臺灣也變成疫區。都是你們香港人的錯。」

她在抗議，很生氣。

曾幾何時，育如才在電話幸災樂禍開玩笑：

「哈——！哈——！哈——！你們香港是疫區，人家都不要去香港玩，太危險。」

現在，疫症像瘟疫，如洪水，四散蔓延。說時遲，那時快，臺灣立刻就淪陷。

「好像有起色了。」

我講着手機。擡頭望着天空朵朵白雲，說是雨過天晴，像天氣預報那樣地安慰她。

「那——，你什麼時候來臺灣？」

「不行。政府還不讓進去呀。」

「哼——！你看！都是你們香港人的錯。」

「——」

○○○

滿城風雨。

一九五七年至一九五八年，亞洲流行性感冒，奪取一百萬人生命。

一九六八年至一九六九年，香港流行性感冒，又奪走一百萬人生命。

眾說紛紜。

結果，大家都把矛頭指向廣東省，說什麼人口太多啦，人與家禽距離太近啦，加速病毒蔓延和變種啦，有的跟沒有的。

有消息公布——

『嚴重急性呼吸系統綜合症』死亡率從百分之十五降至百分之三點五，即早就醫，可以降低死亡率。

○○○

涂正盛跟着許俊勇去磡頭村後面的樹林，作無線電追踪定位，要找巨無霸。

這是他正準備離開香港的七天之前。我們一致以為六十七號還會逗留原地，牠會來回河流兩岸，在觀望。因為，由紅外線熱感應相機拆卸的底片裡，我們發現這塊林地還有一隻母赤麂。

「怎麼樣？」

第一天，我問許俊勇。

「沒有，都——沒有。」

那天，他答我。

「怎麼樣？」

第二天，我還是問他。

「沒有，都——沒有。」

當天，他回答我。

「怎麼樣？」

第三天，我又問他。

「沒有，都——沒有。」

這一天，他還是這樣回答我。

涂正盛忍不住走進我的辦公室。敲敲門，坐下來，低頭不語。

「正盛，怎麼啦？」

「我想我還是應該向你報告。」

「噢？什麼事？」

我留意他的眼神，關切他，在聽。

「我想，俊勇釋放的六十七號，可能沒有拆掉發報器上面的磁鐵，所以沒有釋放訊號，也就收不到任何訊號了。」

他慢條斯理，緩緩道來。

糟糕！用絕緣膠布固定在發報器上面的磁鐵沒有拆？那就是說巨無霸脖子套着的六十七號發報器根本不可能發射訊號？

磁鐵，就是一把鎖，能夠將電池的電源切斷，令發報器在未繫放動物之前無法發報，節省能源。

每次繫放赤麂，都必須在現場拆除絕緣膠布，先行測試，才會放行。這回，怎麼捅出這麼大的紕漏？而且錯得太離譜！簡直就是不可思議！

我極不願望相信涂正盛坐在面前所說的每一個字。

我甚至認為，他是落井下石，故意歪曲事實，在搬弄是非。

不可能是在搬弄是非呀！涂正盛一副忠厚老實的臉，低着頭，好像學生準備接受老師處罰那樣端正地直坐，兩隻手掌搓呀搓的，極度恐慌，他坐立不安着。

也不可能是沒有拆掉絕緣膠布呀！許俊勇釋放六十七號巨無霸的時候，我分明在場。

但是，怎麼想，也想不起來當時在礮頭村繫放的任何細節了。飛砂走石，烏煙瘴氣，大打出手，與時間競賽。當時惟一想到的就是必須在極短時間之內釋放牠。怕牠發燒高熱致死。怕牠心跳過猛休克。

我只注意時間，我卻忽略掉細節。

我想起來了。

巨無霸，我在現場拍攝過。檢視一下底片，不就真相大白了？

我找出底片。

我拿出放大鏡。

我睜大眼睛，在看巨無霸脖子套着的頸圈，在找頸圈上面的發報器。

我看見鮮藍顏色的絕緣膠布，膠布正緊緊裹住巨無霸脖子上面的發報器。

不幸被涂正盛言中。

我呆坐不語，腦筋一片空白。

唉——！真是到了應該要結束「麂屬動物野外調查計劃」的時候了。

○○○

「你怎麼知道的？」

有一天，我好奇問着涂正盛。

「——這幾天進去追踪定位，一直都找不到六十七號，我就覺得很奇怪。——我聽見俊勇在那邊重複在講自己不知道是不是忘記拆膠布。」

涂正盛作了一次明智的抉擇。他決定要把這件事情告訴我，由我來處理。

許俊勇隻字不提六十七號巨無霸，他心知肚明根本就是忘記拆膠布。

唉——！要不是涂正盛，還真不知道得在礮頭村後面那片樹林消磨多少時間查真相！

○○○

你看看我，我望望你，巨無霸從此行踪成謎，再也找不到。

我想起那回在樹林，牠沒完沒了在咆哮，又踢又踹在爭抗。牠臨行之前，回過頭來，忿忿不平，狠狠瞪兩眼，再調過頭去，邊跑邊咆哮，牠好像在說：

「連膠布都不懂得怎麼拆？那還要捉我幹什麼！」

巨無霸，牠是我所見過的最不懂得禮貌的一隻赤麂。

可不是？就連涂正盛也成為我所見過的，最不可究詰的一個原住民。他走的時候，甚至沒有說再見。

涂正盛，杳無蹤跡。

○　○　○

五月二十三日

世衛即日起撤銷對香港以及廣東省的旅遊警告，宣稱兩地已經有效控制ＳＡＲＳ

疫情。

香港大學微生物系與深圳疾病預防中心的研究報告指出，發現疫症是由果子狸體內變種的冠狀病毒感染，兩者冠狀病毒的基因很相似。

蟬，在枝頭鳴不停。蟬在問：什麼是SARS。

蝴蝶，在花叢飛不停。蝴蝶在問：什麼叫SARS。

蜘蛛，在樹梢織不停。蜘蛛在問：什麼是什麼SARS。

青蛙，在水邊躍不停。青蛙在問：什麼SARS是什麼呀。

赤麂，在林地走不停。赤麂在問：什麼SARS、SARS的，SARS是什麼。

果子狸從岩洞冒出來，很無辜，卻極不耐煩：

「什麼SARS呀？SARS就是變種的冠狀病毒呀！香港大學微生物系的教授不是在說嗎？『SARS的帶原者就是果子狸。』你們看，我真的很健康，哪裡有什麼變種病毒啊！」

野狗，在後面追不停，吐着舌頭，氣喘吁吁說：

「有什麼好問的？看看你們這群大笨蛋！SARS就是SARS嘛！SARS就是刻不容緩、要找寄主、繼續生存的一種變異病毒嘛！知道又有什麼用？反正碰上我，你們統統都得死！管你有沒有什麼變種病毒還是不變種病毒！」

赤麂豎直耳朵，仔細聽。

果子狸早就縮回岩洞，吓得打哆嗦。

野狗，彼此使個詭譎的眼色，就朝赤麂追。

「快看！這是一隻白色的公麂！」

「白色的公麂？是白變種嘢！那——肉會不會更鮮美？」

眾狗淌着吐沫齊齊追。

白色的公麂用力朝前死命逃。

○
○
○

六月二日

香港沒有再發現『嚴重急性呼吸系統綜合症』SARS個案。並且在今天解除SARS戒備應變警報。

七月一日

香港，五十萬人走上街頭，大遊行。

七月五日

世衛解除對臺灣的旅遊警告。

大嶼山，一卷紅外線熱感應自動相機拆下來的底片，看起來就是怪怪的。底片裡的動物，影像模糊，顏色較深暗。那也就是說——沖洗出來的相片，動物毛色會較淡，甚至是白色。

「喂?世衛對香港和臺灣的旅遊警告都解除了。阿——，你現在又在作什麼調查？」

電話，是育如。

「沒有，都沒有。」

我，物以類聚，連說話的語調都像許俊勇。

「還在捉山羌？」

她在調侃我。

「沒有。不過我們發現全身白色的山羌。」

「啊？白變種？像白獅子、白老虎的白山羌？」

「對。」

我裝作若無其事，在輕描淡寫。

「捉到的？」

她倒是挺興奮，在追問。

「是紅外線熱感應自動相機拍到的。」

「哇！不錯嘢。那又要繼續作山羌計劃？」

她使出看家本領，故意戲弄我。

「計劃停掉了！」

我故意重重地說，像是把一個個字都狠狠摔在地面那樣說。

「哈——！哈——！」她實在很得意：「我都說過了，又沒有人逼你作。」

「——明天我要去高雄。」

「哼——！你來高雄作什麼？」

「吃！」

我又故意加重語氣說。

「高雄有什麼好吃的？你們香港才多的是好吃的呀！還來幹什麼？」

「吃鮪魚！」

對！我要離開山野，我要進去城市，我要飛到高雄去吃鮪魚生魚片。

「鮪魚？鮪魚幹嘛一定要到高雄吃？哼——！」

○○○

赤麂啊！赤麂！你究竟在哪裡？

我想起淚如雨下，痛哭流涕，痛下決心，立刻就要趕回臺灣的美汀。

唉！可不是？真不是人在幹的事情，過程就像是一場夢。

我夢見自己。

我夢見自己根本就是野人——一個住在城裡的野人。

（全書完）

非法盜挖的石塊堆積如山活像亂葬崗

大嶼山東涌河的鵝卵石幾經盜挖和盜賣

深圳河對岸的樓房比比鄰立非比從前

深圳河生態環境經人為大肆破壞已面目全非

即使是深圳河道也被左切右割而形成一片荒蕪旱地

山野山火逢清明重陽就一發不可收拾之一

山野山火逢清明重陽就一發
不可收拾之二

山野山火逢清明重陽就一發
不可收拾之三

山野山火逢清明重陽就一發
不可收拾之四

山野山火逢清明重陽就一發不可收拾之五

山野山火逢清明重陽就一發不可收拾之六

山野山火逢清明重陽就一發不可收拾之七

山野山火逢清明重陽就一發不可收拾之八

後語

○○○

「我只申請到三十萬元港幣。」

「半年。只需要進行六個月。」

「大嶼山只捉五隻，香港島也只捉五隻。」

黃始樂故作輕鬆，遊說我的每一句話，卻猶如鏗鏘有力，記憶猶新。半年？結果，「香港麂屬動物野外調查計劃」，足足作了整整一年時間！經費？結果，遠遠超過六十萬元港幣！

莫名其妙在荒山野嶺一蹭就是十二個月。灰頭土臉，我行我素，日復一日，我幹的根本不是人在幹的事情。

即使最後的計劃報告，裴家騏也是斷斷續續，足足寫了六個月。

○○○

曾經，我極之羨慕一些白皮膚的外國生態學者，不同國籍的白皮膚人種就在東非大草原，利用無線電追踪獅群，又或者是追踪一些什麼有的跟沒有的其它野生哺乳動物，裝備專業，表情嚴肅。

面貌不一的白皮膚專家，老是在National Geography？Discovery？或者又是BBC？一些電視生態頻道裡面，晃來晃去。電視畫面，也總能把一個一個的動物，毫無瑕疵地串連起來，呼之欲出。

動物行為，被描述得淋漓盡致。

麻醉槍射擊、保定、測量、抽血、安裝發報頸圈、原地釋放，乾淨利落，情節緊湊。

被繫放戴着頸圈的動物，也都表現正常，充分合作，繼續來回草原，過着看起來簡單，做起來卻每每會是高難度的日常作習。

像表演。

如示範。

電視頻道裡面的白皮膚外國生態學者，也就點點滴滴，詳細訴說記錄着自己、又或者是團隊的所聞所見，一點一滴。

資料，很豐富。

報告，很好寫。

拍攝記錄片，也沒有什麼困難度。

○○○

「不簡單喲，你要有心理準備。」

裴家騏意在言外，彈出這麼一句話。

我知道他在臺灣多次調查山羌，對於香港赤麂興趣濃厚。

我也知道，自己一股腦地在搖旗吶喊，僅僅參與過叢林安裝紅外線熱感應自動相機，卻全無繫放野生動物的實戰經驗。

但是，這可是黃種人夢寐以求生態調查的參與行動。機會難得，不得不做。

最後，我決定倒貼三十萬元港幣，投入行動。

孰不知，我還倒貼六個月時間，莫名其妙就在荒山野嶺一蹭就是十二個月。灰頭土臉，一幹就是十二個月根本不是人在幹的事情。

幸好，美汀和阿志來作開荒牛。

幸好，裴家騏當機立斷找來羅達成。

幸好，羅達成非得要帶來許俊勇。

幸好，呂國樑、曾綺雯、盧諾欣、陳濤……，一個接着一個，前仆後繼。

幸好，繫放的赤麂也都曾經一度表現正常，勉強合作，偶爾來回纏藤、密灌、樹林、草地，過着看起來簡單，做起來卻是高難度的日常作習。

像無可奈何，在表演。

如極不情願，在示範。

我們點點滴滴盡力記錄所聞所見。
裴家騏斷斷續續足足寫了六個月報告。
資料不豐富，報告也實在不好寫。

○○○

香港，荒野的次生林，好比非洲熱帶雨林，枝藤交錯，草葉茂密。
香港，荒野的大自然，懸崖峭壁，山澗穿流，岩塊磊磊、陡坡每每。
赤麂，就在裡面東藏西躲。
人，不得不鑽進裡面南尋北找。
赤麂，既不容易捕捉，而且又不容易追蹤。
人，徘徊山野，一籌莫展，不知如何是好。
這根本就不是我曾經極之羡慕的白皮膚外國生態學者，聚集在東非大草原，利用無線電追踪獅群，好像得來全不費功夫，那種得心應手的景象。

這簡直就是出生入死，正在叢林作戰，敵我難分，任務艱巨，困難重重，胆顫心驚，力不從心，親身體驗，彷彿一路在作困獸鬥。

可不是？

赤麂，死傷枕藉，無影無踪。

研究助理，棄甲曳兵，紛紛倒戈。

天天蹭在山野，分明在幹着根本不是人幹的事情。

人，容易翻臉無情。

人，容易反目成仇。

偶然登山走高，那叫做欣賞風景，舒展筋骨。

一個星期幾乎七天都側身荒野，那可以教人意志消沉，精神崩潰。

「香港麂屬動物野外調查計劃」，最後弄得焦點模糊，我根本不知道自己是在為何而戰？也根本不知道自己是在為誰而戰？終日徘徊荒野，成日在山嶺掙扎。我只乞望能夠快快結束這個分明不是人在幹的事情。

○○○

嚴重急性呼吸系統綜合症，疾速而至，呼嘯而過。來也匆匆，去也匆匆。

「香港麂屬動物野外調查計劃」的期末報告，終於交給黃始樂，從此畫上句號。

一切都像一場夢，煙消雲散，雲消霧散。我恍如大夢初醒，往事只能回味。

○○○

我憶及曾幾何時繫放的赤麂——

大嶼山，大東山，八十七號，已知活動距離五公里，在山頭完全失去聯絡。

大嶼山，大東山，十二號，已知活動距離兩公里，死了，死因不詳。

大嶼山，大東山，三十三號，已知活動距離八公里，翻越山頭，完全失去聯絡

大嶼山，龍仔悟園，二十七號，已知活動距離五公里，之後完全失去聯絡。
大嶼山，龍仔悟園，五十五號，已知活動距離五公里，之後完全失去聯絡。
大嶼山，龍仔悟園，八十八號，已知活動距離三公里，死了，死因不詳。
大嶼山，龍仔悟園，八十六號，已知活動距離三公里，之後完全失去聯絡。

香港，石澳，十號，已知活動距離八公里，之後完全失去聯絡。
香港，石澳，八十一號，已知活動距離八公里，死了，死因不詳。
香港，石澳，七十六號，已知活動距離五公里，未再繼續追踪。
香港，布力徑，二十九號，已知活動距離三公里，之後完全失去聯絡。
香港，布力徑，四十二號，已知活動距離兩公里，之後完全失去聯絡。
香港，布力徑，九十一號，已知活動距離八公里，未再繼續追踪。
大嶼山，礮頭村，六十七號，未再繼續追踪。

○
○
○

我憶及曾幾何時積極參與「香港麂屬動物野外調查計劃」那些人——

裴家騏，進行國際生態研究，來回臺灣、越南，忙得不得了。

賴玉菁，拿了幾個國科會計劃，忙得不得了。

林良恭，成立臺灣蝙蝠學會，忙得不得了。

李壽先，研究鳥類親緣關係，飛來飛去，忙得不得了。

邢福武，計劃多，學生多，東奔西走，忙得不得了。

林育如，離開屏東科技大學野生動物收容中心，去教書。

陳家鴻，東海大學攻讀一年博士班，休學，去工作。

涂正盛，回臺灣繼續開大貨車，偶爾上山打打獵。

陳美汀，碩士班畢業，現在攻讀博士班。

容立文，終於決定自立門戶，生產防盜設備。

呂國樑，在大嶼山迪斯尼樂園上班。

陳濤，在香港仔海洋公園工作。

曾綺雯，在收集空氣品質資料。

許俊勇，繼續留在香港，任職「野生動物保護基金會」野外調查主任。
（截至二〇〇五年資訊）

〇〇〇

我想起曾幾何時方才遞出去的研究計劃——

「香港野狗族群數量估算計劃」，胎死腹中，因為尚未發現野狗噬人記錄。
「香港蝙蝠的多樣性及保育計劃，」經費被砍掉一半。死性不改，我和許俊勇繼續流浪山頭，苦不堪言，野外調查足足進行一年。
「香港地區野生哺乳動物樣本採集計劃」，參與香港大學微生物系「冠狀病毒研究計劃」，負責採集血液、黏膜、排遺物樣本，進行三個月。
「香港地區野生動物樣本採集計劃」，之後又進行三個月。
「香港地區野生蝙蝠樣本採集計劃」進行一個月。
「香港地區野生蝙蝠樣本採集計劃」，之後又進行兩個月。

○○○

我想起曾幾何時自己掏腰包，出經費，從未間斷，進行調查計劃——

「香港昆蟲群聚多樣性與棲所指標群分析計劃」，楊正澤主導，二〇〇三年九月開始作業，進行中，工程浩大，開銷龐大，沒完沒了。

「香港兩棲爬蟲動物多樣性調查計劃」，謝鋒主導，二〇〇二年五月開始作業，進行中，工程浩大，開銷龐大，沒完沒了。

「以蝙蝠多樣性對香港環境的利用作為對香港生態品質的監測計劃」，正在進行。

「以紅外線熱應感自動相機追踪調查香港較大型哺乳動物計劃」，正在進行。

「以紅外線熱感應自動相機調查深圳梧桐山保護區較大型野生哺乳動物計劃」，正在進行。

（截至二〇〇五年資訊）

○○○

我懷疑自己，泥足深陷，已經無法自拔。

我居然還在莫名其妙，蹭在荒山野嶺。

我居然還在灰頭土臉，我行我素，幹着根本不是人在幹的事情。

即使「香港麂屬動物野外調查計劃」已經結束，我卻毫無醒悟，依然如故。

像是一場夢。

我夢見自己。

我夢見自己根本就是野人——一個住在城裡的野人。

住在城裡的野人

PUBLISHING	：郭良蕙新事業有限公司 KUO LIANG HUI NEW ENTERPRISE CO., LTD. Room 01-03, 10/F., Honour Industrial Centre, 6 Sun Yip Street, Chai Wan, Hong Kong. Tel: 2889 3831 Fax: 2505 8615 E-mail : klhbook@klh.com.hk
HONOR PUBLISHER	：郭良蕙 L. H. KUO
MANAGING DIRECTOR	：孫啟元 K. Y. SUEN
DEPUTY GENERAL MANAGER	：黃少洪 SICO WONG
DIRECTOR	：吳佩莉 LILIAN NG
SENIOR DESIGNER	：陳安琪 ANGEL CHAN
PRODUCTION SUPERVISOR	：劉明土 M.T. LAU
PRINTER	：KLH New Enterprise Co., Ltd. Room 01-03, 10/F. Honour Industrial Centre, 6 Sun Yip Street, Chai Wan, Hong Kong Tel : 2889 3831 Fax : 2505 8615
香港總代理	：香港聯合書刊物流有限公司 香港新界大埔汀麗路36號中華商務印刷大廈3字樓 電話：(852) 2150 2100 傳真：(852) 2407 3062 Email : info@suplogistics.com.hk
台北總代理	：聯合發行股份有限公司 新北市231新店區寶橋路235巷6弄6號2樓 電話：(02) 2917 8022 傳真：(02) 2915 7212
新加坡總代理	：諾文文化事業私人有限公司 20 Old Toh Tuck Road, Singapore 597655 電話：65-6462 6141 傳真：65-6469 4043
馬來西亞總代理	：諾文文化事業有限公司 No. 8, Jalan 7/118B, Desa Tun Razak, 56000 Kuala Lumpur, Malaysia 電話：603-9179 6333 傳真：603-9179 6063
澳門代理	：鄭祥記 澳門快艇頭街27號A座地下 電話：922035

住在城裡的野人

ISBN 978-988-8357-42-0（平裝）

定價 港幣HK$120 台幣NT$460

初版：2016年3月